穿越千年看古建

知夏 著

江苏凤凰文艺出版社
JIANGSU PHOENIX LITERATURE AND ART PUBLISHING

图书在版编目（CIP）数据
穿越千年看古建 / 知夏著. -- 南京 : 江苏凤凰文艺出版社, 2025. 9. -- ISBN 978-7-5594-9861-8
Ⅰ. I267.1
中国国家版本馆CIP数据核字第2025S4X140号

穿越千年看古建
知夏 著

责任编辑 项雷达
特约编辑 孙昭月
责任印制 杨 丹
出版发行 江苏凤凰文艺出版社
南京市中央路 165 号，邮编：210009
网 址 http://www.jswenyi.com
印 刷 北京美图印务有限公司
开 本 880 毫米 ×1230 毫米 1/32
印 张 9.5
字 数 240 千字
版 次 2025 年 9 月第 1 版
印 次 2025 年 9 月第 1 次印刷
书 号 ISBN 978-7-5594-9861-8
定 价 59.80 元

目 录

CONTENTS

篇三　国保之宝　83

本章介绍了多个被列为全国重点文物保护单位的古迹。这些古迹不仅具有重要的历史价值，还反映了不同历史时期的文化特色和艺术成就。

篇四　万千化生

本章探讨了中国古代造像艺术的发展和演变，这些石窟不仅是佛教艺术的宝库，也反映了中国古代建筑、雕塑和绘画艺术的极高水准。

篇五　帝都景物　173

本章聚焦于北京地区的历史遗迹和文化景观，如十三陵、碧云寺、潭柘寺等，展现了北京作为古都的历史文化底蕴和建筑艺术特色。同时，结合历史人物和事件，如永乐帝朱棣、徐皇后等，深入探讨了北京地区的历史变迁和文化传承。

本章通过讲述历史人物的故事，如苏轼、王阳明、宋徽宗等，展现了中国古代文人的生活、思想和艺术成就。通过对这些人物的生平事迹和作品的分析，探讨了他们在历史上的地位和影响，以及他们所代表的时代精神和文化价值。

辽宁义县奉国寺—胁侍菩萨

天津蓟州独乐寺—观音之阁匾额

河北新城开善寺—抬梁式彻上露明造

山西应县释迦塔—木塔匾额

内蒙古巴林右旗庆州白塔（局部）

内蒙古巴林右旗庆州白塔—塔身力士像

北京天宁寺塔（局部）

浙江宁海大蔡胡氏宗祠—戏台藻井（局部）

浙江宁海崇兴庙—戏台藻井

山西大同观音堂—殿内观音造像

自序

华夏之大，山河表里，巍然壮阔。

从辽东到甘南，从蒙北到西川，这些年零零碎碎跋山涉水，走了许多地方，概括起来，无非是大城市少，小地方多。每到一处，我总要下意识地去寻访当地的全国重点文物保护单位，有的闻名遐迩，但更多的是少有人至的冷僻之地。

有时候在僻远村隅，人烟稀少，偶能攀谈的也只有看守着“国保单位”的守门人。他们大多是本村老人，孤独极了，难得遇到远方的来客，总会以极大的热情滔滔不绝地向来客介绍此地历史乃至风土人情。每每聊完天，我总会燃起想为他们记录点什么的冲动。可至动笔时，却又觉词穷。我用笔记录下来的，不足以描摹那种真实的、在一村一隅的方寸之地，用一生去守护国保者之万一。

这本集子里除了寻访的国保古建，也断断续续记录了我许多读诗读书的经历。日常读书本是一种习惯，可直到年岁见长，我才渐渐明白人们常说的“读万卷书，行万里路”的真正含义。许多本不理解的诗中之意、书中之理，常是在一次次疲惫的远行之中，偶然间灵光忽显，如侯仁之先生所说“好像忽然投身于一个传统的、有形的历史文化的洪流中”。

我觉得那沿途风物一瞥之间的触动，不亚于佛家所谓的“狮子吼”，令人灵台澄明。于是书中也有一些读书读诗乃至读经的琐记，与地理风物相融。如有不通之处，请方家哂正。

写这本书的念头，起因其实是一次与好友丽娟的“一期一会”。

伊是资深的出版人，也是我人生第一本出版的小说《梦回大明十二年》的责任编辑，我们由书结缘，亦成生活中的挚友。某次讨论书稿的时候，伊提议或许可以写一个寻访古建筑的系列散文，日后亦可结集。这个提议竟使我忽而有些心动，于是第一个想到要写的题目便是“八大辽构”系列。从读大学时第一次去寻访八大辽构中的独乐寺算起，已然二十年过去了。

二十年里，世事浮沉，青春不再。

许多事物都变了，但当二十年后重访故地时，这些千年前的古建筑依然是旧模样。这常让我想起小时候便熟读的几句诗：

人事有代谢，往来成古今。
江山留胜迹，我辈复登临。

有时候只有看过了长久不变的，才知道追求永恒的虚幻。

是为序。

篇一

八大辽构

八大辽构指的是现存的八座辽代木构建筑，分别是蓟县的独乐寺观音阁、独乐寺山门、应县佛宫寺释迦塔、义县奉国寺大殿、大同华严寺薄伽教藏殿、大同善化寺大雄宝殿、涞源阁院寺文殊殿和新城开善寺大殿。如今从地图上来看，这八座辽构从西到东一字排开，东至锦州、西至朔州，均位于当年辽国控制的燕云十六州之中。

独乐之乐——蓟县独乐寺

其一　观音之阁

蓟县独乐寺在八大辽构中独占两座，可见其分量。此地也是梁思成最早寻访之处，梁氏称“独乐寺上承唐代遗风，下启宋式营造，实为研究中国建筑蜕变之重要资料，罕有之宝物也”。因为离北京较近，我曾三次去寻访独乐寺，中间大概间隔了二十年，然而每去一趟仍觉不虚此行。

独乐寺山门体量不大，面阔三间，进深两间，屋顶五脊四坡，是标准的四阿大顶，后世又称庑殿顶。只是不同于唐代四阿顶的雄大浑健，独乐寺山门的檐口显得秀气许多，更显飘逸雅致。山门正脊的鸱尾造型秀致，鱼尾朝内相向而呼应，配在大顶上显得张弛有度、从容洒脱。进到山门内，便见左右两尊天王像的身体都微微前倾，金刚怒目，张口呼喝，神情栩栩，更是难得的辽代彩塑珍品。

而山门牌匾上的“独乐寺”三字擘窠书，却是赫赫有名的明代奸相严嵩所书。看官莫奇，其实严嵩人品虽坏，书法却佳，他的字笔力端重，架构雄奇博大，十分好认。如今北京城内也不乏他的题字，譬如东岳庙外“秩祀岱宗”、大高玄殿上“孔绥皇祚”等榜书，乃至老百姓家喻户晓的“六必居”招牌，都是他的墨宝。

过了山门，便是更值得一看的观音阁了。观音阁面阔五间、进深四间，从外观上看高两层，但其实内里还藏一暗层，单檐歇山，斗栱更显得阔大些，如插云中。这种雄大浑厚的格局，从宋往后便少见了。

进入观音阁中，最震撼的还是那尊高立于莲花座上十六米的观音像，无量巨大，与宋代菩萨像逐渐女相化不同，此相更承唐代风貌，目长睛圆、广额方颐、鼻阔唇丰，所谓十一面观音，指的乃是菩萨头顶还有三层、十面观音，层层叠起，近观更觉庄严。

按照玄奘大师所译《十一面神咒心经》，十一面观音应有诸多变化，“刻作观自在菩萨像……其像作十一面，当前三面作慈悲相，左边三面作嗔怒相，右边三面作白牙上出相，当后一面作暴恶大笑相，顶上一面作佛面像……”可惜如今看到的十一面像却是面面俱同，并无佛典中的诸多变化。

看罢观音彩塑，再看下层的四壁彩画，亦十分精彩。壁画主体是身披袈衣、神情各异的十六尊罗汉立像，或双目如电，或持珠闭目，或骑虎驱象，或托钵望禽，南壁两侧还绘有三头六臂的明王像，亦栩栩如生。这些彩画本是元代所绘，如今看到的是明代重描，也极为珍贵。

从观音阁出来，寺内东西两侧还有院落，但都是明清建筑。此处离东陵甚近，清代乾隆几次谒陵，就把此处当作行宫，东院中仅乾隆的御笔碑刻就达二十八处之多，真真成了其“独乐”之所。

其二　玉田韩氏

根据清人《日下旧闻考》记载，独乐寺中原有一通《刘成碑》，里面提到观音阁的修建始末：“……故尚父秦王请谈真大师入独乐寺，修观音阁。以统和二年冬十月再建，上下两级，东西五间，南北八架大阁一所。重塑十一面观音菩萨像。”

统和二年（984 年）辽圣宗耶律隆绪尚且年幼，由其母萧太后主政。萧太后崇信佛教，她的长子长女小名分别叫作“耶律观音女”“耶律文殊奴”，可见其信仰，在她的支持下，辽境内大兴佛寺。

碑记中提到的“故尚父秦王”在学术界颇有争议，梁思成认为可能是指辽太祖耶律阿保机的弟弟耶律瓜奴，但莫宗江先生在 20 世纪 80 年代校正梁文时提出，耶律瓜奴在开泰初年才加封尚父，统和二年所指的“故尚父秦王”应为韩匡嗣。

韩匡嗣是汉人，出自蓟州玉田韩氏。玉田县今天归唐山所辖，在地理位置上正与蓟县相接。《辽史》中记载，韩匡嗣的父亲为韩知古，“蓟州玉田人，善谋有识量”。韩氏一门走的是辽太祖皇后述律平的门路，辽人征蓟州时，六岁的韩知古被述律平的兄长收养，而韩匡嗣更是深得辽太祖夫妇信任，“匡嗣以善医，值长乐宫，皇后视之犹子”。

辽景宗时韩匡嗣被封为燕王，任南京留守兼幽都府尹，所管辖区域正包含幽州、蓟州一带。后来因与宋作战失利，韩匡嗣由燕王降为秦王，乾亨四年（982 年）去世。按照碑记中“故尚父秦王请谈真大师入独乐寺，修观音阁”的记载，从时间上推算，修建观音阁的应为韩匡嗣无疑。

而韩匡嗣的儿子韩德让，比其父祖名气更大。韩德让深受萧太后宠信，在统和年间官拜大丞相，关于他与萧太后的暧昧关系历来在野史中多有提及，北宋方面材料更是直指他与萧太后私通。

统和二年正值韩匡嗣去世两年之后，韩德让翻修观音阁并重塑十一面观音像，也许正是为了纪念其父亲，这亦在情理之中。

独乐寺以南数百米远还有一处蓟县白塔，亦为国保单位。这是一座混合形制的辽塔，塔身上部为覆钵式，下部却混合了楼阁式与密檐式，颇为罕见。塔中曾发现清宁四年（1058 年）的石函，尤为特殊的是塔身壶门内有舞乐伎形象浮雕，颇具研究价值。

其三　谁与独乐

观音阁虽是辽代所建，但独乐寺建寺时间还要更早，相传应建于唐贞观年间，而“独乐”寺名的出处据说还与安禄山有关。

《长恨歌》里有“渔阳鼙鼓动地来，惊破霓裳羽衣曲”之句，蓟县旧称渔阳，本地传说独乐寺即安禄山起兵誓师之地，梁思成也在《蓟县独乐寺观音阁山门考》中记录道：“‘独乐’之名，亦禄山所命，盖禄山思独乐而不与民同乐，故而命名云。蓟城西北，有独乐水，为境内名川之一，不知寺以水名，抑水以寺名，抑二者皆为禄山命名也。”

但这种说法仔细推敲后不太靠谱，安禄山固然是个反派人物，可他既然已经准备要起兵造反，还要把自己不想“与民同乐”的内心活动题写在寺名上，实在坏得过于明显而不合逻辑。

独乐寺之名是否来自安禄山固不可考，但此寺应是经历过安史之乱的。如今在观音阁的上层正中，仍高悬着一块方匾，上书“观音之阁”四字，据传是李白五十二岁游历幽州至此地而手书。这一年大约是天宝十二载（753 年），距离安史之变爆发已不到两年了。

早在天宝十载（751 年）时，安禄山便已经身兼范阳、平卢、河东三道节度使，统兵超过十八万人，接近大唐镇兵总数的一半。当李白挥毫在独乐寺中题字之时，野心膨胀的安禄山正在距此二百公里外的范阳郡北修筑雄武城，悄悄养兵积粮为起兵做准备了。

而安禄山所建雄武城又在何处呢？二十年前在河北张家口的宣化古城东门外，曾出土过一方唐代乾符六年（879 年）的《唐幽州雄武军兵曹参将杨釗墓志铭》，为唐代雄武城提供了实证。宣化古城号称京西第一府，古城保存完好，城内有拱极楼、镇朔楼与清远楼，多为明代所建，在巍峨城垣遗址下，也许还残留着唐代雄武城遗迹。

“独乐”的含义历来也有争议，与其说出自《孟子》“独乐乐不如众乐乐”之语，我觉得也许用庄子与惠施的“鱼乐之辩”来解释更为贴切。儒家的“乐”来自义精仁熟，所谓“君子无日不忧，亦无日不乐”。可庄子的“乐”更加自在逍遥，所谓“至乐无乐，至誉无誉”，挣脱了人世间的束缚，倒更近于禅意。

北宋熙宁年间，司马光因反对王安石推行的新法，被贬为西京御史台，他在西京洛阳购地二十亩自建独乐园。《独乐园记》是司马温公的传世妙文，文以达情，亦以言志，其实他还有《独乐园》诗作，亦很得独乐的妙处：

独乐园中客，朝朝常闭门。
端居无一事，今日又黄昏。

不用兼济天下，心宽即适尔。不同于“进亦忧，退亦忧”的彷徨，这种进退皆乐、闭门独乐的快乐，又岂是寻常人能领会的?

在现实的世界里，“独乐”常常来自“独处”，若一个人在独处时也能得到快乐，尔后他也必将获得精神世界的“独醒”吧。

家山何处——义县奉国寺

其一　九间大殿

辽宁锦州以北约六十公里外，有一座低调的小城——义县，这里少有游客到访，却藏着一处第一批全国重点文物保护单位——义县奉国寺。

一入山门，便可看到规模恢宏的大殿全貌。整座大殿面阔九间、进深五间、高约二十四米，整体建在三米高台上，从视觉上就给人一种敞阔巍峨之感。大殿依旧是单檐庑殿顶——与邻居北宋对精致歇山顶的偏爱不同，辽人似乎更偏爱庑殿顶的简洁大气。在苍木掩映下，平伸的阔大屋檐似张开的四翼，相向的鸱尾弯如新月，又在古朴厚重中衬托出灵巧之感。

在现存的元代以前古建中，真正能达到九开间等级的，只有大同华严寺大殿与义县奉国寺大殿两处。但现存的华严寺大殿是金熙宗时重修的，于是奉国寺大殿毫无疑义成为存世体量最大的辽构。

远望大殿时便让人不禁畅想，该用什么样的斗栱才能撑起这座雄浑大殿。走到近处一看，檐下斗栱亦是繁复极了，柱头和补间铺作都用的是等级极高的七铺作双杪双昂，几乎一色等大，只是补间铺作的栌斗下垫了驼峰，显出了些许差别，又不显得笨重呆板。

按宋人的叫法，斗栱也称“铺作”，每增一层就是出“一栱”或者“一昂”，叫作“一跳”。最基础的出一跳是“四铺作”，出两跳是“五铺作”，以此类推，奉国寺大殿檐下的“七铺作”正是出四跳。

斗栱数量要以“朵”计，试看檐下斗栱层层密叠，是不是如莲花般繁复又美观？实在贴切极了。其实把斗栱拆开来看，结构并不复杂，斗上置栱，栱上置斗，层层交错叠加，就像孩子搭积木一样，能有数十乃至上百种变化。

奉国寺作为九开间的高等级殿堂，其规格之高也体现在用材上。按照宋代《营造法式》规定，“材”分八等，每等“材广”分为十五分，分别为不同等级的建筑所使用。据测量，奉国寺大殿用材已达到了29厘米，用材之广，亦属罕见，这也是《营造法式》所记录使用“一等材”的实证。

在斗栱中长条形的木构称作“昂”，一般位于华栱之上，一头削尖，形如鸟翼，因此也称“飞昂”。奉国寺大殿最繁复的转角铺作从侧面看似乎是“三昂”的，然而转个角度再看，原来是“角昂”之上多加了一道“由昂”。有趣的是在由昂之上，还端坐着一个盘腿的力士，它的位置实在太隐蔽了，要不是留心寻觅，肯定看不到它。这便是唐宋建筑中很特殊的“角神”。

角神的用途与其说是支撑，倒不如说是一种隐喻，它与鸱尾一阴一阳，一明一暗，各自行使不同职责，给这古老的木构增加了活泼的生气。其实明清时期的很多古建也有角神，只是多作宝瓶形，不再是这样憨态可爱的形象了。

其二　五彩遍装

迈入奉国寺大殿，只觉光线骤然暗了下来，眼前是好一派浩大气象，近一米高的佛坛上一字排开了七尊周身贴金的高大佛像，正端坐于须弥座上。佛像通高均在九米以上，由东至西依次为迦叶佛、拘留孙佛、尸弃佛、毗婆尸佛、毗舍浮佛、拘那含牟尼佛和释迦牟尼佛。

按照《六祖坛经》的说法，七世佛中有三位在“过去庄严劫”中，有四位在“今贤劫”中，然而以往七佛皆已入灭，所以又统称“过去七佛”。“劫”在佛教中是一个重要的时间单位，又分大劫、中劫、小劫，分别对应着不同的时间标尺。

有意思的是，奉国寺大殿中的七世佛并不是按照时间顺序从东向西排列的，反倒是过去劫三佛居中，今劫四佛位于两侧。这七尊佛像面容圆润饱满，表情端正慈和，乍一望去似乎面容都是相似的，可留神细看，又能看出不少差异来。

譬如正中一尊毗婆尸佛是过去劫中的第一佛，造像明显要略高于其他佛像，双手拇指与中指相捻，这是佛在讲经说法时所结的手印，也叫“说法印”；最西边的一尊是释迦牟尼佛，它是今贤劫中的最后一位，也是与现世的接引，只见其面容微微向西侧望，神情悲悯，左手垂膝，手心向外，结“与愿印”，这是代表佛顺应众生祈求的手印。

辽国崇信佛教，辽圣宗耶律隆绪便自称释迦牟尼佛转世，这尊释迦牟尼佛衣着也与其他六尊不同，身着袒右袈裟，似乎正是辽圣宗本人的化身。如果照此推论，这七世佛应正好对应辽太祖耶律阿保机以降七位辽国帝王。实际上辽圣宗应是辽国正式登基称帝的第六位帝王，如按上述这种算法，要把追封的辽义宗耶律倍也算作其中一帝，此处不展开来论。

在每尊佛像前，都立着两位身姿挺拔的胁侍菩萨，其高不到三米，整座佛坛的东西两侧各置一尊威猛神武的金刚像，身形又要比胁侍菩萨更高些，这种高低错落有致更显得庄严肃穆。而七世佛的须弥座下束腰处还有力士和神兽驮负着莲台，形容活泼，萌动可爱。

此殿内无论神佛还是菩萨，一应是耳轮低垂，几乎快要垂到肩上，这正符合契丹人“重环穿耳”的少数民族特征。闲话说，汉人在宋代以前并不流行穿耳，到了宋代女性才逐渐穿耳洞、佩戴耳饰，大概也有与契丹等少数民族增进交流的缘故吧。

在诸多菩萨与金刚神像中，我最喜欢的是毗舍浮佛身前右侧的这尊菩萨像。你瞧，它头戴硕大的宝冠，面容丰腴，眉眼细长，双唇微启，似正在慢声细语地吩咐什么，而它一手握着法螺，一手托着白巾，看起来仿佛正要小心翼翼地去放置供奉的法器。这样生动的形象何其罕见，再逐一细细看去，只见这些彩塑的神像手眼眉目、表情动作、服饰装束均不相同。它们明明都是泥胎，却颇具生活气息，仿佛都有了真实的生命。

举头而望，只见内檐梁架上的飞天彩画颜色明丽，乃是用的“五彩遍装”做法，这也是《营造法式》中记载的彩画样式，即色彩多用朱、白、墨色，间施青、绿，与后世明清做法全然不同。这种“五彩遍装”之法，颜色虽然用得浓重，整体却不失明和庄重。彩画的线条自然流畅，飞天被仙草祥云环绕着，竟真似踏着祥云飞舞在神佛上方。尤为好看的是飞天那一弯柳眉，弯弯如钩，配着星眸闪闪，真真妙丽无双。

在这片梵天盛景中，殿内的一尊尊神佛菩萨抑或飞天力士，上承盛唐佛教塑像的典型特征，而它们高大的体量、丰满的身形、屹立的姿态，又无不彰显出一种生动而健康的美感，展现出鲜明的契丹民族审美特点，令人驻足流连。

其三　宋使金碑

清朝光绪年间，工匠们在对奉国寺大殿进行翻修时，于殿内东南角发现了一把门尺，上书“辽开泰九年正月十四日起工创建咸熙寺，至十四年十月二十四日止工”，这便确定了大殿的建造时间。

开泰是辽圣宗耶律隆绪的第二个年号，此时距他冲龄即位已过了三十七年。十年前，他从病逝的母亲萧太后手中正式接掌朝政，成了契丹真正的领袖。辽圣宗事母极孝，萧太后刚去世时，就有大臣进谏要改年号以昭示新象，但辽圣宗不同意，他说：“吾契丹主也，宁违古制，不为不孝之人”，最终辽圣宗服孝三年后方改元开泰。

契丹本属东胡的一支，原本无姓，以部落氏族聚居，所以也有“契丹八部”之说，其中又以“三耶律、二审密”为核心氏族。后来耶律氏成为契丹皇族，“审密”又分为“乙室”氏和“拔里”氏，与耶律氏通婚成为后族。

《辽史》中提到：“太祖慕汉高皇帝，故耶律兼称刘氏，以乙室、拔里比萧相国，遂为萧氏。”耶律阿保机虽然崇拜汉高祖，但耶律氏只是“兼称”刘氏，而后族却从此都赐以“萧”姓，这便是契丹萧氏的来历。所以辽代的后妃虽然都出于萧氏，但其实也来自不同的氏族。

辽圣宗的母亲萧太后出自拔里氏，其家族封地正在义县。正是出于纪念母亲的缘故，辽圣宗决定在萧太后的故乡建造这座规模浩大的皇家寺院。奉国寺初名咸熙寺，正建于辽国全盛之时，“咸熙”有诸事兴盛之意。

义县在辽金时称作“宜州”，如今在大殿内东西两侧还放置着十一块石碑，历金、元、明、清四代，其中最早的一块是金代所立的《宜州大奉国寺续装两洞贤圣题名记》石碑，字迹仍然十分清晰。我驻足细读良久，这块石碑甚是详细地记录了辽亡后之事：

> ……当亡辽时，寺有僧曰“特进守太傅通敏清慧大师捷公”，以佛殿前两庑为洞，塑一百二十贤圣于其中，饰以众彩，加以涂金，巍峨飞动，观者惊悚，而四十二尊庄严未毕。自辽乾统七年（1107 年），距今三十余岁矣。

这块石碑的时间跨度很长，分为前后两段。前半段为金天眷三年（1140 年）所记，这也符合“自辽乾统七年，距今三十余岁”的时间跨度，此时作者的身份亦很特殊，落款为“奉使礼部尚书历阳张邵”——他却是一名宋臣。

在辽代建造的皇家寺院中的金代石碑上，为何会留下一个宋臣的碑文？要解开这块石碑之谜，恐怕还要先回顾宋辽金之间复杂纠葛的关系。

在辽亡之时，大宋扮演了并不光彩的毁约角色，宋徽宗突发奇想的“联金抗辽”成了颇具黑色幽默的笑话——不仅没有收回燕云十六州，连徽钦二帝都被迫“北狩”。然而在这场悲剧里，宋臣中也涌现出了一批颇有气节之士，这块碑文的作者张邵便是其中之一。

靖康之变后，宋室南迁，建炎三年（1129年），金军大举南侵，宋高宗下诏“求可至军前者”，张邵“慨然请行”，临危受命被派去出使金国。《宋史》里说他“出使囚徙，屡濒于死”，他入金后因拒绝下拜而被囚，受尽屈辱却从不屈服。金人恼怒之下，把他交给刘豫处置。

刘豫本是宋臣，投降金人后被扶持成为“伪齐皇帝”。张邵见了他毫不客气，“责以君臣大义，词气俱厉”，刘豫又气又急，动用大刑。同行副使不堪受刑而投降，可张邵却无惧色。不过张邵虽然为人强势，却并非无头脑之人。他曾在狱中秘密给金人寄信，说刘豫“首鼠两端，胜则如养鹰，饱则扬去，终非大国之利”，这是故意离间金人与刘豫的关系，而金人对此将信将疑，又将他从刘豫手中接管过来。对张邵这样的人，其实金人也是很钦佩的，请他为续塑的神像撰写碑记，这块石碑便是一处明证。

就在张邵撰写碑记之时，宋金之间正秘密进行和议，宋高宗以诛杀岳飞的代价达成了绍兴和议。按照和议“南自南，北自北”的约定，张邵终于可以回家了，他不仅回到了久违的故国，还将死在金国的几名宋使的尸骨一并送回了家。

但这块石碑最后的立碑时间却是金明昌三年（1192年），此时距张邵题写前半段碑文又过去了五十年。也许直至这时，当年剩余的四十二尊彩像才最终完工。石碑末尾写道：“乃以檀越为名氏，依施财先后为次，列于碑刻用告来者。”可有意思的是，我找遍了石碑各面，也没找到各位施财檀越的姓名，也许这些施主中也不乏已亡国的契丹人吧。

而此时距蒙金战争已不到二十年了，再往后便是蒙元统治的天下。在辽金、蒙金之间接连的战火中，奉国寺大殿都奇迹般地保存了下来。大殿内还有一块元大德七年（1303年）的石碑，就留下了这样的感叹：

……辽金遗刹，炬列殆尽，独奉国孑然而在，抑神明有以维持耶？人力之所保佑耶？

——《义州重修大奉国寺碑》

蒙元之后，关外逐渐萧条，义州也不复昔日繁华。

如今若不亲身造访，谁又会想到在如此偏远的辽西小城之中，竟还藏着如此精美的木构、泥塑、彩画、碑刻，无一不珍，堪称国之瑰宝。

巍峨辽构苍苍如旧，默默度过了它一千岁的生日，似在无声地诉说着悠悠往事。

雁去孤城——新城开善寺

其一　辽构如旧

开善寺位于河北保定高碑店市东南的新城镇上，这里曾经是老县城，如今居民大多迁出，小镇便显得分外安静。

迈入寺门，抬头便见一座宽阔的大殿静静矗立，外观虽然朴实，却颇显肃穆之美。大殿面阔五间，进深六椽，单檐庑殿顶，出檐深远，一望便是传承了唐风的大斗栱。进殿前先看几种铺作：柱头双杪五铺作，耍头平出，成批竹昂式，栱头内凹出四瓣曲面。这是非常古老的做法，在我国现存最早的地面单体木构建筑——建于唐建中三年（782 年）的五台山南禅寺东大殿也有类似做法。

开善寺大殿的补间铺作尺寸略小些，类似小斗。留心细看，前檐当心间取消了补间铺作，柱头枋上有残留的榫卯痕迹，想来曾是悬挂过匾额的。转角铺作最是精彩，栱出平面呈“米”字形，层层叠叠，精巧繁复。

一入大殿，整体观感便觉极为开阔，细细数来殿内金柱竟只有四根，这种做法正是辽构中非常典型的“减柱造”。为了加强建筑的稳定性，按照传统建筑形制，殿内金柱一般都是对称整齐排列的。这种减少金柱的设计便显得极其特殊，目前海内现存的几处“减柱造”实证多是辽金元时所建。

“减柱造”的好处有二，一是减少的金柱扩大了殿内活动和祭祀的空间，也增大了室内的采光面积；二是这种空旷的殿内环境更类似游牧民族宽阔的大帐，符合他们的生活习惯和空间需求。不过这种“减柱造”不仅同时期的南方宋地罕见，便连后来明清时期也渐渐不用了，恐怕也是考虑到了这种建筑方式并不牢靠的缘故。

开善寺大殿内的梁架结构为抬梁式彻上露明造，其中明次间的梁架间不用太平梁，只用两根大叉手，很是巧妙大胆。这样简洁的做法后世也非常少见，譬如日本奈良的法隆寺金堂就使用了类似的做法，亦可说明开善寺大殿的做法上承唐风。而宋辽之后，一般常在大叉手中间增加蜀柱支撑，以保持其稳定性。如今在开善寺大殿明次间的正脊之下，亦放置了两根红色钢筋支撑加固，估计也是为了矫正梁柱倾斜所用。

尤值得一提的是，殿内金柱极为粗巨，绕至柱后打灯一照，只见东侧金柱后竟赫然有“至顺元年七月廿九日三人至此……”的题刻印记，双勾描刻，笔锋甚利。此外殿角还放置了一截维修时替换下的木构，仔细查看竟发现柱底居然还有开元通宝的清晰压痕。而义县奉国寺大殿在维修时也有类似发现，推测起来，在大殿金柱下压铜钱恐怕也是当时通行的做法。

大殿后部还供奉着两尊石制的八臂观音像，一尊立在殿内，另一尊却放置在地上。立着的这尊观音像细长眉目，头戴束发宝冠，身披瓔珞，长裙跣足，可惜手臂已残，这尊观音原本藏于寺内夹壁墙中，直至多年前大殿维修时才被发现。而放在地上的这尊石像，从上部约四分之一处断裂成了两截，不过观音像部分尚且保存完好，只见其立于莲台之上，八臂纤细，本身两臂做禅定印，其余六臂舒展开来，或持宝瓶、佛珠，或结金刚印，或托法器，其相庄严。

这尊石像名为“天佑寺观音像”，出土于距此地不远的方中村，乃是一尊唐代武则天时期的佛像，近年来才移至开善寺中存放。这两尊观音石像大小相似，各有破缺之处，但比较起来却又互能补足，十分有趣。

其二　历史节点

开善寺所在的新城镇，在历史上是很有名的。按照县志记载，从唐大历年间便用“新城”之名，直到 20 世纪 90 年代才改为“高碑店市”。此地古时属于涿州，又因正处于辽宋交界处，战事频繁。宋景德二年（1005 年），宋辽双方订下“澶渊之盟”，约定雄州白沟交割，正是以新城境内白沟河为界。也因此这里成了宋辽遣使交聘的必经之地，后来两国还根据需要设置了正旦使、生辰使、告哀使、遗留使、祭奠使、吊慰使、告登位使、贺登位使、贺册立使、回谢使、泛使、答谢使等十二使，每逢重大事件，均需遣使往返。

据统计，宋辽之间遣使多达三百八十次，全部聘使约一千六百余人。遣使的路线也是相对固定的，按照宋使路振的笔记《乘轺录》所记：“十二月四日，过白沟河，即巨马河也。五日，自白沟河北行至新城县四十里。新城属涿州，地平无邱陵。六日，自新城县北行至涿州六十里……”可见白沟河是当时入辽境的必经之路。

燕云之地本是中原屏障，也是历来兵家必争之地，这里各民族杂居，环境复杂。早在宋初，生活在此地的汉人们仍坚信，总有一天大宋会来收复的。根据路振的记载：

> ……虏政苛刻，幽蓟苦之，围桑税亩，数倍于中国，水旱虫蝗之灾，无蠲减焉……加以耶律、萧、韩三姓恣横，岁求良家子以为妻妾，幽蓟之女，有姿质者，父母不令施粉白，弊衣而藏之，比嫁，不与亲族相往来。太宗皇帝平晋阳，知燕民之徯后也，亲御六军，傅于城下，燕民惊喜，

谋欲劫守将，出城而降。太宗皇帝以燕城大而不坚，易克难守，炎暑方炽，士卒暴露且久，遂班师焉。城中父老，闻车驾之还也，抚其子叹息曰："尔不得为汉民，命也。"近有边民，旧为虏所掠者，逃归至燕，民为敛资给导以入汉界，因谓曰："汝归矣，他年南朝官家来收幽州，慎无杀吾汉儿也。"

——《乘轺录》

这段笔记固然有刻意美化北宋之意，但也可见当时燕云之地民心向汉。

从澶渊之盟回望一年前景德元年的秋冬之交，契丹政治女强人萧太后又一次带着儿子辽圣宗南下亲征。这一次契丹大军一路势如破竹，接连攻克定州、祁州，辽人充分发挥了骑兵优势，深入直抵澶州。

澶州就是今天的河南濮阳，这里背靠黄河，离汴梁已不足三百里，这也是大宋都城的最后一道防御屏障了。事实上，从宋太宗赵光义的北伐开始算起，到澶州之战时，宋辽之间已经打了二十五年的持久战。辽人骁勇好战，可宋廷内部显然有了疲惫情绪，此时出现了两派声音，畏战的恨不得弃都南逃，但宰相寇准力主要宋真宗御驾亲征、带兵北上。

宋真宗采取了寇准的建议，渡过黄河，亲临澶州，果然宋军士气大振。反观"契丹相视惊愕，不能成列"，再加上辽军主帅中箭身亡，双方士气很快发生了逆转，也为后期和谈留下了空间。

其三　开善之门

宋真宗御驾亲征打破了辽人的心理预期，而宋真宗本人也早打定了见好就收的主意："……帝遣曹利用如军中议岁币，曰：'百万以下皆可许也。'（寇）准召利用至幄，语曰：'虽有敕，汝所许毋过三十万，过三十万，吾斩汝矣。’利用至军，果以三十万成约而还。”

当时宋真宗的心理承受值是每年对辽国赔款一百万，只不过寇准坚决不许，这才使曹利用谈到了三十万。历史上的萧太后是很成熟的政治家，也许是早就做好了可战可和的两手准备，双方一拍即合，便订下了澶渊之盟。

长期以来，史学界对澶渊之盟的历史评价褒贬不一。有人认为这是屈辱的不平等条约，大宋明明打了胜仗，软弱惧敌的宋真宗却输银赔款，简直是奇耻大辱。也有人认为大宋并没有实质性的土地割让，反倒是辽国归还了瀛、莫二州，双方约定兄弟之国也不算屈辱，至于每年输银也不算多，与此前巨大的军费开支比起来简直不值一提。平心而论，澶渊之盟约定的输银对大宋而言，财政负担并不算重，曾巩对此有过计算：

> **天下岁入，皇祐、治平皆一亿万以上。**
>
> **——《议经费扎子》**

这种计法固然是把钱米布帛都笼统计算在一起，但大宋的财政收入无疑还是非常充裕的。哪怕后来到宋仁宗时又补充订立关南誓书，宋对辽岁币增加到银二十万两，绢三十万匹，对阔绰惯了的大宋来说也不成问题。而两国和谈后又在边界开设了榷场，打开了贸易往来。北宋生产的瓷器优质、丝绸精美，甚至一应日常生活用品都具有出口价值，反之辽国唯一擅长饲养的马匹也被禁止出口，在这过程中北宋无疑成了贸易的顺差方。《三朝北盟会编》中记载，“盖祖宗时赐予之费，皆出于榷场所得之息，取之于虏，而复予以虏”，可见当时实际情况。

随着两国关系趋于稳定，北宋社会生活日益繁荣，这种经济优势也愈发明显，曾赴辽任过遣使的苏辙无不自得：“澶渊之盟稍以金帛啖之，虏欣然听命，岁遣使介，修邻国之好，逮今百数十年，而北边之民不识干戈，此汉唐之盛所未有也。”

如今在开善寺大殿前，立有一块明代嘉靖年间的《开善寺重修碑记》石碑，细读碑记：“……按旧碑，寺创于宋重庆二年，宋史无重庆纪元，盖相传之误也。”

宋代确实无“重庆”年号，但辽有“重熙”年号，重熙二年（1033年）对应北宋明道二年，按这个时间推算，开善寺应建于澶渊之盟三十年后。此时两国已罢干戈多年，榷场早已互开，边境氛围空前友好。

“开善”之名按照通俗的解释，大抵有“首开善门”之意。按照《无量寿经》所述：“杜恶趣，开善门。于诸众生，视若自己。拯济负荷，皆度彼岸。”

千年辽构如旧，反观“开善”之名，似乎也有了更深的含义。

其四 衡阳雁去

从开善寺修建之时往前回溯三十年，正值澶渊之盟的历史节点。

一千年后回望那个特殊的历史时点，很难说是继续打下去更好，还是和议更优。但可以肯定的是，寇准才是那时大宋真正的主心骨。

范仲淹对寇准有一句很贴切的评价，称其“不动如山，天下谓之大忠”。寇准为人刚强，性情秉直，不仅表现在澶渊之盟前坚决主战，也体现在后续一系列的和谈推动上。世事总是难以两全的，历史亦没有那么多如果可言，但寇准的选择最终对大宋是有利的，恰如一千年后另一位伟人所说：“但以斗争求和平则和平存，以妥协求和平则和平亡。”

也许是因为过刚易折，寇准的晚景很不好。《宋史》里记载了一则有趣的小事，寇准当宰相时，曾去拜访当时的大贤张咏，请教再三，张咏送他一句话：“霍光传不可不读也。”寇准初时不解其意，直到回来翻书，看到《汉书·霍光传》里写着“然（霍）光不学亡术”，才大笑间明白了张咏的含义。

霍光是汉武帝晚年近臣，又得以托孤辅政，其权力之大可以废立天子。他活着的时候令汉宣帝“如芒在背”，而他死后霍氏全族亦遭灭顶之灾。

若纵观寇准的一生，我们恐怕会对“霍光传不可不读”有更深的体会。寇准因其个性鲜明、好恶分明，于朝堂上树敌颇多。在经历了澶渊之盟的高光时刻后，他不仅被政敌嫉害，甚有的门生故旧也极力构陷他。

寇准被一贬再贬，五十八岁那年作道州司马。北宋各州道的司马为“散官”，属于安置贬谪官员的虚职，相当于正九品，这与做宰相时已不可同日而语。人生经历如此大的起伏，不知寇准是何等心情？历史上的寇准能诗善文，尤以七绝为佳，在道州时亦有诗作：

萧萧疏叶下长亭，云淡秋空一雁经。
惟有北人偏怅望，孤城独上倚楼听。
危栏秋尽偶来凭，霜落秋山爽气澄。
谁道衡阳无雁过，数声残日下春陵。

——《春陵闻雁二首》

春陵就是今天的湖南道县，这是忙碌了一辈子的寇准难得清静的时刻，可以孤城独上，可以倚楼望雁，此时心境，亦尽在诗中。

到道州后不久，寇准又被贬到更为偏远的雷州（今广东湛江）。三年后，六十二岁的寇准在雷州生了重病，可此时他却收到了人生的最后一封调令，徙至衡州司马。寇准勉强收拾了行李，可还未出发便去世了，倒真应了那句“谁道衡阳无雁过”。

二十年后，庆历二年（1042 年）的深秋，正在庆州领兵的范仲淹于军帐中怅然提笔：

塞下秋来风景异，衡阳雁去无留意。
四面边声连角起，千嶂里，长烟落日孤城闭。
浊酒一杯家万里，燕然未勒归无计。
羌管悠悠霜满地，人不寐，将军白发征夫泪。

——《渔家傲》

还是“衡阳雁”，还是“孤城”，相似的喻意。也许范仲淹正是想起了三十七年前在澶州指挥若定的寇准，才有了“不动如山”的崇敬效仿，才有了“浊酒一杯家万里”的感怀诗情。

诸行如梦——大同华严寺

其一　诸佛龙象

大同华严寺始建于辽兴宗时，传统寺院大多是坐北朝南的，可华严寺却坐西朝东，按照《新五代史》记载：“契丹好鬼而贵日，每月朔旦，东向而拜”，可以看出这种向东而建的奇特布局正是由于契丹人“崇日”的习俗。如今的华严寺分为上下二院，两院之间仅以一道月门隔开。上院在东，以金代建造的大雄宝殿为主体；下院在西，规模却小，以薄伽教藏殿为核心。

上华严寺的大雄宝殿规制恢宏，体量阔大，是难得一见的九间大殿。按照梁架题记，此殿建于金天眷三年（1140年）。大殿外观上最引人注目的便是殿顶的一对琉璃鸱尾，高近五米，堪称古建之最，千百年来历经风雨，黄绿釉色依然明焕如新。这对鸱尾中的南吻是明清后补的，但北吻为金代原物，形象甚是逼真，甚至表情还有几分呆萌可爱，这种简明风格也许正是少数民族的审美体现。

辽金鸱尾，上承唐制，呈明显的鱼鳍形状，尾端相对，颇显灵动。而后世明清所用鸱吻则呈龙首状，意趣大不相同。

如今这座大雄宝殿内还保存着明代的五世佛与诸天像，各有精美之处，不一一细论了。然而我此行要寻访的真正辽构，是藏在下院的薄伽教藏殿。“薄伽”大概是从梵语“bhagavān”音译过来的，这是佛修成正果后的称号，也可译作“世尊”。“教藏”便是藏经之意，这座薄伽教藏殿正是华严寺的藏经阁。整座殿阁不大，爬过一段楼梯，仰头可见一座面阔五间的单檐歇山顶殿阁建于高台之上，乍看起来甚至有些不起眼——至少在我去寻访的那个下午，游人多半聚集在上院的大雄宝殿附近，去看薄伽教藏殿的寥寥无几，但这里才是一座真正的“宝藏辽构”。

殿阁进深四间八架椽，在殿内当心间右侧椽底留有墨书题记：“维重熙七年岁次戊寅九月甲午朔十五日戊申午时建”，证明了其辽构的真实性。而曾经在殿顶的正脊两端耸立着的一对高约三米的琉璃鸱尾，虽比前面大雄宝殿的鸱尾尺寸略小些，却是难得的辽代原物。只是可惜后来这对辽代鸱尾原件被收藏至大同市博物馆，如今殿顶的是复制品。

进到殿中，光线便骤然黯淡下来，只见殿内的佛坛上紧凑地分布着三世佛，周遭一众菩萨、天王与供养人像紧密围绕。这些佛像拥挤却有序，除了燃灯佛与弥勒佛前方两尊明代坐佛明显是后挤进来的，其余各尊座次分明，按“品”字形排列，在布局上最大程度地利用了佛坛的有限空间。

佛坛居中最为高大的是三世佛造像，分别为燃灯佛、释迦牟尼佛和弥勒佛，结跏趺坐于莲台之上，神情淡定而慈和。三世佛旁依次排下来的是文殊、普贤、观音、地藏四大菩萨像。其中又以文殊菩萨最为好看，只见其头戴花冠、神情肃然，而其座下却不是传统的青狮坐骑，而是一匹屈膝的骏马驮起了佛台。《华严经》中有一偈：“欲为诸佛龙象，先做众生牛马”，这大概便是先做牛马的青狮前世吧。

其二 重楼壁藏

佛坛之上再往下一等的是佛陀弟子、胁侍菩萨与四大天王像，弟子是迦叶与阿难，两人身披袈裟，都是清瘦苦行之相；四大天王分立在坛角，双目圆睁，眉骨高耸，似怒目金刚，表情颇显威严。而十方胁侍菩萨却与天王截然相反，只见它们神情柔美、身姿曼妙，这种刚柔对比十分强烈。

其中最出名的莫过那尊闻名遐迩的“露齿合掌菩萨”，只见其侍立在释迦牟尼佛的右前侧，有些俏皮地跣足站在莲台上，身体微微侧倾，双手做合十印，唇角露出似有似无的微笑，更添一丝神秘之感。这是难得的艺术珍品，无怪乎有“东方维纳斯”的美誉。

佛坛上还有几尊略矮小些的便是供养弟子像了，其中有一位举起手来，好似在虚心求道；也有一位垂下手来的，静默不语，似是已经悟到了佛法真谛。这济济一坛的彩塑造像或坐或立，大多为辽代原塑，难得的是每一尊神情俱不相同，变化生动，各具妙处，当真是精彩绝伦，令人忍不住驻足良久。

在这薄伽教藏殿内，除了一众彩塑令人流连，尤为珍贵的还有殿内四壁一圈的“重楼壁藏”。这些壁藏也是木质的，分为上下两层，中间有腰檐衔接。上层设有佛龛，雕栏画栋，层层相连，下层则是藏经的经橱，但当年所藏经书早已不知去向。

细看这些壁藏木雕，却是按照真实建筑微缩雕成，栏板均为镂空雕刻，腰檐下遮檐板上还有彩绘，便连屋顶上的脊兽都袖珍玲珑，精巧异常。至于斗栱铺作更是种类繁复精巧，甚至还能找到出跳四层的双杪双下昂七铺作。这些壁藏都在室内，保存极为完好，比起外部的大殿来说更能体现辽构原貌。当将这一圈重楼壁藏顺次看完，就仿佛看了一场精美的辽代建筑模型展览。

而在薄伽教藏殿内后壁上，还有一处明窗，此处的壁藏极尽巧思，最为精美。因为两侧的壁藏在此处断开，工匠别出心裁地在后壁当心间窗上搭建了一座圜桥，并在桥上建造了五间“天宫楼阁”，从而将左右两侧壁藏完美地衔接在一起。若是看官有缘来访，千万不要错过这美轮美奂的天宫楼阁。

如今殿内壁藏的佛经早已不见，可推论起来，这里当年所藏的也许正是传说中的《契丹藏》。薄伽教藏殿建于辽重熙七年（1038年），也就是此殿修建的同时，辽兴宗同步启动了另一项浩大工程，他要对标隔壁的大宋，开版刻印辽国版《大藏经》。

虽然雕版印刷在唐末至五代时就已经很成熟了，但开版刻印如此大部头的《大藏经》并不容易。就算是财力雄厚如大宋，也才刚刚刻完了第一部汉文《大藏经》，这部《大藏经》从宋太祖开宝四年（971年）刻到了宋太宗太平兴国八年（983年），前后长达十二年之久，完成雕版十三万块，后世称为《开宝藏》。这部《大藏经》质量极高，大宋刻成后颇为自豪地赠送给周边契丹、西夏、高丽诸国。

其三　所藏何经

重熙七年，辽兴宗下定决心要刻印一部比《开宝藏》更加规模宏大的《大藏经》，他召集僧人在《开宝藏》的基础上，还要吸收北方地区广为流传的《大日经义释》等特有经论。辽国这项工程前后足足刻了三十年，一直刻到辽道宗咸雍四年（1068年）才完工，史称《契丹藏》。对于这项国家工程，信仰佛教的辽国上下高度重视，譬如《契丹藏》中收录的《华严经随品赞》十卷便是辽道宗亲自撰写的。

辽国境内佛教盛行，辽兴宗受过菩萨戒，辽道宗能亲自撰写《华严经随品赞》《华严经五颂》，可见几代帝王对佛教的重视，因此在西京大同能建造这样规模的佛寺也就不足为怪了。

今天在北京西山上有一座大觉寺，这是一处全国重点文物保护单位。大觉寺始建于辽代，在当时被称为清水院，寺内至今还保存一块辽代《阳台山清水院藏经记碑》，上面记录了契丹人正是在阳台山清水院中刻印《大藏经》，并在碑文中指出印刻规模："……印大藏经凡五百七十九帙，创内外藏而龛措之。"

有趣的是，根据《大金国西京大华严寺重修薄伽藏教记》的金代石碑，上面正好记录着："及有辽重熙间，复加校正，通制为五百七十九帙，则有太保大师入藏录具载之。"

在辽时，今天的北京为南京，大同为西京，二京相隔三百多公里，可这部重熙年间所刻的《大藏经》的规模却对上了，都是"五百七十九帙"，可见此处华严寺所藏的就是刻于阳台山清水院的《契丹藏》。

“帙”原本是指包书的布套，后来指代量词，一帙便是十卷，这部《契丹藏》足有五千七百九十卷，按照二十页一卷来计算，也不会少于十万块雕版。只可惜如今《天宝藏》也好，《契丹藏》也罢，海内均难觅得真迹。近些年常有某地某处发现宋辽《大藏经》残卷的新闻，却甚少得到确凿的考证。

在辽末的保大之乱中，金兵攻陷西京大同。根据《重修薄伽藏教记》所载：“……殿阁楼观，俄而灰之，唯斋堂、厨库、宝塔、经藏洎守司徒大师影堂存焉。”在当时，华严寺内高大的殿宇全部付之一炬，其中所幸存的“经藏”便是指薄伽教藏殿了。

也许是侥幸，也许是天意，这座不起眼的薄伽教藏殿经历了一次次战火与风雨，奇迹般保留至今，仿佛冥冥中昭示着一种因果。

虽然楼内经书早已不见踪迹，但离此地上千公里外的韩国海印寺内，却完整地存放着高丽时代的八万块大藏经版。这是当年高丽王朝收到了大宋和辽国作为礼物送来的《大藏经》后，下定决心雕刻的属于自己的《高丽藏》，也无意中为《开宝藏》和《契丹藏》也留下了一段历史的回音。

其四　海印三昧

华严寺应是依《华严经》而名。

《华严经》是华严宗的立宗之经，也是修行大乘佛教最重要的经典之一，此经譬喻生动，内容博大精深，诸多妙旨从东晋时便开始流传。到唐代时，又因法藏法师为武则天讲《华严经》而更为广泛传播，法藏法师因此被尊为华严宗第三祖。

华严宗的义理其实很有些哲学思辨的意味，读大学时闲极无聊，我曾花了大力气去读《华严经》，可总觉不得门道。近年来年岁渐长，对于其中种种思想，渐渐明了了些。

按照法藏法师的释义，《华严经》乃“毗卢遮那法界身云，在莲花藏世界海，于海印三昧内，与普贤等海会圣众，为大菩萨所说也”。这是指释迦牟尼佛成道后，为普贤等菩萨讲述的内容，描述的是佛成道后的光明世界。

所谓“海印三昧”，其实是一种比喻，以深邃又浩渺的大海为印证，可以照见法界的森罗万象。

在圆融无碍的法界之中，法即本心所见，因而华严宗的核心观念可以归纳为“法界缘起”四字。因此华严宗也认为，宇宙中的一切本就是“事事无碍”的，万事万物都是同一的，“一即一切，一切即一”。

所以《华严经》里有一句话，叫作“尘尘混入，刹刹圆融”。意思其实是说，纵然是在小如微尘之中，在任何一刹那都是圆融相续的。

华严宗的义理实际是一种对于存在主义的哲学讨论，在华严宗看来，“法”本来就是存在的，不会有任何一种法是先于法界的。这是不是与后来海德格尔的“真理本身就具有存在的方式”已极其接近了？

佛教所谓“如来智慧”，西哲所谓“真理”——既然是本来就存在的，可在这个本就圆满的世界中，为何不是所有人都充满智慧？人又为何会有烦恼？华严宗认为是因为“妄想”，所以不可“证得”。海德格尔则说得更通俗些，人生有三大沉沦：好奇、闲谈与犹豫。

应知一切心识如幻，始知世间诸行如梦。

百宝光明——大同善化寺

其一　辽代彩塑

从华严寺出来，往南约走一公里，便到了另一处辽构——善化寺。兴许是因为华严寺闻名遐迩，与它一街之隔的善化寺反倒声名不显，不仅门票全免，便连游客也寥寥无几。寺院山门不开，门前聚集着不少下棋的老人，说笑谈天，很是热闹，仅在东侧开一小门，留给游客出入。这对于第一批全国重点文物保护单位来说，实在是过于低调。

在山门和大殿之间，有一座“三圣殿”，大约是因为殿内供奉着华严三圣而得名。这是一座十分标准的金代建筑，规模比后面的大殿略小些，面阔五间，进深四间，补间铺作很有特色，斗栱斜向上层层密密如莲花次第绽放，这便是金代典型的斜栱了。

三圣殿内只用四根金柱支撑，亦是辽金典型的“减柱造”。殿内的金柱已减无可减了，又要维持建筑的稳定性，便在梁架结构上做文章，只见梁架全部彻上明造，施叉手而不用托脚，处处充满了巧思。此外在三圣殿的东西墙壁上有通景壁画，西墙前还有两通石碑，仔细读来都是金代的——此处暂且按下不表。三圣殿并不是此行的目标，还是要直奔此行重点寻访的辽构——大雄宝殿而去。

善化寺大殿立在七尺高的青砖台阶上，面阔七间，进深五间，是一座单檐庑殿顶的辽代大殿，整体形制与华严寺大殿颇为相似，只是整体小一号罢了。大殿从正面看去，当心间和两稍间设有门窗，次间和尽间却全用墙砌，明暗交错，煞是别致。乍看去外檐斗栱都很规整，皆为五铺作，似乎都是一模一样的，可留神细看，只见补间铺作与奉国寺大殿一样都垫了驼峰，与柱头铺作略做区别。

走进殿内举头而望，不同于前面三圣殿简洁的彻上明造，大雄宝殿内却是有部分藻井的，当心间是斗八藻井，藻井前有三列正方形的平棊，而后面又有两个相衔接的菱形平棊，实在是精美至极。“平棊”就是后世所谓“井口天花”，这种小型天花在明清建筑中常用。

而此殿最好看的莫过于藻井正中的明镜内所绘的二龙戏珠，金光闪耀，分外夺目，这也是辽代的原物。这种华丽的藻井及明镜样式，在现存的宋辽木构中并不多见，而距此地不远的应县净土寺大殿的当心间藻井也是八角形藻井中心有二龙戏珠图案，但那处藻井四周还有更为复杂的天宫楼阁，代表了辽金时期小木作制作的最高工艺水平。

因为也用了“减柱造”，大殿内便显得格外宽敞。在藻井下端坐的是五方佛中的毗卢遮那佛，也称大日如来，右边依次是南方宝生如来、东方不动如来，左边两尊则分别是北方不空如来和西方阿弥陀佛。其实按照佛教的经典，五方佛中东南西北四尊也可以视作大日如来的化身，代表了佛的五种智慧。五方佛来自密宗体系，汉传寺院中不算多见。而有趣的是，不光大雄宝殿里有五方佛，善化寺山门中四大天王的头顶上也戴着五佛冠，也许这正是对唐代密宗的继承吧。

善化寺大殿内共有三十三尊彩塑，除却五方佛身前立着的四尊胁侍菩萨，大殿两侧还站立着二十四尊天，这些彩塑跨越了多个时代，其中只有两尊胁侍菩萨为辽代彩塑，其余大多是金代补做的，但都精美至极。

譬如诸天中的这尊鬼子母像，鬼子母出自佛经故事，据《宝积经》记载，鬼子母者是鬼神王般若陀的妻子，她生有上万个孩子，最怜爱的是幼子宾迦罗。鬼子母性情凶暴，喜欢杀死别人的孩子并吃掉。佛祖得知鬼子母的恶行后，便将宾迦罗放在自己的钵底，鬼子母四处寻找不到，日夜悲号。佛祖于是点化她道：“你有万名孩儿，只丢了一个宾迦罗便如此伤心，世间百姓只有一儿或是一女，被你吃掉又该怎么办呢？”鬼子母幡然醒悟，受戒之后不再作恶，于是也脱离了鬼形。

这尊鬼子母像极其生动，双手交握在胸前的妇女形象便是鬼子母皈依后的样貌了，只见她衣饰妆容颇为华贵，甚至裙幅上的花纹都极精细，远看宛如真人一般。而她裙下还有个小鬼凶神恶煞，这正是鬼子母作恶时的原型。

佛经中的鬼子母类似于金庸小说《天龙八部》里叶二娘的经历，而元杂剧中亦有一部《鬼子母揭钵记》，便是改编的这段佛教故事，作者吴昌龄就是大同人。不知他在创作这篇故事时，是否正是想起了家乡寺院中的这尊鬼子母像。

其二　贞元之辨

从现存的古建筑情况来看，北方地区遗存的古建往往更好地保留了唐代以来的建筑风格，其中善化寺上衔唐风、下接金元，充分反映了不同时期建筑风格的演变和发展。

在大雄宝殿西侧，还有座普贤阁也颇值得一看。在民国时期营造学社最早提出的八大辽构中，善化寺原本是有两座殿阁入围的，即大雄宝殿和普贤阁。然而在 1953 年对善化寺的修缮中，普贤阁内发现了“贞元二年一行造”的题记，这座殿阁便因此退出了辽构的序列。

不过中国历史上有两个贞元年号，一个是唐德宗贞元二年（786 年），另一个则是金代海陵王贞元二年（1154 年），前后相差三百六十余年，普贤阁到底是何时所建，目前仍存在争论。

从外观来看，普贤阁是一座三间见方的重檐九脊楼阁，飞檐翘出，形似覆莲一般，悬鱼大而古朴，恰如花瓶一样，煞是好看。其斗栱简洁，颇具辽构风格，而采用特殊的平座暗层做法，又有些唐构遗风。

善化寺的寺名其实是明代之后才得，在辽金时被称作大普恩寺，按照寺内三圣殿内最早的一块刻于金大定十六年（1176 年）的石碑所记：

按寺建于唐明皇时，与道观皆赐开元之号，而寺独易名，不见其所自。今楼有铜钟，其上款识乃是清泰三年岁在丙申所铸造也。其易今名，当在石晋之初，或唐亡以后，第未究其所易之因耳。

——《大金西京大普恩寺重修大殿碑记》

可见此寺应是建于唐玄宗时期，最早叫开元寺，但何时改作普恩寺已不可考了，金人也只能推断或许是“石晋之初或唐亡以后”的事了。而这座寺庙也经历过辽末战火的浩劫，“辽末以来，再罹锋烬，楼阁飞为埃坋，堂殿聚为瓦砾，前日栋宇所仅存者，十不三四”，可见当时此寺被毁坏的情形。碑文中记录是由一位“圆满大师”主持重修本寺，“经始于天会之戊申，落成于皇统之癸亥”，历时整整十五年方才修好。

这块石碑最后的落款是“皇统三年二月丁卯，江东朱弁记”。与在义县奉国寺写碑文的张邵一样，朱弁也是一名从南宋派出赴金的使臣，有意思的是，在《宋史》之中朱弁与张邵也在同一篇列传之中，两人的人生经历非常相似。

建炎元年（1127 年），朱弁作为副使陪同正使王伦出使，他们一行也与张邵的遭遇相同，都被金人无理刁难并扣留下来。在被关押五年后，金人提出可以放一个使臣回去，朱弁主动提出让正使王伦先回去，自己抱印留下，他慷慨道：“印即信也，愿抱印以守节，死不离矣。”金人知道强迫不了他，便将他关押在寺庙中——大概便是此地的大普恩寺了。

在被金人羁押的日子里，朱弁便在寺内设馆教书。他本就是江东名儒，金人贵族慕名纷纷把子弟送来求学，他也如张邵一样得到了金人的尊敬，甚至不约而同都受邀为所在的寺院题写了碑记。这块石碑的落款时间是皇统三年（1143 年），与张邵题写奉国寺碑记的时间仅差三年。

谁能想到从大宋相继派出的两位使臣，一东一西，相隔千里，明明音讯中断，可遭遇却又如此相同。而他俩所待过的这两间佛寺，都极为巧合地历经千年而保存了下来，成了当世仅存的八大辽构之二。冥冥之中远隔千里的两座辽构——善化寺和奉国寺之间，似乎产生了一种奇妙的联系，而这两块石碑也仍然静静地矗立在大殿内，仿若遥远的呼应。

其三　百宝光明

朱弁诗作传世不少，有一首是在金地囚拘所作，读来极富深情：

关河迢递绕黄沙，惨惨阴风塞柳斜。
花带露寒无戏蝶，草连云暗有藏鸦。
诗穷莫写愁如海，酒薄难将梦到家。
绝域东风竟何事，只应催我鬓边华。

——《春阴》

诗穷莫写愁如海，酒薄难将梦到家。故国虽好，却只能在梦中归去，醒来只见关河绕黄沙，唯有鬓边白发年年增。隔着岁月的长河，我们仿佛仍能感受到当年诗人的悲愤与无奈。

在寺中的日子里，朱弁大概也无数次徘徊于大殿之中一一观摩过每尊塑像。他在碑记中写道："……侍卫供献，各有仪物，皆塑于善工。睟容庄穆，梵相奇古，慈悯利生之意，若发于眉宇，秘密拔苦之言，若出于舌端。有来瞻仰，莫不钦肃，五体投地，一心同声，视此幻身，如在龙华会上百宝光明中……"

《楞严经》中说，佛在说法之时，从头顶肉髻中，放出百宝光明，光中涌出千叶宝莲，莲中便出现了化身如来，如来头顶又放出十道百宝光明，光中示现了数不清的金刚力士，擎山持杵，遍虚空界。

这是何等光明灿烂之相，在日复一日的等待中，朱弁终于见到了他所期盼的百宝光明。在此地被关押了十六年后，朱弁等到了绍兴和议的达成，终于得以被放归。他与张邵一西一东，各自踏上了返回故国的归程。

不知他们踏上故土时是何心情，十六年过去了，华发早生，人已暮年，不复出使时的意气满怀。可毕竟从天黑等到了天明，总好过许多埋骨黄沙的同伴们，至少从此能在山明水秀的家乡安度晚年。

朱弁在北地时，还记过一件有趣的小事，他写道："北人以松皮为菜，予初不知味，虞侍郎分饷一小把，因饭素授厨人与园蔬杂进，珍美可喜，因作一诗。"为了一把没有吃过的北方松皮菜，朱弁专门写了一首诗，这首诗很长，摘录几句：

……

侍郎文懿后，落落众推俊。
香厨留净供，频食不言顿。
得法于此公，骨髓传心印。
应怜持节人，饷此为问讯。

诗中提到"侍郎文懿后"，可见这位分他一小把松皮菜的虞侍郎是虞世南的后人，史书中没有留下他的名字，也许正是一位与朱弁同行的使臣吧。诗人哀叹"应怜持节人，饷此为问讯"，这是惺惺相惜的一点牵盼罢了。

写到这里，大概可以为朱弁与张邵的故事做个收尾了。按照《宋史》记载，宋高宗派出使金"同时使者十三人，惟皓、邵、弁得生还"，最终从金国生还回去的只有洪皓、张邵、朱弁三人。张邵和朱弁的故事都已讲过，洪皓更是一位名满天下的忠义之士，《宋史》里记录他返宋之后因怒斥秦桧而被贬斥，"而忠义之声闻于天下"。

在金国经历过九死一生的人，还有什么可惧怕的呢？这几位大宋派出的使臣，虽然国家战败，虽然受尽屈辱，却始终保持着气节和操守，在艰难困苦中亦赢得了敌人的尊重。他们有一个共同的特点：无论身处何种境遇，都能保持内心的坚定，不自矜、不屈节，坦坦荡荡，不改其色。

这或许正是他们人生中最鲜亮的百宝光明。

枯荣之间——涞源阁院寺

其一　大智文殊

阁院寺在涞源县城偏西，因此又称西大寺，平日里寺门紧闭，已多年未对外开放了，因缘巧合之下，得以入院一观。寺院不大，我此行要寻访的辽构便是其中的文殊殿，如今已被合围成一处独立的院落，而院内有两棵松树甚为高大，乍看去令人暗暗称奇——此处容我卖个关子，暂且按下不表。

抬头只见文殊殿面阔三间、进深三间，单檐歇山顶，虽然是个三开间的殿阁，但它的尺寸并不小，内部面积有 240 平方米左右，看起来甚至比寻常的五开间殿阁还要宏伟些，这也与其用材较大有关。不同于寻常大殿长方形的平面构造，这座文殊殿的长宽很接近，这也使整座殿阁平面上近似于一个正方形，十分罕见。

走到近处，抬头只见牌匾上题写着“大智文殊”四字，可见这座殿阁是一处文殊菩萨的道场。大殿的柱头铺作为双杪五铺作，尺寸很大，跳头上不安横栱，这种方式也称“偷心造”。补间铺作两侧各一朵，从柱头枋开始出跳，尺寸要略小些。转角铺作虽然出跳不多，但用了“抹角栱”的做法，也是明显的辽构特征。

从外观看，文殊殿的窗棂也是一绝，大殿外檐的隔扇门上保存着辽代的菱花窗，却是密宗八宝和梵文花式。其中横披三间各五扇，又以当心间最为精美，只见此间正中窗扇分为上、下两个部分，上部是密宗八宝的金刚铃与金刚杵的纹样，下部是四柄十字金刚杵，也叫“羯磨杵”，又饰有梵字，应都是梵文真言。

在西次间的阁子门上也有一扇保存完好的辽代窗棂，采取三交六斜做法，中间穿插梵文小字。2008 年北京奥运会的会标，据说便化用自这扇窗正中的梵文字样，看起来似乎是一个人奔跑的形状，又与“京”字相似。其实这个梵字倒是常见的，应音译为“唵”（om），佛教六字真言头一个就是它了。

走入殿中，只见殿内依旧是为了扩大空间而使用的“减柱造”，只用两根硕大壮实的金柱支撑承平梁。梁架结构为四椽栿对乳栿，四椽就是五架梁，用以承托五根檩，力学结构颇为精妙。此殿更难得的是一千多年过去了，至今未曾落架，梁栿平直如初，丝毫未变形，这也让后人在四椽栿下增加的两根撑柱显得有些画蛇添足了。

在殿内东侧的梁架下有三处非常醒目的题记，分别有“大元泰定丁卯中旬十日重修”“正德二年七月吉日补修”“嘉靖丙午岁拾月吉旦”字样，清楚地记录了此殿元代、明代重修的时间。然而最好看的还是梁架上的五彩遍装——前面在奉国寺文中已介绍过，五彩遍装是一种彩画的用色方式。中国历史上各朝代的彩画用色和审美区别甚大，在唐时彩画多用赤白装，宋辽时的五彩装已是极大的发展，只可惜遗存不多了。而阁院寺文殊殿内的彩画与奉国寺大殿内部有些相似，抬头望去，只见花卉锦纹的旋子彩画绘满整个梁架，描金饰粉，繁丽似锦，似乎比奉国寺大殿的彩画更加绚丽。此外殿外的后檐下还有一对团花行龙纹饰的彩画，亦很生动，但从颜色和手法来看，能否断定为辽代彩画，恐怕还要再斟酌论证。

其二　飞狐大钟

因为没有设佛坛，文殊殿内看起来有些空旷，殿内四壁都是白墙，却在约半人高的腰线处隐约露出了部分的彩画。也许过去在大殿两侧曾是放置过彩塑立像的，到后来立像被移走，下层的佛坛也去除了，便露出底下的壁画来。

如果凑近细看，便会发现露出的壁画外还糊了一层黄泥，只有在泥巴脱落处，才能一睹里面藏着的壁画真容。譬如在殿内后壁上就有一整块脱落露出的壁画，隐约是个人物的半身形象，只见衣裾翩然、笔法遒劲、线条流畅，甚至连露出的沥粉贴金都格外鲜艳自然。只窥一角便可想象，这是一幅何等动人的鸿幅巨作。只可惜壁画颜料对光十分敏感，一旦暴露见天日，将会褪色，难存其鲜艳色彩。若待它日技术成熟，可将壁画完整揭开之时，定将惊艳世人。

除了主体建筑以外，阁院寺中还有辽钟一口，唐代、辽代陀罗尼经幢各一通，另有明清碑刻三块。其中两通陀罗尼经幢便放在大殿的次间门外，唐经幢略低矮些，字迹漫漶不清，辽经幢保存更为完好，上面有清晰可辨的应历十六年（966 年）记录，这也是过去有学者推断阁院寺建造时间的一处例证，只是近年来对这个建造时间也存在一些争议，此处不再赘述。

寺院东南角还有一口铜制大钟极为珍贵，整体呈六耳形，圆滚滚的如同战士的头盔一般，这是我国现存唯一有明确纪年的辽代大钟，此钟也称“飞狐大钟”，其名来自钟上铭文“维大辽蔚州飞狐县阁子院首座前监寺沙门”字样。

涞源古属燕云十六州中的蔚州，因守着太行八陉中飞狐陉之险要，故而得名飞狐县。此地正是关内通向关外的要塞，东至宣府，西通大同，南有倒马关，东有紫荆关，表里襟带，可谓襟喉。

按照大钟上部的铭文，此钟建造是为了“报国恩奉，为天祚皇帝万岁、亲王公主千秋、文武官班恒居禄位，雨顺风调，民安国泰”，铜钟下部有铸造时间：“维天庆四年岁次甲午十月壬寅”。天庆四年（1114 年）已到辽末时，这一年北边的完颜阿骨打已统一女真诸部，正式起兵反辽，攻克了辽国的重镇宁江州（今吉林省扶余市）。然而辽国天祚帝此时却并没有认识到危机，仍在广修寺塔。

在今天河北宣化的塔儿乡有一座辽代古塔，叫作“佛真猞猁迤逻尼塔”，其名来源于塔下部方砖铭文：“佛真猞猁迤逻尼塔，维天庆七年岁次”，这塔名虽然听起来怪异，其实“猞猁”便是“舍利”谐音，很多资料解释“迤逻尼”是《迤逻尼经》，但我遍查佛典都没有找到这本经书，私以为应是指《陀罗尼经》。这座辽塔建于天庆七年（1117 年），与飞狐大钟铸造时间极近。

再过数年后，天祚帝在应州被俘，辽遂灭亡。

其三　枯荣双树

飞狐大钟外部密密麻麻皆是铭文，有一千余字，除了记录大钟铸造过程，还夹杂着经文以及供奉人的姓名，细读起来很有意思。当时能在大钟上留名被视作无上功德，而钟上所记录的供奉人五花八门，既有“院主僧澄湛、习经沙门澄愿、讲论沙门澄宪”等寺内僧人，也有本地如“西南面安抚使耶律善、押司官魏公谓、属国军使权指挥使赵辛、右班殿直韩为舟”等各级官员，还有“杨惟祥妻崔氏、长男可冲、妻石氏”之类本地阔绰施主携家带口上榜，甚至连术士、工匠皆有姓名，可见当时民间参与寺院佛事的积极性之高。

而钟上夹杂的经文部分就更有意思了，既有《金刚经》中“一切有为法，如梦幻泡影，如露亦如电”之语；也有数十字的梵文夹杂其中，旁边注着“持密教五戒周全”之语，想来这些梵文应是密宗真言。更有趣的是，钟上竟还有一面记载了道教神祇，如“太上府君、太上太岁、太上九曜星”等等。

无独有偶，在涞源县城中心的泰山宫里，还有一座五层楼阁式的辽代兴文塔，亦是一座建于道观中的佛塔，可见当时民间宗教信仰之杂。

闲话说，辽代佛教的主流是华严宗和密宗。辽代密宗上承唐密，传播密宗的僧人也很多，到了辽晚期，更是倡导显密双修。所谓显密，其实是在佛教的传播和修行方式上有所区别，显宗讲究“显明易懂”，顾名思义也更容易流传；密宗讲究“真实密意”，意为秘法不可轻易示人。显宗一般是指汉地流传的宗门诸派，譬如华严宗、天台宗、净土宗、禅宗等等，而密宗又分东密和藏密，前者上承唐代密宗，后者则由古印度传入西藏地区。

譬如辽代著名的道殿大师，便是兼通华严宗和密宗的，著有《显密圆通心要集》，他认为显密没有高下之别，提倡五法界观，颇有些大融合的时代特色。而阁院寺窗棂上的密宗真言和铜钟上汉梵夹杂的经文也许正是这一时期“显密圆通”的一处例证。

我将要离开时，不免回望文殊殿前的两株高大的松树，竟是一枯一荣，荣者茂可蔽日，枯者仅剩虬枝，早已不知经过多少风雨。不由想起佛典中曾提及，释迦牟尼佛在拘尸那城入灭之际，东南西北各有双树，皆是一枯一荣。在佛经中“荣”比喻“常”，“枯”比喻“无常”，枯荣之间暗喻着涅槃之道。

如此反观文殊殿前枯荣二树，正暗合佛理。

竟叫人一时间分不清是真是幻，不由怔忪了。

峻极神工——应县释迦塔

其一　斜塔不倒

应县在辽代称作“应州”，属于辽西京道大同府所辖，这里地势险要，与对面大宋的雁门关正成对峙，在历史上常做兵略之地，宋辽时更是两国的边陲要隘。此地又为何名为“应县”？如今通常解释为因附近龙首、雁门二山南北相应而得名，我倒觉得此处地势扼要，恰好为中原门户。古人说，“王之正门曰应门”，兴许“应”字正从此而来。

应县木塔与比萨斜塔、埃菲尔铁塔并称世界三大奇塔，这座全木结构的楼阁式宝塔高逾六十五米，刹尖高耸，古朴端庄。它不仅是国内唯一，亦是世界现存最高、历史最久远的木塔。从辽清宁二年（1056 年）修建至今，这座巍峨高耸的木塔经历过多少次战火与地震，近千年屹立不倒，吸引了多少信众与游人，更连接着过去与未来。

观应县木塔首要看木构，而看古建不可不看斗栱。应县木塔使用了纵横交织、形状各异的五十余种斗栱结构，这简直是一座包罗万象的木构博物馆。而这些交替铺陈的斗栱功能亦不相同，它们各司其职，从纵向上承接屋檐与柱头的力，而横向上又牵拉左右两边的梁枋，使得各层每个角、每个面的结构有机地结合起来，从而形成一个稳固的整体。而斗栱本身是由细小零件榫接而成，对于调整倾角起到了很好的平衡作用，在遇到外力冲击时又有一定的阻尼效果，这也无怪应县木塔可屹立至今，可谓是世界建筑史上的奇迹。

站在塔下细数，木塔每层的斗栱铺作数也不相同。除副阶用五铺作外，一二层檐下俱是七铺作，第三层用六铺作，随着层数上升，铺作数相应减少，至第五层檐下只用四铺作了。着实是层层递减、井然有序。

从整体外观上看，应县木塔平面呈八角形，外观五层六檐，但内里实则还有四层夹层，因而也就形成了明五暗四的九层形制。尤为特殊的是木塔内的四个夹层结构，这在宋辽建筑中也称“夹座层”，夹座层里密密都是斜撑，这也起到保持柱网稳定的作用，增加了木塔整体的结构强度。

如果从平面结构上看，每层楼八角形的平面上内、外各设有立柱一圈，柱头上有一圈宽扁的普拍枋形成了一圈紧箍，各种纵横交叠的栱、枋、梁结构相互榫接，沿着内槽与外槽柱列组成了牢固的固定结构，而层与层之间的子结构再叠合受力，整体形成了一种复杂又稳定的高超结构体系。

从古至今，高大宏伟的建筑常见于史书之中，以北魏最有名的永宁寺塔为例，据记载塔九层，高四十九丈，这可能也是我国历史上最高大壮观的佛塔了。但从现存遗址来看，永宁寺塔也并不是全木质的，而是采取内用夯土筑芯、外围木构的形制。

在唐代以前，高台巨构也多半是采取这样的做法，像应县木塔这样内外全木结构的高塔，实际是到了唐宋之际，我国搭建高层木构技术成熟之后的杰作。它解决了传统高层建筑的力学难题——不再依靠中心的夯土台或者通木柱来解决承重问题，整座木塔每层的中间部分都是阔敞的空间，可以安放高大的佛像，可以供信众祈福其间。

这大抵是一种把传统寺院中伽蓝七堂竖叠起来的建造思路，每一层明间就是一座小型的殿堂。很难用简单的语言描述这座木塔的伟大，与其说这是一座木塔，不如说这是一种实证，将木构的可能性推至想象的极致。

其二　峻极神工

应县木塔的全名应叫作佛宫寺释迦塔，这名字正在塔中的一块牌匾上。当你真的站在塔下时，首先便会被塔上各面琳琅满目的牌匾所吸引。

整座木塔的塔身内外共悬挂五十余块牌匾，最醒目的一块当数南侧外檐所题的“释迦塔”三字木牌，这块牌面上还有小字二百余个，仔细辨来应是从金代到明代数次增补的记录。其中最早的一次为“明昌五年柒月十五日”，底下落款为“昭信校尉西京路监使判官王瓛书”，应是制匾之时。

王瓛其人不详，从官职来看应是金代一名小官，然而“释迦塔”这三个大字却颇见颜体神完气足之劲，其行笔雄健有力亦不在知名书家之下。初见这块牌匾时，也许看官会有疑惑，一座辽塔为何只留存了金代的牌匾。然而正是在这块牌匾上还记录了应县木塔的“出生时间”。在王瓛题记的左侧还有一次很近的增补记录——“先王辽清宁二年特建宝塔，大金明昌六年增修益完”。

清宁是辽道宗耶律洪基的年号，到明昌六年（1195 年）时，辽已灭国七十年，而此时距宝塔修建已过去了一百三十九年。不知是工程过于浩大、拖延时间太长，还是已经修好的佛塔又在后来的辽金之战中被损毁，总之这座宝塔修了一百多年才终于“增修益完”。

再向左侧看去，则是元代的题记：“维大元国延祐七年岁次，庚申四月辛巳朔一日庚戌，特奉勅监造官柴禄大夫平章政事阿里伯重建。”也就是在延祐七年（1320 年）正月，大元帝国的统治者元仁宗去世了，在这次题记之时，新的统治者元英宗刚刚继位。仁宗、英宗父子两人都深受汉文化影响，熟读儒家典籍，同时信奉佛教，元英宗曾留下一句话："明心见性，佛教为深；修身治国，儒道为大"，这处题记也正好可做印证。

应县木塔上还有两位皇帝的墨宝，第五层"峻极神工"为明成祖朱棣亲笔题写，第四层"天下奇观"则为明武宗朱厚照所书，但这两块匾都是万历年间重装的。

先说明成祖这块匾，在永乐年间明成祖朱棣曾五次北伐，其间多次驻跸应州。很难说这是永乐皇帝哪一次北征时的挥毫之作，但"峻极神工"似乎也含有"峻极神功"的自夸之意，应是他在登临此塔时的兴起之作，亦可谓是其一生写照。

永乐皇帝虽然得位不正，但他确实是位成熟的政治家、军事家。他始终把北元残余势力视作心腹之患，一生都在率军北伐的路上。永乐二十二年（1424 年），明成祖以花甲之龄再次带兵亲征，最终病死在了北伐回京的路上。然而他的忧虑却不是杞人忧天，仅过了二十五年之后就发生了土木堡之变，印证了他的担忧。

再看木塔第四层的明武宗题匾，实话说"天下奇观"这四个字从书法角度来说，绝不算好，但写字的这位正德皇帝却是位奇人。正德皇帝喜武好战，最大的爱好就是带兵打仗，他自称威武大将军朱寿，亲自领兵出征。按《明史》记载，正德十二年（1517 年）冬，"（鞑靼）小王子侵犯阳和，抢劫应州……（武宗）亲自率领各军队抵抗，激战五天……小王子引兵而逃"。也许就是在这场驱逐鞑靼小王子的胜利后，正德皇帝心满意足地登上了木塔。从史料记载来看，正德皇帝绝对是个性情中人，他对这场应州大捷一直念念不忘，直到第二年回到北京后，还在"记录应州功劳，依次授官升赏五万多人"。同时他还给自己下诏大加封赏："总督军务威武大将军总兵官朱寿亲自率领六军，肃清边境，特加封为镇国公，每年给禄米五千石。"

有史以来，给自己下诏加官晋爵的皇帝旷古未闻，也许此刻的正德皇帝仍然在回味去年应州大捷的辉煌战绩，而当他在塔上宴请与他并肩作战的将士们时，在耳红面热的觥筹中即兴留下了题字，也算是他精彩人生的一处小小注脚。毕竟能称作"天下奇观"的绝不仅是这座木塔，纵观数千年华夏史，正德皇帝也足以称得上是“天下奇观”。

古有契丹八部之说，千年之后，恰好留存了八大辽构。如果从今天的辽宁的义县一路出发，沿途寻找八大辽构的踪迹，那这条蜿蜒之路行至山西应县时，也恰好到了这段旅途的终点。

至此，八大辽构的游历也该到终篇之时。

篇二

契丹五京

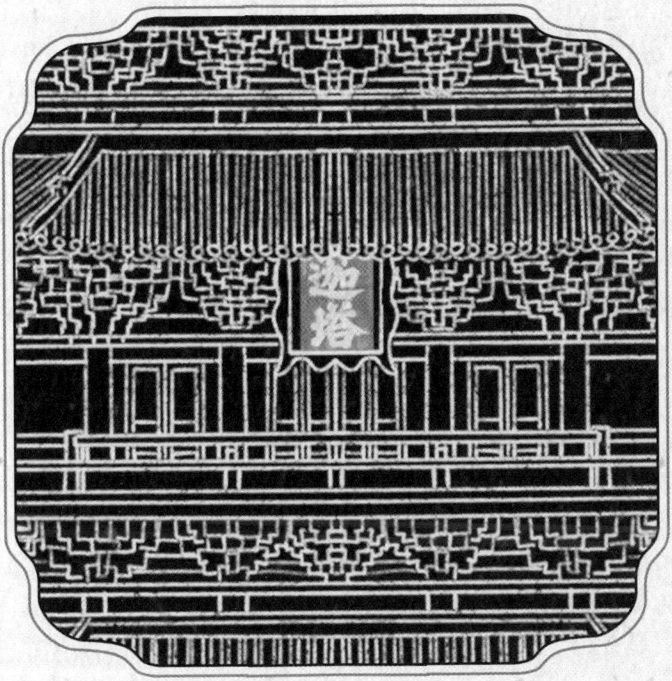

本章聚焦于辽代的五京，通过对五京的地理位置、建筑布局、历史变迁的描述，展现了辽代的政治、经济和文化中心。同时，结合历史事件和人物，如耶律阿保机、述律平、耶律倍等，深入探讨了契丹族的兴起。

金龊一箭——上京临潢府

其一　祖州西楼

辽上京是契丹人建立的第一个都城，选址大有深意。契丹人崇日，修建的城池屋舍都要面东，城东不远便是潢水，上京因此得临潢府之名。这离临近契丹祖庭之地，从高空俯瞰今天的上京遗址呈“日”字形，轮廓极为清晰。

传说中一代雄主耶律阿保机选定皇城，是以一支“金龊箭卜之”，大辽上京由此而兴。《辽史·地理志》中不吝夸赞之词：“上京，太祖创业之地。负山抱海，天险足以为固。地沃宜耕植，水草便畜牧。金龊一箭，二百年之基，壮矣！”

一千年后，当我千里迢迢驱车十多个小时，来到这座辽上京遗址时，仍不免被眼前的情景所震撼。一米多高的夯土城墙延展开去，中间是大片的绿野杂芜，纵目远望只见一片荒凉，无垠中显出一种衰败的景象，谁能想到，这竟是强盛一时的辽国上京皇城。

契丹人来自东胡，“契丹”二字原意早不可考，按照《三朝北盟会编》的说法，金太祖完颜阿骨打曾提到过“辽以镔铁为号”。契丹人立国，汉文国号为“辽”。但“辽”字含义与镔铁相去甚远，于是很多人推测“契丹”的意思即为“镔铁”。

在漫长的历史中，契丹人一直过着游牧生活，所谓“草居野次，靡有定所”，并没有城邦定居的概念。契丹历史中的核心人物当数辽太祖耶律阿保机，他出身契丹八部中遥辇氏的迭剌部，一生戎马，征战不停，奠定了辽王朝的基业版图。在长年的南征北战中，耶律阿保机逐渐产生了一些新的想法，于是开始“营筑四楼”。所谓“四楼”，分别是指东南西北四楼。闲话说，这四楼到底是不是指楼阁，历来学界亦有争论。按照《通鉴续编》所载："阿保机乃广龙化州之东城，建东楼以纪功。"可见"四楼"也许真是楼阁，有纪功之用。这四楼中又以阿保机所在的迭剌部的居所"西楼"为核心。

契丹人口原本不多，阿保机建国之前，便通过俘虏、招徕、收容多种方式扩充人口，但主要还是通过战争掠取。按《辽史》记载，唐天复二年（902年），"秋七月，以兵四十万伐河东代北，攻下九郡，获生口九万五千，驼、马、牛、羊不可胜纪。明年春，伐女直，下之，获其户三百。九月，复攻下河东怀远等军。冬十月，引军略至蓟北，俘获以还。先是德祖俘奚七千户，徙饶乐之清河……"战争中虏获的俘户需要有地方安置，这也许是契丹人修建四楼的一个重要原因，在辽初的社会发展过程中，契丹人从最初的随水草就畋渔，逐渐开始固定部族活动的中心区域。

到了公元916年，收服契丹八部的耶律阿保机正式立国，随后决定在"西楼"附近开始修建皇城。按照多种文献记载，契丹的大部落祖州即"西楼"，具体位置大概在今天的内蒙古自治区赤峰市巴林左旗林东镇以南。

契丹人把俘户大量安置在临潢府，其中便有很多都是僧众。如今的辽上京遗址周遭亦不乏佛教遗迹，整个遗址的高地处还遗存着南北双塔，其中南塔为七层密檐砖塔，形制规整，巍峨壮丽；北塔却仅高五层，玲珑小巧，煞是可爱。

早在立国十年之前，公元906年，耶律阿保机"以兵讨两冶，以所获僧崇文等五十人归西楼，建天雄寺以居之，以示天助雄武"。按照《辽史·地理志》的记载，天雄寺在内城东南角，供奉耶律阿保机先祖之像，可见地位之重要。

其二　断腕太后

这座重要的寺庙如今可有遗迹留存？今天沿着辽上京遗址的城墙往西走约莫一公里，便到了全城最高处。如今在这片西山坡上还保存了三处夯土基址，疑为一处佛寺遗址。其中最大的一处基址呈六边形，虽然地面建筑早已不复可寻，但从底层平面结构看应有类似应县木塔般的回廊结构，遥想当年必是极其雄伟的一座佛塔。尤令人瞩目的是，这处基址的残留柱础上还雕刻龙凤、莲花等纹饰，可见等级之高，结合其在内城的位置，可推断这必是极重要的一处辽国寺院。

这处遗址是否就是天雄寺呢？我想可能还有另一个答案。除了天雄寺，当时的辽上京内城还有一座重要的寺庙叫作“义节寺”，此地曾发生过一桩极为骇人听闻的“太后断腕”事件。

公元 926 年，耶律阿保机在远征渤海国后，病逝于归程途中。他的皇后述律氏在灵前砍断自己的右腕，将其随葬于太祖柩中。述律皇后单名一个平字，按《辽史》记载其乳名“月理朵”，是耶律阿保机的原配。述律是契丹大姓，《元史》中就有记载，元代大将石抹也先就是契丹人，便出自述律氏。

> **石抹也先者，辽人也。其先尝从萧后举族入突厥，及后还而族留。至辽为述律氏，号称后族。**
>
> **——《元史·列传第三十七》**

从史料记载看，述律一族曾被掳入突厥，从突厥回归后又与迭剌部联姻，从而成为后族。述律皇后为何在耶律阿保机死后自断右腕，《辽史》中没有明说其中缘由，只是记录“太祖崩，后称制，摄军国事。及葬，欲以身殉，亲戚百官力谏，因断右腕纳于柩”。其中“欲以身殉，亲戚百官力谏”寥寥数字，颇显情深义重，可实际上述律皇后性格忍而多智、刚毅果决，是个铁腕人物。

耶律阿保机死后，登上政治舞台中央的耶律皇后做了三件大事，断腕、逼杀大臣、另立新君，三件大事环环相扣，恐怕其中也大有玄机。《新五代史》中就颇为八卦地记载了另一个场景。

述律皇后在太祖灵前欲逼杀太祖的亲信大将赵思温，被赵思温反将一军，他说：“先帝亲近之人莫过于皇后，皇后为何不随于地下？”述律平反应极快，她解释道，“我本来也准备追随先帝于地下，但我子年幼，国事繁重，还不能现在就去。我可以断掉一只手臂追随先帝（我本欲从先帝于地下，以子幼，国中多故，未能也。然可断吾一臂以送之）。”说完，她就毫不犹豫地自己斩断了一只手腕。

太后断腕一事，在《辽史》《新五代史》中都有记载，应是事实不假。按照《辽史·地理志》记载，在断腕事件发生后，义节寺内建了一座断腕楼，并竖碑纪念太后的义节之举，可见在当时众所周知。

可这场面着实过于戏剧化，试想按照《新五代史》的逻辑，若不是述律皇后先逼杀大臣，何以被人反将一军？在自己已经控制局势的情形下，她又何必自断一腕？回头再看她断腕的举动，也许亦是政治斗争中不得已的牺牲，大抵在耶律阿保机死后，契丹内部发生了较大规模的内乱，毕竟按照契丹习俗尚有杀殉的风俗，焉知有无对立大臣逼她殉葬？而述律太后自断其腕，在灵前逼杀大臣百余人，亦见当时形势严峻，也可见其雷霆手段。

其三　祖陵石室

在今天距离辽上京遗址西南二十余公里外，群山环抱中坐落着一个石房子村，这里便是当年辽国的祖州。石房子村内如今也确有一座石房子，由七块大石板砌成，四四方方，十分规整，传说这里便是辽太祖耶律阿保机的停灵之所，而在石室西北方的山谷中，便是辽太祖的陵寝。当年耶律阿保机念念不忘奉祀迭剌部的先祖，在先祖之陵前建造了祖州，最终他也与自己的断腕皇后一起长眠于祖陵。阿保机恐怕不会想到，雷厉风行的妻子在自己死后干了许多大事，第一件就是要废掉他早已属意的太子。

这桩另立新君的公案还要从头说起，耶律阿保机的长子耶律倍颇有勇智，很早就被立为太子，是众望所归的继承人。特别是在征讨渤海国的战争中，耶律倍屡次献策被采纳，深得耶律阿保机的信任。在战争结束后，耶律阿保机自封“天皇帝”，将述律平封为“地皇后”，长子耶律倍则封作“人皇王”，已为长子未来继承大统奠定了基础。

但世上总有许多解释不了的事，纵使是父母子女之间的缘分亦很玄妙。从史料记载来看，耶律阿保机的长子耶律倍、次子耶律德光以及幼子耶律李胡应该都是述律皇后所出，但这位母亲却厚此薄彼，就如同春秋时的郑庄公的母亲武姜一样，她偏爱幼子，对次子也不错，却将长子视作眼中钉。

不过辽代的这出母子兄弟相悖的公案，却与郑伯克段于鄢的结局大相径庭。在耶律阿保机死后，耶律李胡年纪尚幼，战功不著，羽翼未丰，述律皇后见他尚不成气候，便想要立次子耶律德光为帝，于是自导自演了一出大戏，述律皇后把两个儿子带到西楼，对契丹诸酋长说道，“两个孩子我都很喜爱，也不知道立谁更好。请你们来选择一位可立的，便为他牵马吧。”契丹诸酋长哪能不知道述律皇后的意思，争先恐后为耶律德光执辔，耶律皇后假惺惺道，“众人都是这样的想法，我哪里敢违背大家的意思？”

> **契丹述律后爱中子德光，欲立之，至西楼，命与突欲俱乘马立帐前，谓诸酋长曰：“二子吾皆爱之，莫知所立，汝曹择可立者执其辔。”酋长知其意，争执德光辔欢跃曰：“愿事元帅太子。”后曰：“众之所欲，吾安敢违？”**
>
> **——《资治通鉴·后唐纪四》**

不知述律皇后与长子耶律倍间究竟有什么你死我活的矛盾，最终结局是耶律倍被迫弃国远走，亦使人嗟叹。而历史总是由胜利者书写的，述律皇后如愿以偿地让次子成为新帝，新即位的辽太宗耶律德光给母亲加上了“应天皇后”尊号，并依照汉制，御开皇殿，辟承天门受礼，从而将皇都改为上京。

可讽刺的是，二十年后辽太宗在撤军途中突染重病而驾崩。接到儿子死讯的述律太后竟未流泪，只喃喃道，“等我把诸部事情都安顿好了，再来安葬你吧（待诸部宁一如故，则葬汝矣）。”

她想要的“如故”是什么呢？答案很快揭晓，这位彪悍的太后准备再一次使用老办法，让心爱的幼子耶律李胡即位。但这一次百官众臣都对她二十年前灵前逼杀大臣的往事心有余悸，提前做好了准备，众人决定拥立耶律倍之子永康王耶律阮，于是在耶律德光死后第二日便于灵前拥立了新帝。述律太后当然不肯认输，她不仅派兵征讨孙子，甚至准备自己率军亲征，但大抵因为此时她年事已高，不复二十年前的政治影响力，最终耶律阮顺利登基，是为辽世宗。

政治斗争失败的述律太后和幼子耶律李胡一起被囚禁于祖州，此时她已年至古稀，自知将不久于人世。没有任何记载提及述律太后是怎样度过了人生的最后五年，也许只有当她如今落入同样境地时，才会回想起二十年前对长子的残忍放逐，不知是否会有一丝悔意。

其四　庆州白塔

辽人效仿汉制，在帝陵前修筑“奉陵邑”，也就是守卫和奉祀陵寝的城郭，行政级别为“州”，名字与所奉皇陵相同。辽代皇陵分布颇广，从内蒙古到辽宁均有分布，按照史料记载，应有祖州、怀州、显州、庆州、乾州五处奉陵邑。

从考古发掘情况看，目前能确定具体位置的辽代奉陵邑只有祖州、怀州和庆州三处，作为辽陵及奉陵邑均已纳入第三批全国重点文物保护单位。而距祖州往西约一百公里外的巴林右旗北部索博日嘎镇内有一座庆州白塔，正是曾经属于上京道的庆州城核心。

这座白塔实在美丽。

虽然寻访过许多的古塔宝刹，但当我站在广袤的草原中，亲眼看见这座白塔的时候，还是忍不住为它的美丽而惊叹。楼阁式宝塔通体洁白，高大的塔身直矗云间，在苍茫的天地间显得雄伟又孤独。

走到近处可见塔上最精美的便是八面塔身上的浮雕，不仅有二龙戏珠、牡丹、飞天等传统元素，亦有天王力士、迦陵频伽等佛教信仰，其中最显眼的当数每层每面分立的五十余尊天王力士浮雕，只见他们头戴兜鍪、身披盔甲，或持宝剑，或执利斧，个个体形健武、威风凛凛，着实是雄武生动极了。

我去的那日正是伏天，天气变化极快。前一刻黑云压城，转瞬间忽然拨云出日，金光照耀下，整座白塔竟熠熠生辉。仔细去看，才发现这座白塔的每层的门窗、楣栱及砖雕斗栱、栱眼等处，都装有圆形或是菱形的青铜镜，难怪在光线照射下如此夺目。而塔身之“白”，大抵是暗合契丹族“青牛白马”的起源之说，体现了契丹人崇白的独特信仰。

庆州作为奉城邑，建于辽兴宗景福元年（1031 年），此地在上京诸州中尤为富庶，其中“塔庙廛庐，略似燕中”，《金史》中则记载“辽国宝货多聚藏于此”，可见其繁华。庆州白塔由辽兴宗的生母章圣皇太后下令建造，因此等级极高。

这位章圣皇太后名叫萧耨斤，是述律太后的后人，亦是一个手段狠辣的女人。她并非辽圣宗的皇后，可却在儿子辽兴宗即位后，逼死了辽圣宗的正宫皇后，自立为太后，而后仍不满足，又欲效仿述律太后废长立幼，想要立更好控制的小儿子耶律重元为帝。但耶律重元是个聪明人，他不肯跟着母亲涉险，抢先把太后的阴谋告诉了哥哥。重熙三年（1034 年）五月，辽兴宗先下手为强，将太后囚禁于庆州，令她“还政于上，躬守庆陵”。

辽兴宗笃信佛教，在佛理的感悟中渐渐原谅了母亲，这对母子决裂多年后，辽兴宗又将母亲接回奉养。这座庆州白塔便修建于重熙十六年（1047 年），也许正是他们母子关系短暂缓和的一个写照。但萧太后强势的天性很难改变，母子间的隔阂并未消除。又过了八年，辽兴宗去世，《辽史》中记载这位太后“殊无戚容”，反而质问儿媳道，“你这么年轻，有什么好哭的？”

千载悠悠，帝王将相早已无处可寻，天地苍茫间唯余一白塔，崔嵬奇伟，百尺矗立。当年金鋜一箭，奠定辽代二百年基业。

上京之盛，如今不过空留回想。

塔窥神都——中京大定府

其一　大小浮屠

在今天内蒙古赤峰市南部的宁城县郊的辽中京遗址内，矗立着一座八十余米高的十三层密檐式砖塔，当地人俗称“大明塔”。这座佛塔的规模十分宏伟，不仅高度能够跻身于国内现存最高的四座宝塔序列，其体积之大，更是堪称海内第一。

大明塔的雄伟很难用言语来形容，只有身在塔下才能感受到这座巍峨巨塔的压迫感。此塔仅台基便有六米多高，仰头而视，只觉塔身凝重壮阔，望之令人生敬。在须弥塔座之上，塔壁收直，细看塔身八面均浮雕券龛，正中莲台上都有一尊趺坐佛像，两边则侍立着胁侍菩萨。绕塔而行，一一看来，正东为除盖障菩萨，东南为地藏菩萨，正南为观世音菩萨，西南为慈氏菩萨，正西为虚空藏菩萨，西北为普贤菩萨，正北为金刚手菩萨，东北为妙吉祥菩萨。

塔上的八大菩萨手持法器、姿势各异，却俱是神情肃穆端详，雕法之洗练，颇见功力。在每面相交棱处，还塑有两层小塔形制的转角柱，分别在下层刻有本面菩萨之名，上层则刻有八大灵塔之名，柱上朱字都是阴刻的，虽有部分残泐不清，但大多仍可辨认，只见其字体硕茂丰厚，颇得颜体之精，也不免让人良久细摹。而塔上十三层密檐，坠有千枚铁铎，每有风起，铎声齐响，燕雀惊飞，不免让人有瞬时恍然，这样的巨刹浮屠，哪似人间之物。

可偏偏是这样一座巨塔，今人虽称其为“大明塔”，却绝非它的本名，而更有甚者，不仅原名难以推断，甚至连准确建造的时间也未可知。乾隆十九年（1754 年）某个夏日，乾隆皇帝赴盛京谒祖陵时曾路过此地，专门写了一首《题大宁塔诗》，说明此塔在清代时俗称“大宁塔”，只是不知后来为何成了“大明塔”。

而“大宁塔”的旧名，依然是以地名而称的俗名，此地是辽代中京大定府遗址，元代改作“大宁路”，明代沿袭为“大宁卫”，至今仍称作宁城，这亦非此塔本名。可惜遗留的辽代文献本就不多，宋人使辽笔记和诗文中偶有提及中京佛寺的，也只有苏颂的《和游中京镇国寺》，但诗中明确说镇国寺在“奚山麓”，方位亦不相符。于是这样一座巍峨宝塔竟成了无名之塔，既不知它的确切姓名，亦不知其因何而建。

如果把目光投向更远处，在距离大明塔六百公里的北宋河北定州境内，宋人也建造了一座极高大的佛塔——开元寺塔。这座佛塔原本是用于安放从天竺取回的佛经，从宋真宗咸平四年（1001 年）开始建造，直到宋仁宗至和二年（1055 年）方才完工，足足修建了五十五年。佛塔高度超过八十三米，又因地理位置上接近两国边境，便被时人称作“料敌塔”。

在宋辽边境地带修建如此高大的佛塔，对于交聘的两国来说断无保密可言。也许正是被大宋的这座“料敌塔”所刺激，一向骄傲的辽人便也开始修建一座差不多高度、体积却更巍峨的宝塔，于是才有了后世所见“大明塔”。

其二　青牛白马

从大明塔往西穿过大片的玉米地，步行不到两公里，便可见一座金代小塔。如果对照着辽上京遗址的地图看，这座金代小塔的位置大概在内城的城门阳德门外，正好框在外城之内。

说它“小”，只是因为和身后的大明塔比，它着实显得袖珍了些，可这座“小塔”的高度也达到了 24 米，足有七八层楼高。此塔虽也是八面十三层密檐式，却显得极为瘦长。塔身八面中，四面是拱砌的券门形佛龛，可惜龛内佛像早已丢失，交错的另外四面则是浮雕的胁侍菩萨像，每面两尊，雕法精湛，人物线条流畅自然，胁侍菩萨头顶还有飞天环绕，极是精美耐看。八面塔身之下还雕有伏狮，它们驮负高塔，或瞪目或吐舌，威猛不失憨态，仿佛有些不堪重负，令人不免哑然失笑。

远处夕阳余晖中，大小双塔交相辉映，愈发显出这片辽中京遗址的苍凉悲怆。

为何要在宁城建立辽中京呢？答案恐怕要到与宁城邻近的河北省平泉市去寻找。

契丹族的族源传说，最广为人知的是“青牛白马”的故事，《辽史·地理志》记载：

> **相传有神人乘白马，自马盂山浮土河而东，有天女驾青牛车由平地松林泛潢河而下。至木叶山，二水合流，相遇为配偶，生八子。其后族属渐盛，分为八部。每行军及春秋时祭，必用白马青牛，示不忘本云。**

马盂山正是今天内蒙古自治区赤峰市宁城县与河北省平泉市交界处的山脉，浮土河就是今天西辽河上游的老哈河。今天在河北省平泉市境内仍流传着契丹始祖的传说，这里也许正是契丹民族最早的起源地。我曾专门去平泉探寻契丹源头，然而如今平泉城南只遗有一处辽代的会州城遗址，也已废弃了四百多年。不过县城中建有契丹文化博物馆，内容非常广博，如有兴趣的看客不妨一看。而且平泉羊汤远近闻名，这大概也是契丹文化的遗留实证。

到辽兴宗决定建立中京城时，此地的原住民叫作库莫奚，也被称为奚族。他们原本也是东胡的一支，随着耶律阿保机建契丹国后，奚族很快“举族臣属”。

> **咸通以后，契丹始大，奚族不敢复抗。太祖建国，举族臣属……统和二十四年，五帐院进故奚王牙帐地。**
>
> **——《辽史·地理志》**

20 世纪 80 年代，在北京延庆地区的一次文物普查中，在军都山的深山崖壁上，发现了一处神秘的古崖居，密密凿满了规模浩大的石室，显示这里古代曾经有人类居住过，学术界有一种推测，这里也许就是奚人曾经的住所。

其三 岁币铸城

统和是辽圣宗耶律隆绪的年号，统和二十二年（1004 年）秋冬之际，宋辽激战，辽国太后母子亲率大军南下，宋真宗在宰相寇准的激励下抵澶州督战，双方相峙良久、互衡利弊，终于签订了影响深远的澶渊之盟。这个盟约不仅结束了长达二十五年的宋辽战争，更开启了两国未来一百多年的和平时代。

宋辽双方约定以白沟河为界，宋每年向辽“以风土之宜，助军旅之费，每岁以绢二十万匹、银一十万两，更不差使臣专往北朝，只令三司差人搬送至雄州交割”，同时双方于边境设置榷场，开展互市贸易。

虽然双方约定了大宋的岁币只用送到雄州，不需要差使臣专门送去辽国，但两国既然结为“兄弟之邦”，每至新年或至皇帝生辰，两国便要互派“贺正旦使”“贺生辰使”，两国往来逐渐频繁起来。大宋的皇帝自然是不挪窝的，一年到头都待在东京汴梁城里，可契丹人就不一样了，他们“四时捺钵”，以“车帐为家”，所谓的上京都城不过是个象征罢了，哪能常常见到辽主？

况且宋境内人口稠密，可辽国却地广人稀，特别是辽国南部地区，这里原本就是奚人和汉人的居住地，约定了互开榷场的辽国自然也不能放弃对这个区域的控制，于是很快辽人就有了“进故奚王牙帐地”的举动。而也许正是因为有了大宋丰厚的“岁币”资助，辽国便紧锣密鼓地在此地修建了中京大定府。

根据宋使路振在《乘轺录》中记载，“虏名其国曰中京，府曰大定，府无属县。中京南至幽州九百二十五里，至雄州白沟河界一千一百四十五里……北至上国一千里，即林胡旧地……”这里提到中京的地理位置恰好距上京临潢府和白沟河界南北各一千里，可见选择这个地点绝非偶然。

中京的建造工程进度很快，辽国从燕、蓟等地招募良工，很快便建造了城郭、宫掖、楼阁、府库、市肆、廊庑，仅仅过了一年，中京便已颇具规模了。

> **二十五年，城之，实以汉户，号曰中京，府曰大定。**
>
> **——《辽史·地理志》**

这座中京与其说是辽国的陪都，倒不如说是专门为了接待宋使修建的新城，统和二十六年（1008 年），正是中京修建好的第二年，辽国太后母子便在这里接待了前来为辽圣宗庆生的大宋使臣路振一行。

> **契丹国外城高丈余，东西有廊，幅员三十里。南门曰朱夏门，街道阔百余步，东西有廊舍，约三百间……第二重城，城南门曰阳德门，城高三丈，幅员约七里。自阳德门入，一里至阊阖门，阊阖门楼有五凤，状如京师，大约制度卑陋。东西掖门去阊阖门三百步，东西角楼相去约二里……二十六日，持国信自东掖门入至第三门，见虏主于武功殿，见国母于文化殿。**
>
> **——《乘轺录》**

其四　神都之制

中京城的规模不大，虽然有外城、内城与皇城三重结构，但整个外城的宽度也不过三十里。从今天的考古发掘简报来看，外城发掘遗址的宽度约为 3.5 公里，长度约 4.2 公里，皇城更是只有大约 1

平方公里，十分袖珍。北宋名相王曾也曾出使辽国，更是不客气地评价辽中京“城垣庳小，方圆才四里许”。从遗址勘探情况看，皇城内部发现了大型宫殿建筑遗址，疑似武功殿与文化殿。

在历代中原王朝中，最核心的莫过于“都城”，这是一个王朝最高的权力中心，《周礼》说，“匠人营国，方九里，旁三门。国中九经九纬，经涂九轨。左祖右社，面朝后市，市朝一夫”，可见中原文明中都城的基本规模和核心要义。

回顾历史，契丹人建立辽国后，并没有像北魏一样照搬中原的政治体制，而是将其与游牧生活建立的社会组织兼并起来，形成了独特的政治架构和南北面官制，其核心原则是辽太宗耶律德光确立的“以国制治契丹，以汉制待汉人”的施政思想，对契丹和汉人施行南北分治。这在如今遗存的辽上京遗址中也可见实证，考古发现上京遗址平面呈“日”字形，分南北两部分，北城为“皇城”，南城为“汉城”，符合南北城分治的记载。

而辽中京不同于辽上京的“日”字形结构，却采取了“回”字形三重城环套设计，颇有汉地都城的汉唐遗风。譬如阊阖门楼修有“五凤”之类的装饰，更有刻意模仿北宋东京宣德门之嫌，无怪《辽史》说其“拟神都之制”。从某种意义上来讲，辽上京和辽中京的都城设计风格，体现了游牧文明与农耕文明从交流走向融合的发展趋势。

这座巍峨的大塔在当时中京的什么位置？从考古发掘的遗址看，在辽中京外城朱夏门与内城阳德门之间，有一条宽达 60 余米的笔直街道横贯南北，辽代时这条大道两侧仿照汴梁城设置四坊，大明塔的位置便在这条长街的东北侧。

如果对照《大元一统志》来看，这个位置应该对应元代大定府的“丰实坊”，按其记载，丰实坊中有圆宗寺（统和二年建）、华阳宫（统和二年建）、感圣寺（统和四年建）三处辽代建造的寺院，其中感圣寺是有舍利塔的，“感圣寺在中京大定府丰实坊，有舍利塔，辽统和四年建”。大明塔的可能性进一步降低，倘若它真就是感圣寺塔，那它的修建时间大概与现存的八大辽构中蓟县独乐寺相同。

可是统和四年（986 年）这个时间实在太早了，这一年宋辽仍在激战，辽中京甚至连筹划修建的影子都没有，而此地还是奚王的领地；甚至二十年后中京城修建得初具规模了，仍显得城垣庳小，很难想象如此宏伟的大塔能和辽初时此地的城垣规模相配。

大明塔的谜题仍未完全解开。

其五　宝塔揭秘

辽亡后，金主完颜亮迁都至燕，设燕京为金中都，而改辽中京为北京，此地便成了“北京大定府”。到了元时，这座小城的地位进一步下降，连陪都也当不成了，改为“大宁路”。

元至正二十七年（1367 年）八月的一个深夜，此地突发地震，按照《元史》记载：“癸巳，地大震，武平尤甚，压死按察司官及总管府官王连等及民七千二百二十人，坏仓库局四百八十间，民居不可胜计。”元初曾把大宁路短暂地改为武平路，史料记载的武平大地震的震中便在今天的宁城一带。

地震产生的破坏是巨大的，不仅人口骤减，经济在短期内亦很难恢复。明初朱元璋虽然将儿子朱权封为宁王镇守于此，但因靖难之役后永乐皇帝将大宁都司南迁至保定，很快这里人口减少、田地荒芜，曾经繁荣一时的大宁路就此消寂下来。

20 世纪 80 年代初，宁城文物局组织了对大明塔的整体修复工作，通过勘察发现塔身的裂缝和错位有明显经历地震的痕迹。而在 1988 年对大塔基座覆土清理工作中，竟从基座大土台子清理出覆土 1.5 万余方（《辽中京大塔基座覆土发掘简报》），并在当时的塔基 3 米至 7 米以下处，发现了大量的大塔残坏构件和维修堆砌废料，其中亦不乏从塔上崩塌的大块砖体，这正是大明塔历经元代武平大地震的痕迹，也足以证明此塔的建造时间应早于元代。而覆土清理过后的大明塔，露出了尘封已久的真正基座，竟“长高”了 7.2 米，这才跻身 80 米以上的高塔行列。

在 80 年代对大明塔的维修工程中，研究人员曾于北面二层塔檐下发现“寿昌四年四月”字样，寿昌是辽代第八个皇帝耶律洪基使用的最后一个年号，再次证实了其辽塔的身份。辽塔中特别是密檐式砖塔一般都是实心塔，建筑工程并不复杂，修建速度都比较快。譬如修建于辽道宗同时期的锦州大广济寺塔，高度也在 70 米以上，塔形与大明塔类似，大约用了 6 年便修建完工，由此大致可以推断大明塔的修建时间应在辽道宗中后期。

辽道宗在位时间长达 46 年，《契丹国志》说他“聪达明睿，端严若神，观书通其大略，神领心解”，是个极其聪明之人。他在位时，契丹国力强盛，譬如如今传世的铜钱中，有一个名珍品类叫作“辽下八品”，其中有五品都是他铸造的，可见当时辽国社会经济繁荣。

而辽道宗本人极为崇信佛教，晚年甚至到了佞佛的地步，他在位时期辽国总人口不过千万人，而僧众占比却达 3% 以上，可见其对佛教的痴迷。在这样的政治经济背景下，辽国中京大兴佛寺，广造浮屠，也不为怪了。

千载悠悠，辽中京经历了多次战火与灾难的洗礼，亦早已荡然无存。乾隆皇帝过此地时，只能写道“惟余窣堵巍平原”，在梵语中“窣堵”指佛塔，说明乾隆皇帝看到的景象和我们今天所见差别不大了。

但大明塔仍巍峨矗立至今，仿佛历经沧桑的老者，见证了王朝兴衰，看淡了烽火硝烟，惟余一脉叹息。

因释兴废——东京辽阳府

其一　白塔辨疑

辽代的东京城即今日的辽宁辽阳，只可惜辽代的城址早已不复存在。在如今的辽阳城内亦有“东京城遗址”，却是清初努尔哈赤所建的“东京城”，与辽代东京并无关系。

辽代东京城规模与中京城相仿，有八座城门，宫城在城池的东北隅，大内之中建有二座宫殿，却没有宫嫔。

城名天福，高三丈，有楼橹，幅员三十里。八门：东曰迎阳，东南曰韶阳，南曰龙原，西南曰显德，西曰大顺，西北曰大辽，北曰怀远，东北曰安远。宫城在东北隅，高三丈，具敌楼，南为三门，壮以楼观，四隅有角楼，相去各二里。宫墙北有让国皇帝御容殿。大内建二殿，不置宫嫔，唯以内首使副、判官守之。

——《辽史·地理志》

只可惜如今已很难寻找到辽代城址遗迹，唯在城西北有一座辽阳白塔历史悠久，依稀昭示着往日的辉煌。这座白塔高逾 70 米，虽然不及中京大明塔那般高大巍峨，却亦十分辉煌醒目。

然而这座辽阳白塔的建造时间一直存在争议。民国时期此塔有金代营造之说，主要来源是《金史》中对金世宗之母贞懿皇后的记载：

后乃祝发为比丘尼，号通慧圆明大师，赐紫衣，归辽阳……大定二年，改葬睿宗于景陵。初，后自建浮图于辽阳，是为垂庆寺，临终谓世宗曰：乡土之念，人情所同，吾已用浮屠法置塔于此，不必合葬也……世宗深念遗命，乃即东京清安寺建神御殿，诏有司增大旧塔，起奉兹殿于塔前。

——《金史·卷六十四》

这位贞懿皇后李氏是完颜阿骨打第五子完颜宗辅的妾室，但她出身辽阳渤海大族，对儿子完颜雍的教养很是精心。只可惜完颜宗辅在征途中病死，李氏青年守寡，按照金人旧俗，如果妇女寡居，就要改嫁宗族中人，李氏不愿改嫁，于是断发为尼，在辽阳的寺院中修行。按照这段史料记载，贞懿皇后眷恋家乡，“自建浮图”，死前遗命要求葬在塔中，不与丈夫合葬。

而后来风云际会，完颜雍一朝掌权在手，便在辽阳发动政变，拥兵称帝，随即领兵入燕京，登基成为金世宗。他遵照母亲的遗命，增大旧塔，并修建了东京清安寺。

巧合的是，20 世纪 20 年代在辽阳城西北隅曾出土一块金代大定年间的石碑《东京大清安寺英公和尚塔铭》，里面便记载了贞懿皇后出家之事。由于石碑出土地点距离白塔不远，民国时期的学者由此推断辽阳白塔就是金世宗母亲的葬身塔，这种说法甚至收录到民国时期的《辽阳县志》中，这便是辽阳白塔为金代建造之说的出处。

直到 20 世纪 80 年代初，在辽阳东郊一个农户家中发现了一通《通惠圆明大师碑铭》，却揭示了贞懿皇后葬身塔应在城北（乃命立浮图于都城之北、寺圃之东），这与白塔的位置明显存在差异。

而研究人员在 1987 年对白塔进行大修清理时，又在白塔的塔刹须弥座下发现了五块铜牌，其中一块明永乐二十一年（1423 年）的铜牌上清楚地錾刻着“盖塔自辽所建”，明确证实了白塔应为辽代营造。

> **兹塔之重修，获觏塔顶宝瓮傍铜葫芦，上有镌前元皇庆二年重修记，盖塔自辽所建，金及元时皆重修。迨于皇朝积四百年矣。**
>
> **——《重修辽阳城西广祐寺宝塔记》**

其二　太子铜佛

其实从外观来看，辽阳白塔是一座典型的十三层密檐式辽塔形制，塔的平面为八角形，各面设有佛龛，龛内供奉坐佛，皆施禅定印，两侧分立胁侍菩萨，龛上宝盖垂饰璎珞，左右上角各有飞天。整体的建筑风格不仅与距此二百公里外的锦州广济寺塔如出一辙，其细部砖雕做法也与同在东京道内的北镇（辽称显州）崇兴寺双塔十分类似。而锦州广济寺建造于辽道宗清宁三年（1057 年），北镇崇兴寺双塔大抵也修建于同时期。

个人认为辽阳白塔虽无明确营造纪年，但从风格和细节推断其营造时间应与上述辽塔相去不远，大概为辽代中晚期建造。闲说常以为严格的砖雕仿木结构乃是辽塔的一大特色，譬如辽阳白塔这种仿木结构砖雕斗栱承托檐榑，上施作瓦顶的做法是何等逼真，与唐宋营造之法差别甚大。不过有趣的是，此塔各面须弥座下部的砖壁中心砌有八卦图案，两边各有一斗夹替木的做法，却不似辽代，大概是后世维修所加。

1989 年在对辽阳白塔的天宫清理中，研究人员发现了一尊小巧精美的铜铸太子佛像，佛教传说中释迦牟尼生即能语，出生之时一手指天、一手指地，所谓“天上地下，唯我独尊”。释迦牟尼成佛之前本是迦毗罗卫国的太子，于是佛的出生像也称为太子佛像，这尊铜像现存于辽阳博物馆中。

看到这尊太子铜佛，我却忽然想起了在辽代历史上，也有一位无限接近皇位，却终未能继承皇位的太子——耶律倍，而历史上他的封地正在此地。

在辽以前，辽东一带归属复杂，唐高宗平高丽，在此地置安东都护府，但本地的粟末靺鞨部人很快建立了渤海国，又成为大唐的属国之一。渤海国最强盛时也有“五京、十五府、六十二州”，都城位于都忽汗城（今黑龙江省宁安市境内），其势力不可小觑。到了辽天显元年（926 年），辽太祖耶律阿保机率军灭渤海国，将渤海国改名“东丹国”，取自“东契丹”之意。

耶律阿保机生前最器重长子耶律倍，因他在征渤海国时立有大功，耶律阿保机便将东丹国赐封于他，又加封其为“人皇王”。要知道在当时耶律阿保机自封是“天皇帝”，皇后述律平为“地皇后”，“人皇王”这一封号标志耶律倍仅在帝后二人之下，颇有传位接班之意。

只可惜数月后耶律阿保机便病死了，而述律皇后偏爱次子耶律德光，夺位的过程在前文中已有详述，这里便不赘论。总之在述律平的强力操纵下，辽太宗耶律德光顺利即位。

其实契丹人本来就没有什么嫡长观念，更何况在早期契丹部落中都是用类似推举的方式选择首领的。契丹有一种特殊的仪式叫“燔柴告天”，辽史中称之为“柴册礼”，方式是当首领选定后，便要在山顶上燃烧厚积数层的柴火，烧祭准备好的玉册文书，从而完成向天报告的流程。

对于契丹人而言，谁先抢到了燔柴告天的机会，谁就是新的首领。当年耶律阿保机能成为“天皇帝”，便也是在述律平的支持下抢先完成了燔柴告天，从而断绝了其他兄弟的念想。

其三　望海长嗟

有趣的是后来辽代诸帝也都要经历“柴册礼”而登基，而《辽史》中记载这个过程中还需要推让一番，新君要先遣使询问：“先帝驾崩了，有这么多叔伯兄弟在，要选择最贤能的人，我的才德不够，大家看看选谁？”大臣们必然要马上表态，宣誓以表忠心。

> 皇帝遣使敕曰：“先帝升遐，有伯叔父兄在，当选贤者。冲人不德，何以为谋？”群臣对曰：“臣等以先帝厚恩，陛下明德，咸愿尽心，敢有他图。”皇帝令曰：“必从汝等所愿，我将信明赏罚。尔有功，陟而任之；尔有罪，黜而弃之。若听朕命，则当谟之。”佥曰：“唯帝命是从。”
>
> ——《辽史·礼志》

这一来一往的“捉认”过程，也有些民主选举色彩，只不过颇为形式主义。但究其根源，应该便是从耶律倍败选传下来的。

辽太宗耶律德光登基后，为了削弱东丹国势力，对其进一步加强控制，便将东丹南迁至辽东地区，东丹都城也随之迁至辽阳。这一时期失去皇位的耶律倍虽然还是“东丹国王”，但他的处境非常尴尬。在辽东蛰居数年后，耶律倍决定渡海投奔后唐，临行时曾作渡海诗：

小山压大山，大山全无力。
羞见故乡人，从此投外国。

这首诗写得过于直白，大山和小山就是指的他自己和弟弟，渡海前不是怨，而是“羞”，其中内情颇值得玩味。

到了后唐的耶律倍，也许是想与曾经的自己全面告别，也许是后唐君主对他的恩赏，总之耶律倍换了个新名字“李赞华”。李是后唐国姓，“赞华”二字可见其对汉文化的热爱。

这位曾经的大辽东丹国王此后再未迈回故土一步，直到六年后契丹大军攻入后唐，城破之际，后唐国主李从珂邀其一起自焚，耶律倍不从，被杀死后草草掩埋。辽太宗耶律德光顾念手足之情，将他尸骸迁至医巫闾山安葬。

耶律倍骨子里是文人秉性，并无多强烈的政治野心。史料记载其人多才多艺，尤擅绘丹青，《宣和画谱》中收录了十五幅内府珍藏，如今传世尚存如《番骑图》《射猎图》，其笔下造型生动、笔法劲快，可见惊才绝艳。

按《辽史》记载，耶律倍在辽东隐居那几年里，曾在医巫闾山顶上修建一座望海堂，藏书万卷，日日读书画画，那是何等逍遥快活。而耶律德光对这位长兄终归有几分手足之情，下令把他迁葬回医巫闾山时，大抵也是希望他仍能长眠在望海堂的万壑松风中。

在《辽史·地理志》里望海堂的位置记载比较模糊：“置医巫闾山绝顶，筑堂曰望海。山南去海一百三十里。”但我读到此处总觉得奇怪，医巫闾山在北镇城西北，按今天的地图看，山南离最近的盘锦海边也有近一百公里，怎么能望到海呢?

为了弄清这个问题，我曾专门在假期去北镇的医巫闾山寻找答案。如今在北镇城北的医巫闾山下有一座北镇庙，如今庙内建筑大多为明清时期所建，可大殿内还保留着数通元代石碑。而此庙依山而建，远望去视野开阔，登临此处不由让人畅想望海堂。但实地去看，这里依然望不到海，而我的疑问仍未解开。

就在我从北镇庙回去半个月后，有天忽然在新闻中看到辽宁盘锦、营口一带沿海地区出现了海水倒灌的情形，这条新闻则使我豁然开朗。于是赶忙翻找清代史料，果然发现原来北镇以南的沟帮子一带，在清代时还是芦苇丛生的退海荒地，由此来看辽时的医巫闾山恐怕真能望到海。

其四　“辽因释废”

回顾开篇的问题，为何辽代东京城遗址难以寻找，却有一座白塔矗立至今？我想究其根本，还是因为辽代寺院佛塔数量极多。回看辽代历史，在五京地区以及重要府州内皆建寺造塔，从目前遗存辽塔的分布情况看，有些城市甚至遗存五座以上辽塔，可见当时崇佛风气。

辽代佛教极为兴盛，各代帝王推崇佛教已近于“佞佛”的地步。到辽代中后期时，辽国境内佛教发展达到顶峰，出于佛事的需要，在辽境内佛寺与佛塔的营造极为兴盛，至今遗存海内的众多辽塔便是例证。但大兴佛事也间接导致了辽国经济衰落、国用不给，到辽末时以至于府库无余积，无怪乎后来元世祖忽必烈与大臣讨论“辽以释废，金以儒亡”，实令人感慨万千。

其实，辽之兴佛的根源在于契丹以少量的人口统治广阔的疆域，更何况辖内有汉人、奚人、渤海人等等，众多民族的语言、文化、习俗皆不相同，各地经济差异极大。无论是“南北面官制”还是“五京制”，本质都是出于统治稳定的需要，而弘扬佛法大兴释教，亦是一种用宗教手段统一思想、缓解阶级和民族社会矛盾的有效方式。

辽代几乎每一位帝王都把“饭僧”作为重要的功德善事，所谓“饭僧”，即为僧人提供斋饭。辽代帝王饭僧规模极大，次数亦很频繁，《辽史》记载道宗时曾创下“一岁而饭僧三十六万，一日而祝发三千”

的惊人纪录。这种饭僧的佛事行为明显有抚平战争对民众带来的创伤的作用，譬如辽圣宗时，曾“又以杀敌多，诏上京开龙寺建佛事一月，饭僧万人”。

帝王的带头表率作用，引领了整个社会风气，从达官显贵到士绅平民，皆愿意对寺院大量地施舍捐献，甚至出现了贵族阶层将土地和民户都施舍给寺院的现象，使得原本向国家和户主交税的民户，又要增加一层向寺院交税的盘剥，这些被扒两层皮的可怜民户也被称作“二税户”，《金史》中毫不客气地指出这就是“辽人佞佛”现象。

初，辽人佞佛尤甚，多以良民赐诸寺，分其税一半输官，一半输寺，故谓之二税户。

——《金史·食货志》

寺院富裕起来了，民间愿意出家为僧尼的人数便激增，咸雍八年（1072年）三月，“长春、泰、宁江等三州，三千余人愿为僧尼受具足戒。诏许之”。

辽由“兴佛”到“佞佛”，因释而兴，也因释而废。

其五　自在杜鹃

宋人陶谷有一本《清异录》，记录了当时不少奇闻轶事，其中有一则关于辽太宗的八卦颇为有趣。辽会同九年（946年），辽太宗耶律德光伐后晋，一路势如破竹，直接攻入了汴梁城。耶律德光是北方人，春天的时候听到了汴梁城里杜鹃的叫声可能觉得有些稀奇，就问后晋的宰相李崧这是什么鸟。李崧是个颇有才学之士，回答这是“杜鹃”，又进一步引经据典地解释道：“唐杜甫诗云：‘西川有杜鹃，东川无杜鹃，涪万无杜鹃，云安有杜鹃。’京洛亦有之。”

杜甫这首杜鹃诗很长，这是打头四句，诗意朴实，只是简单介绍了一个自然现象，西川和东川明明隔得不远，可西川有杜鹃，东川却没有。涪万和云安就是今天重庆的万州和云阳，两县毗邻，但也是一边有杜鹃，另一边没有杜鹃。李崧引了此诗，接着就说我们京洛也是有杜鹃的。这很符合古代士大夫的说话方式，聊天喜欢引经据典，含蓄中留着余地，亦留有一定的发散空间。如果是个正常的汉家天子，也许要顺着他的话发散两句，兴许也能阐发出不少治世之叹。

可耶律德光是契丹人，思维方式不同寻常，他说：“许大世界，一个飞禽任他拣选，要生处便生，不生处种也无，佛经中所谓‘观自在’也。”

我每次读到这个故事，都不禁哑然失笑，耶律德光对“观自在”的理解是像鸟儿一样，想往哪飞就飞去哪，自由自在不受拘束。这也确实符合契丹人的行为方式，天地为家，四时转徙，但耶律德光把这种“心和灵魂都自由地在路上”也理解成一种佛教中的“观自在”，这让我不免对辽人崇佛有了一层新的认识。

其实细究起来，辽代的佛教研习也和耶律德光的“观自在”思想一样，不讲究专研某一宗一派，比较自由主义，可以诸派皆研，显密结合。特别是道殿法师提出“显密圆通”之说，更是集大成者。

显宗讲究“四智”，分别为：大圆镜智、平等性智、妙观察智、成所作智。譬如承德普宁寺的大乘之阁的四角各建一座佛塔，分饰白、黑、绿、红四色，便代表着四智（这种做法在颐和园中也有体现），其中白塔便代表着“大圆镜智”。

而辽阳白塔之所以有个“白”字，也因塔檐间立壁和塔腰八面均涂有白垩，巴林右旗的庆州白塔与呼和浩特的万部华严经塔也有同样的做法。白垩就是碳酸钙，通常的做法是用糯米浆掺着白垩粉涂抹塔身，使塔通体发白。我想，除了契丹风俗“崇白”之外，这种做法是不是本身也有一定的显宗隐喻？

所谓“大圆镜智”，便是说佛的智慧如圆镜一般，可照显事物万象、光明无纤，这种洞察一切的观照，可以明照三千界，所谓“洞彻内外，无幽不烛”。佛教讲究“转识成智”，每个人都有“识”，人的感受与认知都是识的一部分。

佛教讲有“八识”：眼识、耳识、鼻识、舌识、身识、意识、末那识和阿赖耶识。前六“识”都是人能真切感受到的，后两识中的“末那识”指“我执”，是人生在世的一切执念；“阿赖耶识”是“藏识”，是万事万物的根本与内核，也有人把“阿赖耶识”比喻成大海，我觉得在某种意义上已经很类似于现代心理学所谓的潜意识了。

然而“识”只是表象，人人虽皆有“识”，但能转成智慧才是目标。按照佛教理论，第八识阿赖耶识便能转成大圆镜智，这是一种极清净的境界，所谓“明心见性”，大抵如此。

人世间有太多的欲望与烦恼，究其本源都生自内心。譬如我们每一刻真实的感受，如心里的念动，该怎样看待自己与他人，如何面对成败得失，何时放下执着妄想，这本身都是“识”的范畴，很多时候困扰与忧虑都来自心内。

这原本只是“幻象”，可往往越是自觉聪明的人便越执着，执着亦是一种受缚。如此想来，耶律德光洒脱随性的“观自在”倒真有几分禅意了。

胡马烟尘——西京大同府

其一　四时捺钵

大同自古以来便是战略要地，且不说在北魏时曾作为都城辉煌一时，后来到唐时设云州，更具地势之险要。五代时石敬瑭割让燕云十六州于辽，大同正是其中的云州。此地控住雁门关的咽喉，可以说正是中原王朝的北面重镇。

西京是辽五京中最晚建都的，辽代的第七位帝王耶律宗真在位期间曾与西夏爆发较大规模战争。史料记载重熙十三年（1044 年），辽兴宗亲率十万大军亲征西夏，谁知河曲一战辽军大败，悻悻而归的辽兴宗班师回朝后，“丁卯，改云州为西京”，直接将云州的规格上升到了陪都，至此辽五京全部完成建制。

契丹族从白山黑水的东北林地一路走来，活跃在松漠之间的辽阔草原。尽管从辽太祖开始修建上京，到辽兴宗时五京具备，但辽五京只是在表面上模仿中原城国政治的都城制度，实际上辽主大多仍遵循“四时捺钵”的传统，辽五京并未充分发挥出都城的功能。

所谓“捺钵”者，其实是契丹语音译，大意为辽帝巡幸所居的行营。

> **辽国尽有大漠，浸包长城之境，因宜为治。秋冬违寒，春夏避暑，随水草就畋渔，岁以为常。四时各有行在之所，谓之捺钵。**
>
> **——《辽史·营卫志》**

具体怎么个“捺钵”法呢？按照史籍记载，辽帝“每岁四时，周而复始”，带着大小内臣百官从“正月上旬起牙帐”，开始往东出发进行“春捺钵”，一般走到今天吉林长春附近的鸭子河，“弋猎网钓”，快活地玩到“春尽”乃还。到了夏天，大部队继续往北走，寻找纳凉避暑的所在，而夏季捺钵没有固定地点，辽主各有偏好，全看当年心情，一般待五十天左右，整日里除了商议国事就是游猎度日，“七月中旬乃去”。

“秋捺钵”的地点一般离“夏捺钵”不太远，主要活动是入山射鹿捕虎，辽景宗就曾在秋捺钵中有过辉煌战绩，“领数骑猎焉，虎伏草际，战栗不敢仰视”，因此将此地赐名“伏虎林”。而“秋捺钵”结束后，到了十月就要移驾驻冬于广平淀，这地方冬天要稍微暖和些，辽帝带着贵族大臣在这里议事讲武，接受周围诸国的礼供。

这就是辽帝的“四时捺钵”，它背后深层逻辑是一种政治上的“行国”制度，君主的牙帐迁徙到哪里，整个族群部落的政治中心也随之移动。这也正是游牧民族与农耕民族不同之处，他们“逐水草、无城郭”，遵循着草原上居无定所、四季游猎的传统，很少在一个固定的地方住下来。

由此上溯到北魏前期，拓跋鲜卑便有“阴山却霜”之俗。当时的鲜卑君主虽然定都在平城，却在每年的夏季率领族众前往阴山一带巡幸游猎。闲话说，譬如今天在山西省大同市火车站一带便考古发掘了北魏平城遗址，这里是北魏拓跋氏的早期都城，城址规模不大，如今在遗址之上新建了北朝艺术博物馆和遗址陈列馆，展览十分丰富。

在这种“行国”制度下，北魏前期社会依然保留着浓厚的草原游牧传统，直到冯太后临朝称制，逐步废弃了“阴山却霜”之俗。后来孝文帝继续推行汉制，从平城迁都洛阳，才进一步将政治中心转移到中原地区。

无论是“五京制”还是“四时捺钵”，其背后深层的逻辑是一致的。当游牧民族用少量的人口控制大范围的土地时，很难用汉人传统的郡县制进行管理，契丹人一边模仿汉地“城国”治理方式建“五京”，一边用他们最为熟悉的游牧方式捺钵行国。这种选择体现了契丹政治生活灵活多元的特点，无怪乎宋神宗对此忧心忡忡：

> **盖北有强敌，西有黠羌，朝廷汲汲枝梧不暇。然二敌之势，所以难制者，有城国，有行国。**
>
> **——《续资治通鉴长编》**

其二　云州故郡

辽西京的建立偏重军事防御，很大程度上是辽人为了防御西夏、辖制北宋而设立。提及辽与宋和西夏之间的地缘冲突，要从燕（幽）云十六州的割让说起。

彼时正值五代乱世，后唐政权内讧不断，节度使石敬瑭拥兵自重，后唐末帝李从珂便遣张敬达率军来攻，同时又命卢龙节度使赵德钧、赵延寿父子统兵应援。石敬瑭在困境之中为了请契丹人出兵相助，不惜去当割地赔款的儿皇帝。

> **帝言于契丹主，愿以雁门已北及幽州之地为寿，仍约岁输帛三十万，契丹主许之。**
>
> **——《旧五代史·晋书》**

天显十一年（936年）闰十一月，后唐大军在团柏之战中溃败，赵氏父子降辽。时年四十五岁的石敬瑭如愿以偿地当上了三十四岁的辽太宗耶律德光的干儿子。据史料记载，辽太宗对石敬瑭一顿忽悠，“我不惜奔袭三千里为你解难，必定成功。而且我看你的样貌气度，乃是中原之主，就立你为天子吧”。

石敬瑭大喜过望，假意推托几次，便由辽太宗颁布册书，在晋阳城南的柳林筑坛登基。当上了大晋皇帝的石敬瑭奴性大发，为了加倍表现自己的臣服，立马割让燕云十六州给契丹人，并且还怕不能使契丹人满意，许诺每年纳贡帛三十万匹。

> **契丹主谓石敬瑭曰：吾三千里赴难，必有成功。观汝气貌识量，真中原之主也。吾欲立汝为天子。敬瑭辞让数四，将吏复劝进，乃许之。契丹主作册书，命敬瑭为大晋皇帝，自解衣冠授之，筑坛于柳林。是日，即皇帝位。割幽、蓟、瀛、莫、涿、檀、顺、新、妫、儒、武、云、应、寰、朔、蔚十六州以与契丹，仍许岁输帛三十万匹。**
>
> **——《资治通鉴·后晋纪一》**

至此，燕云十六州割让给了契丹人，从此中原门户大开，汉地北方边防尽失二百余年。

其实从今天的角度解读，石敬瑭是沙陀人，沙陀是个西域小族，似乎应属于突厥的一支，既然“非我族类”，其心必异似乎也不足为怪。再后来石敬瑭这个儿皇帝做得也不安稳，在内忧外患中忧惧而死，亦属于咎由自取。

在乱象丛生的五代十国中，各路政权你方唱罢我登场，契丹人却牢牢把守经营着十六州，有着不退反进的趋势。如果从地理上来看，以太行山为界，幽（燕）、蓟、瀛、莫、涿、檀、顺七州在太行山北支东南方向，一般也称“山前”；云、儒、妫、武、新、蔚、应、寰、朔九州在太行山的西北方向，则称“山后”。十六州合成了中原地区的天然屏障，一旦失去十六州，北方游牧民族就可以长驱直入，中原再无险可守。

在大宋立国之初，宋太祖与太宗兄弟尚且把收复燕云十六州视为己任，几次派兵北伐，但无奈契丹人对十六州的控制已相当稳固，宋军数次无功而返。到宋真宗签订澶渊之盟时，更无异于宣布大宋正式放弃，这次和议本就是变相承认了辽国对燕云十六州的主权。

其三　河曲之战

云州，正是后来的大同，地理位置处于山西的最北段，东连上谷、南峙雁塞、西界黄河、北控朔漠，战略地位极其重要。辽太宗助晋伐唐的契丹大军便是取道云州，一路南出雁门关，大军直取太原。

澶渊之盟后，宋辽之间虽然形成了长期的和平态势，但西边崛起的党项人却不容小觑，特别是李元昊称帝建国，自号“西夏”，俨然已有鼎足之势。李元昊雄毅多谋，性情极为骁悍，他不断发动战争，吞并了整个河西走廊，其疆域东尽黄河、西界玉门。可李元昊仍未满足，他在位期间屡屡寻衅，分别与宋、辽开战，可见其野心。

西夏与辽的战争始于一位公主的死亡风波，辽兴宗即位之初便将其姊妹（一说是宗室之女）兴平公主下嫁李元昊，但公主与李元昊感情不睦，郁郁而亡，李元昊却并未向辽国及时报告公主的死讯，辽兴宗闻讯震怒。兴平公主的死亡埋下了日后战争的伏笔，此后两国间摩擦不断加剧。

以兴平公主薨，遣北院承旨耶律庶成持诏问夏国王李元昊，公主生与元昊不睦，没，诘其故。

——《辽史·本纪卷十八》

从重熙七年兴平公主之死，到重熙十三年辽夏之战爆发，相隔了六年。这六年间西夏先是与大宋数次交战，辽国趁火打劫，于重熙十一年（1042年）要求大宋在澶渊之盟的基础上增加岁币，每年增加“岁币银十万两、绢十万匹”，宋仁宗腹背受敌，只能答应要求。

李元昊见与大宋开战并没有获得实际好处，也开始效仿提出停战和议，宋仁宗厌恶战争，宁可花钱息事宁人，最终以宋向西夏“岁赐绢十三万匹、银五万两、茶二万斤”而了结。讽刺的是，就在大宋两边出钱的资助下，分别拿到了丰厚岁币的辽夏双方，都觉得自己准备好了，于是决定开战。

辽兴宗亲自出征去收拾这个不知天高地厚的西夏小国，他率十万大军兵分三路从金肃城出发，一路如入无人之境。但西夏人坚壁清野，诱敌深入后，辽军供给不足，被攻其不意的西夏军打得大败，辽兴宗仓皇逃脱。虽然李元昊认清形势，很快就挟胜求和，给辽国保留了一些颜面，但此时辽国已经意识到云州重要的兵略地位了。

辽兴宗班师后决定“改云州为西京”，并于第二年“幸西京”，亲自检查西京的建设情况。按照《辽史·地理志》记载：“……因建西京，敌楼、棚橹具。广袤二十里……辽既建都，用为重地，非亲王不得主之”，可见辽国西京主要为战备之用。

今天的大同城内，华严寺薄伽教藏殿和善化寺大殿，便是当年辽代西京城留下的遗迹，在前文八大辽构系列中已有详述，这里想说说大同城郊的另一处辽代佛教遗迹。

其四　飞来观音

早在东汉时期佛教便传入中国，大同作为北魏的都城亦成为北方地区的政治文化中心，东西文化在此碰撞，云冈石窟的开凿足可证明这里是当时北方地区的佛教中心。到了辽时云州升格为西京，此地本就十分发达的佛教文化传统与辽人的信仰互相促进，从而使得辽西京地区的佛教传播愈发繁荣，从华严、善化二寺比邻而居，便可窥见当时西京应是僧众云集，佛寺林立，规模宏壮。

在今天的大同城外西北郊云冈峪，通往云冈石窟的必经之路上，有一处不起眼的小佛堂叫“观音堂”，寺院极小，整体建筑都是清代复修的，颇有些城堡式的风格。山门是个砖券门洞，上书“潮音”，洞下宽阔平坦，可行车马。

入山门便见观音堂正殿，只有五十余平方米，规格颇似家庙，但就在这座小庙里有大乾坤，一入内便可见里面颇是拥挤地摆放着十七尊石胎彩塑，俱是辽金之作，十分珍贵难得。迎面正中两尊，前一尊为自在观音坐像，后一尊为观音立像，一高一矮，一大一小，摆放在一起不大协调，再加上周遭挤挤攘攘的明王、护法、胁侍，端然是个热闹的密宗道场。

先看那尊立着的观音，一眼望去便知这尊观音像一定是从旁处移来的，它足有六米多高，发冠简直要戳到房顶了，虽是石胎彩塑，却雕饰得异常精美。只见它面容端润，神情肃穆，身形挺拔，衣饰瓔珞，双手于身前结印，姿态当真说不出的优美好看。这尊高大的观音屈居在小庙之中实在突兀，无怪当地人称它为“天外飞来丈六观音”。

观音从何处飞来，自不可考，再看它身前那尊自在观音，右腿盘曲，左腿轻踏座基，双手闲适搭在左膝上，面容亦是从容惬意的，这褒衣博带式装扮，倒有几分云冈石窟中的影子。细细看来，菩萨身周有八大明王，或牛头马面，或三头六臂，可个个都是凸眉凹眼，身形俱异，形容无一不是夸张至极，很难想象这处小小佛堂中竟有这样一组规模庞大的石雕佛像。

观音堂内如今存有一块明代石碑，上面记载，“辽重熙六年之六月又九日忽大士现丈六金身，偕左右菩萨明王，从秦万佛洞飞往水门顶山头……”这大抵便是天外飞来丈六观音的出处，所谓“秦万佛洞”大概指十六国时西秦境内的某处石窟，可这石像又怎会千里迢迢天外飞来？

这或许与河曲之战大有关系，辽兴宗始终对战争的失利耿耿于怀，等到李元昊刚死，便再次举兵伐西夏。根据宿白先生从古籍中整理抄录的《大金西京武州山重修大石窟寺碑》，其中明确有“辽重熙十八年，母后再修”字样，这说明辽国萧太后于重熙十八年（1049年）重修了距此不远的云冈石窟，而这一年正是辽国再伐西夏之时。

这尊不知如何从西秦“飞来”的观音石像，或许正是不忘报复西夏的辽兴宗，不知以何种手段从河西走廊的某处石窟中大费周章运到此地的，也许便是在为“母后再修”云冈石窟而做准备。

石像不会说话，一切终归猜想而已。

析木之津——南京幽州府

其一　燕角线阁

辽五京中的南京析津府，指的正是今日的北京。辽南京建立的过程在《辽史》中只有寥寥数笔：“自唐而晋，高祖以辽有援立之劳，割幽州等十六州以献。太宗升为南京，又曰燕京。”

辽南京的建立正是因为石敬瑭割让了燕云十六州。按照《旧五代史》所载：“天福二年（937年）正月庚申，定州奏，契丹改幽州为南京。”占据了燕云十六州的契丹人，从此掌握了辖制中原主动权。辽太宗更是如获至宝，当下就将此地升作南京。

根据史料记载，辽代南京基本是在唐代幽州城的基础上营建的，位置大概在今天北京城的西南二环，西便门往南、白纸坊桥往北的区域。辽中京中轴线应在今天的西便门到白纸坊西街的位置，南北长三公里左右，东西略窄，城市规模是辽五京中最大的。

城方三十六里，崇三丈，衡广一丈五尺。敌楼、战橹具。八门：东曰安东、迎春，南曰开阳、丹凤，西曰显西、清晋，北曰通天、拱辰。大内在西南隅。皇城内有景宗、圣宗御容殿二，东曰宣和，南曰大内……西城巅有凉殿，东北隅有燕角楼。坊市、廨舍、寺观，盖不胜书。

——《辽史·地理志》

宫城的位置不在中心，而在城偏西南，主要可能还是为了靠近水源，宜修宫室。我家就住在这一片，故而曾按照辽南京的位置大致走访过一圈，只可惜今天已经无处可寻辽南京城的城墙遗址了，但在南线阁与广安门内大街的拐角处，就是《辽史》中记载的“燕角楼”。这是整座南京城的中心，也是城中最繁华的地段。

如今这附近的地名叫作“南线阁”“北线阁”，许多人都不解“线阁”何意。不免考据癖发作，闲翻清人《京师坊巷志稿》：“燕角，辽旧名也，俗讹烟阁，烟或作线。”可见“线阁”就是“燕角”的谐音。今天用普通话虽然读起来相去甚远，可如果用我老家的西南官话来读，“阁”“角”两个字都读“guó”，就容易谐音了。

但我也曾问过本地宣武的老人究竟该怎么读，他们告诉我旧时南线阁的“阁”应读作“gào”，这虽然与西南官话读法不同，倒是与京剧唱词“同登麒麟阁”中“阁”字读法一致，颇为有趣。

此外在右安门内大街与白纸坊西街的交界处，还有一处“辽开阳门”的故址，那正是辽南京城的南垣东侧城门。

与后来的金中都、元大都以及明清北京城相比，辽南京的规模并不算大，可在当时这却是当之无愧的辽国第一大城市。在辽五京中，南京是人口最多的，三十万户的人口数量足可傲视其他四京，而物产之丰、人才辈出，更是打造了辽国的门面担当。《契丹国志》中无不溢美称赞道：

> **自晋割弃，建为南京，又为燕京析津府，户口三十万。大内壮丽，城北有市，陆海百货，聚于其中。僧居佛寺，冠于北方，锦绣组绮，精绝天下。膏腴蔬蓏、果实稻粱之类，靡不必出，而桑柘麻麦、羊豕雉兔，不问可知。水甘土厚，人多技艺，秀者学读书，次者习骑射，耐劳苦。**

其二　一塔二寺

在今天的北京，还留存哪些辽代的遗迹呢？我想，最值得一看的便是一塔二寺。

一塔是指天宁寺塔，这座十三层的密檐式砖塔规模宏大，若是今天驾车从西南二环上经过，还能从密林似的高楼广厦中窥见它的身影。这座佛塔建于辽天庆九年 (1119 年)，塔身八面，四面辟券门，分立力士像，另四面为直棂窗型，分立菩萨像。

这座辽塔的形制十分典型，其中塔身正隅面的门窗结合样式，与辽上京的南塔颇有异曲同工之妙，只是上京南塔的塔身浮雕更加繁复些。但论整体建筑造型，还是天宁寺塔更加壮观夺目，细节处理上也愈见精巧细致。

二寺之一是指房山云居寺。

云居寺始建于唐，辽圣宗天庆年间又经重修，寺中至今存有辽塔及辽代经幢。而此地与大白玉塘采石场相距不远，出产上好石材，因而刻经风气极盛。目前寺内还存有石刻经近一万五千石，上至隋唐，下到明清。石经中有明确纪年的一千四百余石，约九百石以上为辽代，可见辽时刻经风气之盛。

另一座寺院却不是佛寺，而是牛街礼拜寺。此清真寺始建于辽圣宗时，至今仍有附近回民日常到此礼拜，若要去看甚是不易，其中保留辽宋时期原貌的窑殿最值得一看。

我曾有幸入窑殿一观，见其木雕古兰经文阁十分精美，龛橱颇有宋辽风格，龛内不似佛寺那样设有神像，却是用金漆密密书写了古兰经文，这也符合伊斯兰教不设形象的教义。窑殿内有六角藻井，形同伞撑，是典型的宋营造法小木作式。至于殿内梁枋彩画，还留有辽宋时期原貌，便愈发难得了。

辽代为何会在南京城内修建一座清真寺？这大抵与辽中期穆斯林前来聚居有关。据《古教西来历代建寺源流碑文总序略》记载，“宋太宗至道二年，那速鲁定君奉敕建寺于南郊，即吾牛街寺也”，北宋至道二年便是辽统和十四年（996 年）。按照史料记载，那速鲁定来自辅剌台，即赫拉特城，这是赫赫有名的呼罗珊四郡之一，在今日阿富汗境内。

一位来自西域的阿拉伯人，在契丹人控制的南京城里奉旨修建了一座汉地建筑风格的清真寺，并且沿用至今，这件事本身就有些魔幻现实主义色彩。

但其实辽国与阿拉伯诸国一直来往密切，《辽史》中就记载开泰九年（1020 年）十月，大食国王派遣使者向辽圣宗请求赐婚，并专程进贡了一头大象。

第二年开春，辽圣宗就宣布赐婚，“大食国王复遣使请婚，封王子班郎君胡思里女可老为公主，嫁之”。

从牛街礼拜寺出来沿着长椿街往北约五百米，路边的绿化带里还有一块“唐代大悲阁遗址”的石碑。这座大悲阁在历史上赫赫有名。元代熊梦祥著有《析津志》，是目前已知北京地区最早的地方志书，里面记载圣恩寺即大悲阁，“阁祠大悲观音菩萨”。

传说当年辽太宗曾梦到一位神人对他托梦，这才指派石敬瑭当大晋皇帝，而辽太宗入幽州时，便指着大悲阁的菩萨像道：“这就是我梦到的那位神人呀。”这个颇有些神奇色彩的轶事，算是石敬瑭与辽太宗故事的另一处注脚。

太宗援石晋主中国，自潞州回，入幽州，幸大悲阁，指此像曰：我梦神人令送石郎为中国帝，即此也。

——《辽史·地理志》

其三　幽燕分野

前面提到，辽太宗升本地为南京前初名“幽都府”，沿用的是幽州古名。那幽都府又是怎么改名为析津府的呢？

开泰元年（1012 年），辽圣宗下诏将南京“幽都府”改作“析津府”，“析津”二字按照《辽史·地理志》的解释：“以燕分野，旅寅为析木之津，故名。”

这句话细究起来其实很复杂。按照我国古代二十八宿理论，天上的二十八星宿对应着“十二次”，而“十二地支”配属十二国，按照上古的九州设想，不同地区要对应着相应的天象位置，所谓“九州分野，各有攸属”。

如果按照《开元占经》的算法，燕地的具体位置可以准确对应到天上“自尾十度至南斗十一度”，所以古人认为二十八宿中的“尾、箕”双宿对应“燕”分野，地理位置对应幽（燕）州一带，大概包括今天的北京、天津以及河北的部分地区，这便是“以燕分野”的含义。

“旅寅”说明“燕分野”正对应十二地支中的“寅宫”，五行属“木”。“尾”宿是东方木宿最后一个，“斗”宿是北方水宿打头第一个，“尾”“斗”之间，就如同隔着天河一般，需要用津梁来渡，所以叫作“析木之津”。

然而这次辽圣宗的“析津府”改名不太成功，因为后世不再使用这个名字。但仔细辨来，其含义却十分古雅，某种程度上反映了契丹人对汉文化的向往。其实辽圣宗本人就是个汉文化修养很高的帝王，他曾作过一首《传国玺》诗。诗不算好，只能说中规中矩、勉强合韵，但内容很有意思。

一时制美宝，千载助兴王。
中原既失守，此宝归北方。
子孙皆宜守，世业当永昌。

——《传国玺》

这首诗也可以对照着《辽史》看，太平元年（1021年）七月，辽圣宗派人从中京取出了当年石晋所进献的传国玉玺。而他兴高采烈地写下的“中原既失守，此宝归北方”之句，恐怕正是把玩玉玺时的内心活动写照。

（太平元年）秋七月乙亥，遣骨里取石晋所上玉玺于中京。

——《辽史·本纪卷十六》

在此以前，传说中以“和氏璧”制成的传国玉玺已经失踪很多年了。早在百年前的五代大乱时，后唐末帝李从珂举火自焚于玄武楼，传国玉玺便不知下落。按照记载，当时后晋灭国之时，辽太宗耶律德光便向石敬瑭的养子石重贵索要过传国玉玺：

契丹以所献传国宝追琢非工，又不与前史相应，疑其非真，以诏书诘帝，使献真者。帝奏：“顷王从珂自焚，旧传国宝不知所在，必与之俱烬。此宝先帝所为，群臣备知。臣今日焉敢匿宝！”

——《资治通鉴·后晋纪六》

如记载属实，石重贵所献的玉玺并不是传说中的传国玉玺，而是石敬瑭让人自制的，这便与《辽史》的记载大有出入。再结合辽圣宗的诗文细细推敲，契丹人追求的到底是一方“传国玉玺”，还是问鼎华夏的正统之道，恐怕也值得细细品味。

其四　高梁河畔

燕云十六州绝佳的地理位置，除了对中原形成强大的军事威胁，使得南方政权不得不耗费庞大人力物力进行防范，更是对中原政权一种严重的心理威胁。宋太祖曾有名言，“卧榻之侧，岂容他人鼾睡”，这是把南唐比作床畔的敌人，那盘踞燕云十六州的契丹人无疑是大宋头枕的悬河。

《太平治迹统类》记载了宋太祖晚年的一桩小事，开宝九年（976年）的二月，有一天群臣奉表，请皇帝加尊号为“一统太平”，赵匡胤却道：“燕、晋之地尚未收复，怎么能称得上是一统太平呢？”

契丹人占领燕云十六州后又过四十余年后，太平兴国四年（979年）五月，宋太宗刚平定北汉，马上转兵北上去打幽州。这场战役颇有些突袭的意味，仅用了十天便从正定赶到了幽州城下，一路势如破竹，易、涿、顺、蓟数州都轻易收复。

宋太宗信心大增，在幽州城外亲自督促攻城。这时候优势仍然在宋，一方面宋军“围城三周，穴地而进”，另一方面城中仍然汉民居多，民众普遍心向大宋。再加上前期辽顺州、蓟州守将均不战而降，幽州城内辽军的恐战情绪十分严重。辽国北院大王耶律奚底不敢应战，南院大王耶律斜轸居然率军躲到一百多里外驻扎，在这种紧急情况下，还是当时留守南京的韩德让临危受命，承担起守卫幽州的重任。

然而幽州城坚，北宋大军从六月底开始围住幽州，数日强攻不下，战场上态势逐渐扭转。宋军长途奔袭，本就疲惫至极，只是强撑，数日围攻不下，士气便渐渐消磨了。而辽景宗及时更换了主帅，令名将耶律休哥代替耶律奚底率五院军驰援。

耶律休哥与耶律斜轸的大军很快会合，双方与城内辽军一起出动，七月六日大战于高粱河，宋军猝不及防全线溃败。宋太宗丢盔弃甲，仓皇南逃，这场收复燕云十六州的浩大战役，北宋以小胜开场，以大败告终。

这大概是北宋离收复燕云十六州最近的一次。此战之后，北宋元气大伤，再无力收复，从主动攻伐转向加强自守，也为后来的澶渊之盟埋下了伏笔。而契丹人在这场战争中收获颇丰，“击宋馀军，所杀甚众，获兵仗、器甲、符印、粮馈、货币不可胜计”，辽景宗对战争中的功臣大加封赏，并进一步加强了对南京的守卫。从《辽史·景宗本纪》来看，他多次在冬日驻跸南京，大抵也是出于政治上的考虑。

在今天的北京西直门桥下，有一条静谧悠长的古河道，便是高梁河。河上有座清代重修的小桥，桥畔有块石碑，半截没入土中，仍隐约可见“高梁桥”三字。数十步外便是宽阔的马路，行人车辆川流；再远处是都市巨厦、鳞次栉比，谁能想到这里便是一千年前宋辽高梁河之役的古战场。

对于那夜的高梁河，《宋史》只寥寥数字，一笔带过：“癸未，帝督诸军及契丹大战于高梁河，败绩。”《辽史》却颇费笔墨，“秋七月癸未，沙等及宋兵战于高梁河，少却；休哥、斜轸横击，大败之。宋主仅以身免，至涿州，窃乘驴车遁去”。

一句“窃乘驴车”留下了宋太宗千年的笑柄。遥想一千零四十五年前七月的那个夏夜，宋太宗在高梁河身中一箭，虽未中要害，但内心大概已是绝望，如果不是混乱之中有辆不知从何而来的驴车保命，大宋的历史恐怕都要改写。

在高梁河遮云蔽日的烟尘中，所有人都仿佛看到了命数的无常。

其五　北行杏花

倏忽又过了一百四十多年，宣和二年（1120 年）宋徽宗与金人达成海上之盟，决定前后夹击辽国，金得中京大定府，宋得南京析津府，并商定燕云十六州归宋。为了提前庆祝燕云十六州即将收复的历史性功绩，宋徽宗于宣和四年（1122 年）便给析津府做好了改名准备，拟设为“燕山府”。

只可惜这巨大的成功喜悦没有持续多久，金人灭辽后便伐宋，北宋很快遭到了灭顶之灾。靖康二年（1127 年），金人俘虏徽钦二帝北上，在屈辱北上途中，宋徽宗路过了自己数年前改名的燕山府，想必是心情颇为复杂，于是他在此地挥笔作词，情辞极哀：

裁剪冰绡，轻叠数重，淡著胭脂匀注。新样靓妆，艳溢香融，羞杀蕊珠宫女。易得凋零，更多少、无情风雨。愁苦。问院落凄凉，几番春暮。

凭寄离恨重重，者双燕，何曾会人言语。天遥地远，万水千山，知他故宫何处。怎不思量，除梦里、有时曾去。无据，和梦也新来不做。

——《燕山亭·北行见杏花》

天遥地远，万水千山，知他故宫何处。这既是北宋末帝的怜花怜己，又何尝不是湮没于历史的尘埃中契丹人的相同写照。

写到此处，辽五京的传奇也该到了作结的时候。保大之乱后，离开了五京的契丹人后来去了哪里？有一部分奔赴叶密立城建立西辽，随后继续向西发展，甚至扩张到中亚地区。但今天契丹这个民族早已不见了，其实他们并未消失，只是血脉已融入其他民族，用另一种方式延续了下来。

时至今日，在俄语及中亚的斯拉夫语系中仍称呼中国为Китай，这个词翻译过来，正是“契丹”。

篇三

国保之宝

本章介绍了多个被列为全国重点文物保护单位的古迹。这些古迹不仅具有重要的历史价值，还反映了不同历史时期的文化特色和艺术成就。

尘沾影覆——朝阳访辽塔

其一　五世同塔

在辽国五京及周边重要州府中，建造有大量的佛寺与佛塔。岁月悠悠，木构殿阁难以保存，多半毁于战火，但砖石佛塔却坚固如初，能长久矗立。如今仍散落在辽宁诸地市的辽塔数近半百，可谓星罗棋布，蔚为大观。

如今若是乘高铁从北京朝阳站出发，不过一个多钟头便可抵达另一个同名的站点——辽宁朝阳站。在辽代时，这里是辽西路的治所——兴中府。早在十六国时期，前燕慕容皝便在此地修筑龙城，建造“和龙宫”。后来的后燕慕容垂、北燕冯跋相继在此称王称帝，因此也称“三燕龙城”。

十六国风云际会，转瞬如逝水浮萍。六百年后，辽兴宗于重熙年间在此地建兴中府，便在前燕和龙宫旧址上就地取材，修建了一座十三级的高大佛塔，便是遗存至今的朝阳北塔，这也是如今辽宁地区现存最早的辽塔。

从外观看，佛塔为四方形，十三层密檐下的须弥座四面各设券门，除了南面券门为真门，可供登塔，其余三面皆为假门。东西两扇门边雕着守门的力士，身披铠甲，手持剑杵，形貌颇见威严。北面假门处浮雕着一对飞天，衣饰璎珞，手托供宝，天衣飘曳，身姿灵动。须弥座上尤为引人瞩目的是四面砖雕佛像，每尊佛像两边各雕有两尊胁侍菩萨和两尊灵塔。这样精美的砖雕令人流连，忍不住在心里细细描摹。

信步绕塔一周，顺次一一看完塔上砖雕，只见塔身四面佛按方位应为：东方阿閦如来佛、南方宝生如来佛、西方阿弥陀如来佛、北方不空成就如来佛。若再加上塔内供奉的大日如来佛，便构成了金刚界五方佛。按照密宗经典，五方佛代表着五种智慧，可以教化众生，虽然名号不同，但其实都为大日如来佛所化现。

细细看来，南面塔身上的两座灵塔的塔铭非常清晰，分别为“净饭王宫生处塔”和“菩提树下成佛塔”。这显然是按照佛教传统中“八大灵塔”来刻画的，分别对应着佛祖从降生到涅槃的八处圣迹。辽塔中类似的八大灵塔题材极多，这正是辽密金刚乘的一种体现。

朝阳北塔外表是辽塔，可内里却非同一般，有“五世同体”之说。所谓“五世”者，从三燕起算，经北魏、隋、唐，至辽恰是五世。“同体”却颇为有趣，考古发现北塔塔身层层叠叠，竟留存了上述五世的夯土砖石。

和龙宫是三燕皇宫，传说中北魏太武帝拓跋焘征伐北燕，北燕末代国主冯弘固城自守，有狼群围绕着和龙宫终晚嗥叫，竟长达一年有余。北燕国破后，和龙宫焚毁于战火之中，北燕皇族女眷，尽皆没入北魏宫中为奴为婢。其中冯弘有一个不起眼的小孙女，十五年后竟传奇般地成为北魏皇后，到后来因缘际会，大权在握的冯皇后成了冯太后，执掌朝政数十载，堪称传奇。

这位鼎鼎大名的冯太后，自出生时已国破，一辈子生活在长安，从未踏足过祖辈龙兴之地。但她执掌大权后，特命人去北燕的故都龙城，在已被焚毁的和龙宫旧址上原地修建一座佛塔，唤作“思燕佛图”。

太后立文宣王庙于长安，又立思燕佛图于龙城，皆刊石立碑。

——《魏书·列传卷一》

佛图者，浮屠也，思燕之意更不言而喻。

如今的朝阳北塔地宫依旧开放游览，除了能看到辽代的地宫，最奇妙的是还能看到塔底三燕和龙宫的夯土、北魏“思燕佛图”的柱础石和柱洞，与史书一一对照。这座朝阳北塔的建筑遗址非常复杂，北魏思燕佛图毁坏后，隋、唐又分别在原塔旧址上重新修建，并奉舍利于其中。

数百年弹指之间，朝代更迭、战火不断，这座佛塔一次次重修，又一次次毁败，佛塔如今的样貌，定型在辽兴宗重熙年间。在当时辽兴宗把此地“升格”为六大蕃府之一，同时重修了佛塔，以三燕、北魏的夯土为塔基，将隋、唐时塔身包裹在新塔之中，从而形成了“五世同体、塔中包塔”的罕见奇观。

其二　白狼河北

既有北塔，必有南塔，其实再早一些，城内还有一座东塔，因此在明、清时，此地又称“三塔城”，只可惜东塔不知何时损毁了。乾隆皇帝去盛京祭祖时，曾驻跸此地，便将名不符实的三塔城改名“朝阳县”，他还留下了一首通俗易懂的《过朝阳县》：

兴中之府朝阳县，三塔一颓其二存。
残碣犹传张氏记，千秋兴废不堪论。

这首诗依旧如十全老人其他的诗作一般无甚可取之处，但至少记录了在当时东塔便已损毁的事实。

辽塔最常见的形制是八角密檐式，但朝阳城内的南北双塔乃至城外凤凰山上的两座辽塔却都是四边密檐式。须知唐塔多用这种四边方形的制式，朝阳这几座方形密檐塔颇有承袭唐风之意。其实究其根本，大概是因为最早的北塔内中包裹有唐塔，使得外形上仍作四边方形。而其余几座塔修建时间都晚于北塔，相继模仿了北塔的形制。

而距离朝阳市区不远，顺着大凌河北岸由东往西，还有三座散落分布的辽塔值得一看。三塔依次为东平房塔、黄花滩塔、八棱观塔，这些塔名如今都是按地名所起，除却东平房塔为六角形九级密檐式，其余两座都为八角形十三级密檐式。尤值得一提的是，八棱观塔的塔身八面分别雕有八大菩萨题材，甚是独特。

这三座辽塔顺着大凌河河谷而建，距离相近，细看地势颇有些风水上的讲究。而中间一座黄花滩塔下，正是辽代的建州城遗址，建州亦是辽代重要州城。

唐人有诗道：

白狼河北音书断，丹凤城南秋夜长。
谁为含愁独不见，更教明月照流黄。

——《独不见》

古之白狼河便是今天的大凌河，这一带历来是兵家之要地。辽时的繁华自不必说，直到金、元时，此地仍承辽之建制。朱元璋驱逐蒙元后，于洪武年间在此设大宁都司，屯兵戍守，并让第十七子朱权就蕃于此，封作宁王，进一步加强了控制。

但可惜靖难之役后，永乐帝出于政治上的考虑，一面将宁王改封南昌，并将大宁都司诸卫整体内迁，另一面为酬蒙古朵颜三卫的靖难之功，默许他们在此驻牧。所以也有学者认为，大明边防之坏，正始于永乐，这当然也是后话了。

不过朵颜三卫虽然获得大宁地区的驻牧权，明廷却不许他们在此居住，因此曾经繁华一时的大凌河畔逐渐冷寂了下来，城池荒芜，人烟渐稀。从前地方的旧名均已无存，便也只留下了黄花滩塔、东平房塔、三塔城这样的俗名。

其三　尘沾影覆

从八棱观塔往东南方向驾车十来分钟，在一处山间灵岩上，有一对辽代双塔，峙立于半山绝壁之中，风景奇绝。说是双塔，其实两塔形制差别很大，虽然都有八角形的塔身，但西塔上部是三层檐楼阁式，东塔却是在单檐楼阁上还加了一层覆钵顶，看起来不免有些不伦不类。这种古怪的覆钵式更像是原塔倒塌后，重修时的再创造。

这种猜测绝非空想，如果顺着大凌河继续往东，可至锦州。在锦州城西小凌河的河谷边，有一座辽塔名叫班吉塔。此塔不仅名字奇特，形制也是辽塔中很少见的花塔。站在塔下仔细打量，只见塔檐往下部分是很类似八角密檐的塔身形制，但上部花塔的部分似是一顶花帽，颇有些不协调之感。而从名字上推测，“班吉”也许正是“半截”的谐音，或许这花塔的上半截也是倒塌后再建的吧。

那真正的辽代花塔又是什么样的呢?

距锦州数百公里外的北京房山郊野之中，有一条大石河从霞云岭中蜿蜒流出，河水在层峦叠嶂间迤逦穿行，风景秀美异常。《水经注》里说“圣水出上谷”者，指的正是大石河。河水流经大防岭下，途经一处石穴名叫孔水洞，其中深邃不可测，这本是一处唐代祈雨的名洞。洞上建有寺庙，唤作“万佛堂”，寺内至今还保存着唐代的石刻。

在万佛堂外北坡上矗立着一座辽代花塔，这是我心目中最完美的辽代花塔。你瞧它的塔身下部也是八角形，但塔身腰檐之上，便是造型繁复又巧妙的花塔部分。从外形上看，塔刹如同一根巨大的春笋，层层砖龛交织错落，密密的佛龛中各有佛像，形制繁复异常。从远处看，宛若莲瓣一般，虽未盛放，却颇符《华严经》中所言：“佛土生五色茎，一花一世界，一叶一如来。”花塔得名，大意如此。花塔本就存世不多，难得此塔上还有“咸雍六年”的辽代纪年，明确其辽塔的身份。

除了上述的密檐、花塔、覆钵三式，辽塔常见的还有一种楼阁式。

以内蒙古呼和浩特城郊的万部华严经塔为例，这是一座七级楼阁式辽塔，塔身八面，塔座为双层须弥座，南面一层有门，门楣上篆书石刻“万部华严经塔”方额。七层楼阁层层设塔檐，塔檐上又铺平座，整体形制雄伟，巍峨高耸，极显庄严。

辽塔存世遗迹颇丰，再加上其形制各异，壁饰繁多，若是有心一一探访，足可做一个长期的课题，此处仅选些有代表性的辽塔罢了。

看罢这许多辽塔，有心者不免产生疑问：辽人为何如此热衷建塔？我想这大抵与佛家“尘沾影覆”之说有关。

所谓“尘沾影覆”，最初是指世人建造经幢时，在上面刻写经文，倘若经幢之影能映照在身上，便如微尘沾身，即有消罪之效。辽人笃信佛教，相信佛塔亦能灭罪度亡，类于经幢之用。

譬如在朝阳盘山的曲径之中，当我蓦然回首时，只见绝壁灵岩中双塔似镀金边，让人不免有霎时失神，只觉神魂俱震，竟不可名状。须臾间，脑海中竟浮出一句偈子：

无垢清净光，慧日破诸暗。

人世间兴许难求无垢之地，但光明总如破晓之日，能破除一切贪嗔痴慢疑。如此扫净尘埃，又何须“影覆”呢？于是暗笑亦不免着相了。

西夏谜影——失落的国度

其一　沉睡王陵

在银川平原以西的贺兰山脚下，有一片荒原遗冢。如果从高空向下看，一个个巨大的锥形土堆在平地上突兀地矗立着，传说这些土堆飞鸟不落、杂草不生，这里便是我国现存规模最为宏伟、地面遗址最为完整的帝王陵园之一——神秘的西夏王陵，在遍地棘丛的深处、漫天的风沙之中，静静地沉睡着九位西夏君王。

这九座王陵布局规整，从平面图看，每座王陵都为月城和陵城组成的“凸”字形。如果亲自走近这些王陵，就会发现陵城内最高大的土堆并非坟冢封土，而是冢后陵塔的残留，这种构造方式显然颇为独特。

从残塔的遗迹来看，这些陵塔应为夯土砖木混合结构的八边形密檐实心塔，类似佛塔形制，塔高五、七、九级不等。如果细看会发现陵塔并不在陵城中轴线上，而是略偏西一些，这些独特的做法或许与党项人的早期信仰有关。西夏王陵的建造风格融合了中原文化与党项文化，且深受佛教信仰影响。

关于西夏人的族源，长期以来学界存在争议。《隋书·党项传》明确提出党项人应为古羌人的后裔，生活范围大致在今天的甘肃南部、青海至新疆一带。

党项羌者，三苗之后也，其种有宕昌、白狼，皆自称猕猴种。东接临洮、西平，西拒叶护，南北数千里，处山谷间。

——《隋书·党项传》

党项早期首领姓“拓跋”，按《宋史·夏国传》记载，其首领拓跋赤辞率部东迁，贞观年间唐太宗赐其姓李，“置静边等州以处之，其后析居夏州者号平夏部”。

“党项拓跋”与“鲜卑拓跋”同为“拓跋氏”，西夏开国君主李元昊因此提出了一种新观点，北宋宝元二年（1039年），李元昊向宋仁宗上表道：“臣祖宗本后魏帝赫连之旧国，拓跋之遗业也。”这一下就把党项先祖从羌人改为鲜卑人，然而这种说法却值得推敲，须知元魏鲜卑来自东北地区，譬如在呼伦贝尔鄂伦春旗的大兴安岭北段的一处石洞中，就发现了北魏太武帝遣人祭祖的祝文。而党项人早期显然活跃在西边的青藏高原附近，与鲜卑相距甚远。

考虑到李元昊乃一代枭雄，结合他长期以来为称帝图皇而做的种种举动，这种攀附祖先以增加称帝合法性的做法也不足为奇。不过与西夏有姻亲关系的辽国认可了李元昊的说法，《辽史·西夏外纪》全盘采纳西夏官方说辞，“西夏，本魏拓跋氏后，其地则赫连国也”。

有趣的是，2013年陕西吴起出土了一方唐初的《拓跋驮布墓志》，详细描述了拓跋驮布祖上由鲜卑入党项的曲折经历，似乎也能印证李元昊的鲜卑血统论，而其中“贞观七年款关内附”的记载也与《宋史》正好吻合。

当有魏握符建元，历祀数百……德配天者主中原……宗成帝王之业……有嵩头川王是称党项，徙湟中故地，与浑部杂居……以贞观七年款关内附，有诏封西平郡王兼授西平州刺史。

——《拓跋驮布墓志》

到了唐末，拓跋思恭因讨黄巢有功，再次被赐李姓，为定难军节度使，统银、夏、绥、宥、静五州地。

也是从这一时期开始，党项人在五代的混乱中逐渐扩大地盘，至李继迁附辽抗宋，到李元昊筑台受册，这一支由党项人建立的少数民族政权终于在西北站稳了脚跟，其地域东尽黄河、西界玉门、南接萧关、北控大漠，俨然与辽（金）、宋成鼎足之势。

在落日的余晖中，西夏王陵静默于苍茫天地间，萧瑟又沉寂，深藏着诸多未解谜题。

其二　西北双塔

在距离王陵以东三十公里的银川市区内，有两座佛塔均为“国保”单位，银川当地人称为北塔和西塔。其中北塔“海宝塔”为第一批全国重点文物保护单位，这是一座形制特别的方形楼阁式空心砖塔，塔身觚棱秀削，塔身四面各向外突出呈十字折角形，这种四壁出轩的做法也使得塔身内部均为十字形，层层向上收窄，样式十分精巧。

根据《重修宁夏卫海宝塔记》记录，原塔应“高十三级，高耸入云，自七层而上从外攀旋，虽当清明，风飒飒如御虚然”。只可惜原塔在清代康乾年间两次遭地震破坏，几乎完全倒圮损毁，原貌只能凭借想象了。清代重修的海宝塔“其塔凡九层连天盘共计一十一层”，较原来高度减少了数层，但如今它独特的塔身造型依然是古塔中的孤例。

海宝塔之名，应为清代重修后所起，在此以前还有“黑宝塔”“赫宝塔”之名，明代万历年间《朔方新志》中便记载“黑宝塔，赫连勃勃重修，有古台宝塔，在振武门外，东向，离城三里许”。可以推测，“海宝”“黑宝”大概都是“赫连宝塔”的谐音。

距此不远遥遥相对的西塔为“承天寺塔”，此塔通高 64.5 米，纤细瘦长，迥矗云中。明代《嘉靖宁夏新志》中收录了一篇《夏国皇太后新建承天寺瘗佛顶骨舍利碑铭》，其中便记载了承天寺塔的建造始末。

> **今上皇帝，幼登宸极，夙秉帝图……大崇精舍，中立浮图。保圣寿以无疆，俾宗兆而延永。天祐纪历，岁在摄提，季春廿五日壬子……建塔之晨，崇基垒于碱砆，峻级增乎瓴甋。金棺银椁瘗其下，佛顶舍利閟其中。**
>
> **——《夏国皇太后新建承天寺瘗佛顶骨舍利碑铭》**

《碑铭》中有具体的建塔日期，“天祐”是指西夏第二任君主毅宗李谅祚的年号“天祐垂圣”。然而这个年号只用了三年，究竟是指哪一年呢？《尔雅》有“大岁在寅曰摄提格”之说，从“岁在摄提”推断，应为寅年，正好可以对应天祐垂圣元年（1050 年），同时这个年份也对应北宋皇祐二年。如果翻看《宋史·仁宗本纪》，这年契丹与西夏正在交战，“三月庚子日，契丹遣使以伐夏师还来告”。

李谅祚是李元昊的幼子，在李元昊暴死后，不满周岁的李谅祚被舅舅没藏讹庞拥立登基，此时才刚满三岁，真正主持国政的是其母没藏太后。契丹正是瞧准了西夏主幼国疑的时机，大举对西夏用兵，以报复数年前在河曲之战的失利。然而彪悍的西夏人并不畏惧，没藏太后指挥西夏军苦苦抵抗两年。

对于这次战争的记录各方都有出入，譬如当年十月辽夏在贺兰山一战，《辽史》记载己方大胜，“契丹主出中路大捷，北路兵至西凉府，获羊百万、驼二十万、牛五百，俘老幼甚众，惟南路小失利”。可北宋边廷奏报却是“辽主济河不遇敌，无水草，马多死，耶律贯宁大败于狮子口，惟刘五常获陕西所陷属户羌二十余人而已”，颇显得有些幸灾乐祸。

客观来看，辽军倾巢而出，应是有压倒性的兵力优势，但西夏虽然以少对多，却占据了地利优势，双方数次交手，西夏多采取以“遁”为主的回避战术，虽有小胜，但也损失惨重，而辽军长线作战，亦损失不少精锐。也就是这一年的年底，“谅祚母遣使，乞依旧称藩”，这场战争以没藏太后向辽求和告终。

承天寺塔正建于辽夏战争最激烈之时，没藏太后一边指挥对辽战斗，一边役兵民数万修建承天寺及宝塔，并用金棺银椁藏佛顶舍利贮埋于塔下，或许这正是没藏太后对于“保圣寿以无疆，俾宗兆而延永”最虔诚的祈祷。

五年后，西夏福圣承道三年（1055 年），西夏遣使至北宋请赎大藏经，这已是西夏第三次请经，得到北宋的赠经后，没藏太后亦将其珍藏在承天寺中。

西夏人笃信佛教，没藏太后更是虔诚的佛教徒，这也与她的经历有关。没藏氏出身权臣世家，本嫁给西夏名将野利遇乞为妻，然而野利遇乞遭李元昊猜忌被杀后，没藏氏一度出家为尼，住在兴州戒坛院中，也就是在这里她遇到了李元昊，在佛寺中怀孕生下了李谅祚。

没藏氏后来虽贵为太后，其实也很年轻，史书记载她“妖冶好佚游，骑从甚众，每出卜夜，令国中张灯火以资娱览”，如果考虑到她的实际年龄只有二十出头，似乎也可以理解年轻貌美的小姑娘喜欢热闹。

没藏氏本就是因为美貌才成为李元昊的情妇，再加上西夏民风开放，太后亦不肯甘守孤独，常与情人一同去贺兰山狩猎。

就在向北宋请经后的第二年，一次狩猎夜归之时，没藏太后遇袭被杀。

其三　张掖大佛

由此再往西六百公里，沿着汉武帝时经营西域所开辟的河西走廊，从东往西分别可见武威、张掖、酒泉、敦煌四郡，地位相当。在小城张掖的中心，有一座西夏人建造的大佛寺。

寻访这座大佛寺约是五年前的冬天，天颇有些阴寒，又不是假日，人也极少。进寺便见一座精美的牌楼，一望可知是清代的。过了牌楼，可见正殿，面阔九间，十分漂亮的双层大殿，重檐歇山顶，上覆琉璃翠瓦，瞧着雅致又气派。殿内正中便是木质的卧佛，果然称得上大佛，足有三十余米长，体量相当可观。所谓卧佛，正是佛的涅槃相，面朝西而卧，两边侍立着弟子。大佛身后有西游壁画，据说极珍，可惜去时未能看到。

这座大佛寺闻名遐迩，建造起因据说与西夏的另一位女强人——小梁太后颇有些渊源。小梁太后是西夏惠宗李秉常的王后。其姑母和她都做过太后，为了区分便分别称作大梁太后、小梁太后。

惠宗李秉常是西夏的第三位君王，其父正是前文所提到的李谅祚。没藏太后死后，李谅祚娶了没藏讹庞的女儿小没藏氏为后，可他却并不喜欢自己的表妹，反而爱上了小没藏氏的嫂嫂梁氏。在杀死没藏讹庞父子，并废掉小没藏皇后之后，李谅祚如愿迎娶了梁氏为后，可惜他亲政仅仅八年便病故，王位传给了大梁太后所生的李秉常。

李秉常冲龄即位，又面临与父亲幼时同样的情形，母亲大梁太后牢牢把持朝政，舅舅梁乙埋为国相，他只是一个摆设而已。等李秉常十六岁亲政后，与梁家的矛盾也到了不可调和的地步，母亲和舅舅将他废幽在兴州。

也许是出于国内政治上的压力，也许是因为宋辽战争的爆发，也许是因为李秉常终于同意迎娶舅舅的女儿小梁氏为皇后，在幽禁了三年后，李秉常又被母亲复立。年轻的君王遭受了极大的精神压力，二十六岁便早早去世了。所幸他与表妹小梁氏生了一个儿子，便是崇宗李乾顺。

西夏这几代君王都陷入了噩梦一样的循环，李乾顺前十六年的人生几乎和父亲与爷爷一模一样，他成了一个新的提线木偶。但不同于大梁太后与惠宗的势同水火，李乾顺与母亲小梁太后关系却不错。为了帮助儿子掌握权力，小梁太后甚至与母族反目成仇，天祐民安五年（1094 年），小梁太后诛杀了自己的兄长梁乙逋，梁氏家族的权力被逐步削弱。

没有了外戚的太后无异于自断其翼，可小梁太后不是普通人，她彪悍的人生最大的爱好就是打仗。小梁太后杀掉兄长后，亲掌兵权，多次带着儿子御驾亲征，据史料记载她甚至训练了女兵。

这座张掖大佛寺正修建于小梁太后摄政末期，传说是因为国师嵬咩思能在此地挖出一尊碧玉卧佛，笃信佛教的小梁太后便下旨在这里修建大佛寺。工程浩大的皇家寺院历时五载方才竣工，等到佛寺建成时，西夏却发生了天翻地覆的变化。

其四　失落的国度

就在佛寺动工修建的当年，小梁太后又一次发动了对宋战争，率领号称百万大军强攻平夏，但这次他们遇到了老帅章楶、名将郭成。两军交战，西夏兵力占优，号称百万之军实则也有四十万左右，宋守城军队只有两万余人。在以少对多的情况下，章楶明确提出了弹性防御战略：“大抵战兵在外，则守兵乃敢坚壁。”

西夏军队没有讨得丝毫便宜，反而在长时间的围城后粮草供给出现了问题，夏军久攻不下决定撤退，撤退途中狂风忽起，宋军乘胜追击，造成夏军大量伤亡。这场战争直接改变了当时的政治格局，西夏因败乞求辽出兵相助，辽出面调停，但辽道宗因不满小梁太后的强势，便派人鸩杀了她。

大佛寺建成的那一年，已经到了西夏贞观三年（1103 年）。李乾顺满怀着对母亲的怀念，在大佛寺内供奉起小梁太后的牌位。话说西夏李乾顺是个颇有几分忍性的君王，很难说他对有着杀母之仇的辽人是怎样的感情。他一边在大佛寺里供奉惨死的母亲的牌位，让僧众为母祈福；一边却命人修书向辽求娶公主。不久后辽天祚帝将宗室女封成安公主，嫁于李乾顺为皇后，并生下了具有辽国血统的世子李仁爱。

时间倏忽又过了十七年，此时已至西夏元德七年（1125 年），天下局势正悄悄发生变化，金人异军突起，辽宋都有衰微之相。李乾顺左右逢源，忽而联辽侵宋，忽而助辽抗金，在辽天祚帝于应州被金国所俘后，李乾顺拒绝发兵援辽，反而上表顺金。西夏王后及世子在忧愤之中双双绝食而死，李乾顺却继续在乱世中悄悄扩张地盘，西夏疆域达到了极盛。

如果返回银川西郊的贺兰山下，来到西夏王陵中部的六号陵区域，可以看到这是唯一一座经过正式发掘的西夏王陵，其陵塔的高度达到 21 米，仅比规模最为恢宏的三号陵低了 1 米。学术界通常认为三号陵便是西夏开国君主李元昊的泰陵，这座规模差不多的六号陵应该也是西夏极盛时期的某位君王陵寝。

在六号陵地面遗迹的清理过程中，考古人员发现了一块汉字残碑，上有“……有二岁，在位三十……”字样，如是指在位三十年以上，西夏国王中仅有李乾顺和李仁孝在位超过三十年。在六号陵东北侧的七号陵虽然毁坏得更为严重，但有一块西夏文石碑可以明确其为仁宗李仁孝的寿陵，那六号陵大概率便是李乾顺的显陵了。不过这种推测在学界仍然充满争议，六号陵的主人究竟是谁，恐怕还需要更多的考古证据来解密。

西夏保义二年（1227 年），成吉思汗死于攻打西夏的征途中，随后蒙古大军对西夏展开了灭国屠城的残酷报复，西夏不仅国灭，其文化亦毁于一旦，以至于历史研究出现空白。

今天在北京居庸关下，有一座元代所建的汉白玉石座台，被称为居庸关云台。这座云台原本是座过街塔，可惜顶上石塔早已被毁，只留下了底座部分。云台正中有一圆形券洞，洞内壁上浮雕佛像，并密密麻麻用六种不同的文字刻着佛经，其中正有一种是西夏文。

居庸关云台修建之时，西夏早已灭国一百余年，可西夏文字仍然镌刻在人来人往的过街塔内。这个失落的国度来去如谜，既不知何来，亦不知何往。

从西夏王陵到张掖大佛寺，不知隐藏了神秘西夏多少恩怨情仇。还是大佛寺的楹联写得好：睡佛长睡，睡千年长睡不醒；问者永问，问百世永问不明。

人意山光——宁海古戏台

其一　千枝同本

> **癸丑之三月晦，自宁海出西门。云散日朗，人意山光，俱有喜态。**
>
> **——《徐霞客游记》**

提起宁海这座小城，许多人最初的了解便来自徐霞客笔下，这是《徐霞客游记》的开篇之句，宁海正是他长达二十六年旅途的起点。但真正吸引我目光的，反倒是散落在这片依山临海的古县村落间十余座“国保级”的古戏台。

宁海原属台州府，这一带宗族文化很是兴盛，讲究亲缘血脉，注重宗祠仪规，形成了村村有祠堂的格局。祠堂里要设戏台，这几乎成了祠堂最重要的一个构成部分。宁海的古戏台大概是全国范围内保存最完好的了，大大小小的村落间至今仍保留着约一百二十余处古戏台，又因设在祠堂之中，往往更是以举族之力建造，雕梁画栋、俯仰堂皇，不论是整体的数量规模，还是单体的精美程度，海内冠绝，无出其右。于是寻访各处祠堂戏台，几乎成了我近几年到宁海必做的功课。

看戏台先寻祠堂，每到村落中问询，村中老人多会热情地指引带路。本地的祠堂大多坐东朝西，进门先是天井，过了仪门，背后就是戏台。戏台往往对着正殿，正殿内摆放着祖宗的牌位，戏台和正殿四周由连廊和厢房连接起来，左右的厢房低矮，不能逾越正殿的高度，想来也可当作看台使用。

龙宫村的陈氏宗祠是我寻访的祠堂中保存最为完好的，祠堂正门题着“树发千枝根同本，江河万里水同源”，祠堂分为三进，白壁马头墙瞧起来分外肃穆，天井东面有“秀水环祠”四字于外壁上，墙内则写着“孝悌”二字，院内更有一面悬起数丈高的“义门陈氏”的族旗。宗祠里的戏台虽是单藻井的，但结构完整，色彩富丽，正中明镜为阴阳鱼状，檐下桁枋雕刻亦精美极了。

纵观此地宗祠，似乎村村有祠，每祠皆有堂号，至于各村祠堂中的状元匾、进士匾、登科匾更比比皆是，可见科举登科往往能成为一个家族的共同荣耀。譬如龙宫陈氏祠堂上“星聚堂”三字则为其堂号，另有一块“状元及第”直笃匾。村中老人介绍，这是百年前邻县天台县的一名陈姓武状元回来认亲祭祖时挂上的。而在加爵科林氏宗祠的正殿上，有一块“和靖先生”的小匾，乃是纪念其先祖林逋，细看厅上种种纹样装饰，多用梅鹤图案，也是一种风雅的呼应与追思。

其二　连贯藻井

看宁海古戏台，最值得细看的便是藻井。藻井属于古代木构建筑中的小木作，顶棚向上凹成穹窿状，多用在宫殿庙宇这类高等级建筑中。中国的古代建筑都为木制，木最怕火，在木构中设置一“井”，颇有些防火的巧思。

唐制规定，王公以下屋舍，不得施重栱、藻井。但在南方地区的祠堂戏台中却大量地使用了藻井，除了装饰作用，也有一定的收音效果。宁海古戏台藻井按制式不同，分为三连贯、双连贯和单藻井数种。所谓连贯，就是把传统的藻井纵向延伸连接起来，空间上的纵伸为舞台面积带来扩充。

三连贯戏台目前在宁海境内仅存三座，因为数量太少，便显得尤为珍贵。我颇是费了些周折寻访到了其中两处，一处在岙胡村的胡氏宗祠中，另一处则在西店镇的崇兴庙里。

胡氏宗祠的藻井最是精美，只见技巧繁复的藻井三者相贯，从戏台上一直延伸到院坝中，三座藻井均为圆形，虽看起来相仿，但细节却大相径庭。戏台从内向外第一重藻井呈螺旋状，十余条彩龙盘旋升腾而向中聚拢，如浪涛翻滚，正中明镜残缺了，想必曾是龙戏之“珠”。第二重藻井更是奇特，坐斗呈八龙八凤状，八龙直通明镜，八凤却停在中腰的栱板上。第三重藻井的井口内外分开，呈覆钵状，八个鱼状坐斗向中汇合，明镜中彩绘着白红绿三色鲤鱼首尾盘旋，彩绘层层交错，颜色煞是鲜丽好看。

而从胡氏宗祠往北二十公里，有一座崇兴庙，原本在庙边还建有石氏宗祠，但可惜因火灾而毁，石氏族人便将祠庙合二为一。由于附近两村人都姓石，可能本也出于同祖同宗，于是庙便成了两村共有。

崇兴庙的戏台虽也是三连贯，但“文革”的时候彩画都已被铲去，看起来便不如胡氏宗祠精美。但颇有意思的是庙内有一块保存完好的清代解筊牌。掷筊是道家求神问卜的方式，两块筊筶多用木、竹而制，投在地上以阴阳卜测运势。解筊牌相当于掷筊的说明书，如今掷筊本就少见，没想到偏远的庙宇中竟还存着道光年间的解筊牌，细读筊辞大多粗浅易懂，也不乏引人发笑之语。

看罢了三连贯的，再说一处双连贯戏台。潘家岙的潘氏宗祠戏台正是双连贯的，台上挂着“半入云”的抹头匾，从台上往外看，两重藻井都呈台阶状，层层收敛，内重亦是八龙八凤的。此处的明镜很完整，龙尾交会在明镜中，外重一圈为八角形，造型简单古朴，坊头上刻着鹿与象，俱是栩栩如生。

其三　劈作斗巧

在象山港尾部的半岛上，有一个面积很小的半岛伸入海中，虽然地处偏僻，可岛上的魏氏宗祠却很气派。最亮眼的莫过于祠堂仪门，并排三对门神，煞是威风。我还是头一次见到直接将门神绘在大门上的，忍不住细细端详了一番，却见这六位门神都是《隋唐演义》里的人物。尉迟恭和秦琼倒也罢了，最左边的银枪小将疑似罗成，妙的是最右的一对，一个是三板斧的程咬金，站在他旁边的猛将手持双锤，论理该是裴元庆，但我瞧着紫金锤的样式倒觉得也有可能是李元霸。

此处魏氏宗祠里的戏台是双连贯的，藻井雕工极为精巧，主藻井呈螺旋状向中心明镜收拢，形制繁复而华丽，有个名称叫作“百鸟朝凤”。台后是八扇屏风，彩绘着八仙故事。此处祠堂数十年前曾当作村内的小学使用，本就有些损坏了，再加上祠堂临近海边，空气湿度高，水汽氤氲，近些年愈发腐朽得厉害，也颇有些可惜。

在宁海当地，许多戏台的建造采用的是极为罕见的“劈作法”。所谓“劈作法”，是指一处建筑从中轴线分为两半，两班工匠同时动工，沿着中轴线往前修建，双方互相监督，互相斗技。想来这种独特的竞争式施工方法，既有分包竞争的优势，又因各方出资，也有着各占风水的讲究，真是有趣极了。

但在实际施工的过程中，由于两方工匠的技法、用料有所不同，在斗栱等构件的雕刻和尺寸上往往会存在差异。可当我站在戏台下，却很难看出明显的差别，只有细细端详中轴线两侧的木构与彩画，才能看出藻井左右的彩画和栱头存在非常细微的差异，这也不得不佩服本地工匠的技艺精湛。

除了精美华丽的藻井，古祠堂里也有许多其他值得一看的木构。

在潘氏宗祠的仪门处，有一对狮咬剑撑栱，很是精美。撑栱在江南地区俗称牛腿，大约是从早期建筑的雀替衍生来的。狮口含剑取其辟邪挡煞之意，甚是难得一见。在寻访古戏台的过程中，常会看到一些建筑构件出自不同的时代，这多半是木构建筑长期使用而修复的缘故，然而这些“不融合”之处也构成了一种独特的岁月之美。

看过木构与彩绘，有些楹联也很有些意思，譬如崇兴庙的这副：

一枝花开向牡丹亭，沉醉东风情不断。
四声猿惊回蝴蝶梦，浩歌明月想当然。

一枝花、牡丹亭、四声猿、蝴蝶梦，这是四出有名的传统戏，巧妙嵌入联中，台上台下都是戏。而胡氏宗祠的戏台额枋正中悬着“飞云驻”三字，两侧的柱联也极是恢宏大气：

数尺之基走遍天南海北。
一方平台演尽古今风流。

加爵科林氏宗祠的戏台中间额枋题着“今古奇观”，楹联为：

事异忠奸看人心各判。
报分善恶知天道无差。

一副副楹联或是讲善恶古今，或是讲因果报应，既暗合着戏台的主旨，也呼应着戏里戏外，颇值得玩味。

其四　庙堂江湖

“祠堂”一词出现虽早，但因为《礼记》里“诸侯不敢祖天子，大夫不敢祖诸侯”的制度约束，普通百姓是不能建祠堂祭祀先祖的。

至南宋时，朱熹著《家礼》，明确了“祠堂之制”，可仍然规定了“庶人无祠堂，惟以二代神主置于居室之中间，或以他室奉之”。

如今在宁海乡间分布的祠堂，大多是明代兴建的，这与嘉靖朝的“大礼议”事件有关。原本在湖北安陆当着藩王世子的朱厚熜，因为堂兄明武宗无子驾崩，阴错阳差成为大明的主宰者。嘉靖登基之初便为其亡父争取追封帝王谥号。有明一代，臣子都是格外强项，君主也是格外执拗。

究其根本，“大礼议”的争论核心就是小宗入大宗，嫡传是大宗，旁支是小宗，嘉靖以旁支继承大统，按照首辅杨廷和的观点，嘉靖应以明孝宗为皇考，对亲生父母要改称皇叔与皇叔母。这对于嘉靖来说是绝对不能接受的，君臣矛盾愈发激烈。

朝堂上的大礼议之争升级为撼门事件，文武百官于左顺门伏阙痛哭，杨廷和之子杨慎甚至喊出了“国家养士百五十年，仗节死义，正在今日”的口号，这一过激举动终于酿成了近百人被嘉靖帝廷杖的血案。

在嘉靖帝的不懈坚持下，他终于将生身父母灵位送进了奉先殿，也推恩天下，直接推动了民间祭祖制度的改革。嘉靖十五年（1536年），礼部尚书夏言上《请定功臣配享及令臣民得祭始祖立家庙疏》，再次得到了皇帝的支持，至此民间皆得联宗立庙，民间的祠堂以不可挡之势兴盛起来。一个政治事件竟诞生了一种新的宗法秩序，它毫无疑问是属于封建礼法的，可它的诞生又是反封建礼法的，这何尝不是一种讽刺。

随着时间的推移，民间的祠堂渐渐成为一个家族的精神圣地。譬如在一座标准的宁海祠堂的布局里，以戏台和正殿为中心，构建了一个环抱着的合院空间，每逢四时八节，人们因共同的血缘聚集在一起。这大概是生活在古代乡村的中国人不多的公共领域，祭祖让人们不忘来处，看戏丰富着精神生活。

开启徐霞客漫漫旅行的这一年，已是明万历四十一年（1613年），此时距嘉靖朝的大礼议已过去了九十载。徐霞客行至本地，也许已见到了悄然兴起的村落祠堂，也许他已在某村的戏台下听过一两出戏，走过蟹棚虾寮，看到那星星渔火映照的几户人家。

范文正公说：“居庙堂之高则忧其民，处江湖之远则忧其君。”庙堂与江湖总是息息相关的，不知行走江湖的徐霞客，是否也有他的远近之忧。

自明后，祠堂记录着一个个家族的迁徙兴衰，也兼具潜移默化的教化之用。它本质的精神内核仍是礼敬与荣耀，至于祠堂与古戏台中所包含的石刻、木雕、彩绘、书法，乃至背后代表的艺术美学，更是历史遗存的点点亮色，让人不由遐想百余年前的古人晴耕雨读的生活风貌与精神世界。

看朱成碧——女皇的石窟

其一　卢舍那佛

看朱成碧思纷纷，憔悴支离为忆君。
不信比来长下泪，开箱验取石榴裙。

——《如意娘》

据传这首《如意娘》是中国唯一的女皇帝武则天亲笔所作。武则天十四岁时入宫成为唐太宗的才人，唐太宗驾崩后，武则天作为旧宫人入感业寺为尼。在青灯古佛的苦候中，武则天写下了这首情意缠绵婉转的《如意娘》，寄给往日旧情人如今的新天子唐高宗，盼他还能记得旧情，带她回宫重享富贵。

武则天的愿望没有落空，不久唐高宗悄悄将她带回大明宫，永徽六年（655 年）武则天历尽波折成为大唐的新皇后。也许是没能忘记在感业寺那段日子里对佛祖的祈求，武则天一生崇信佛教。据记载，咸亨三年（672 年），“皇后武氏助脂粉钱二万贯”，这笔巨额脂粉钱全部用于东都洛阳伊水边山崖上正在修建的新工程——一座空前绝后的巨大佛龛。

上元元年（674年），武则天加号“天后”，开始与唐高宗并称“二圣”，正式参与朝政。就在第二年的腊月最后一天，洛阳龙门的新佛龛终于完工了，此龛取名为“大卢舍那像龛”。

国力强盛的大唐帝国，修建了龙门有史以来规模最宏大的摩崖窟龛，龛内造像布局为一佛、二弟子、二菩萨、二天王、二力士共九尊，群像栩栩如生，佛陀慈悲，弟子温良，菩萨华贵，天王威严，力士雄强，各具妙处，令人驻足良久。其中又以正中间十七米多高的卢舍那大佛凿刻最为精细，甚至周身背光中的缠枝莲纹都繁复而精美。

卢舍那佛是佛的报身像，出自华严教义。所谓“报身”，是指因果已满、光明普照，这其实一种修行圆满的体现。《旧唐书》里说，“神皇自以‘曌’字为名”。“曌”者，日月当空、光明普照，正与佛的报身像含义相同。

卢舍那佛成正觉，放大光明照十方，诸毛孔出化身云，随众生器而开化，令得方便清净道。

——《华严经·卢舍那品》

武则天一直对《华严经》兴趣浓厚，圣历二年（699年），她为新译的八十卷《华严经》作序，并亲自抄写经文。据说这尊大佛正是按照武则天的面容建造的，今天当我抬头仰望卢舍那大佛，仔细端详它如新月的弯眉，高挺秀气的鼻梁，深沉而坚定的眼眸时，亦不由遥想武皇的容颜。而在当时，著名的相士袁天罡曾评价襁褓中的武则天便有“龙睛凤颈”。

乳母时抱则天，衣男子之服，天纲曰：“此郎君子神色爽彻，不可易知，试令行看。”于是步于床前，仍令举目，天纲大惊曰：“此郎君子龙睛凤颈，贵人之极也。”更转

侧视之，又惊曰："必若是女，实不可窥测，后当为天下之主矣！"

——《旧唐书·列传第一百四十一》

其二　双佛并坐

龙门八百公里外的四川广元，古称利州，这里正是武则天的故乡。曾经的古蜀道沿着嘉陵江曲折蜿蜒，在古蜀道的侧旁绝壁之上，有数千龛窟如蜂巢一般镶嵌在四百多米长的崖壁中，故而称作千佛崖。

这里的石窟从北魏晚期开凿，至唐时达到极盛，后世虽仍在继续加修，却不复盛唐气象。在其第806号窟内，正中佛坛上为释迦佛与多宝佛并坐，因此也称"释迦多宝窟"。这样双佛并坐的场景出自《法华经》，经文中提到，过去东方宝净世界的教主为多宝佛，他曾经立下誓言，若入灭后，以本愿力成全身舍利，只要有说法华经处，就会出现它的塔庙。

若我成佛，灭度之后，于十方国土有说法华经处，我之塔庙，为听是经故，涌现其前。

——《法华经·见宝塔品》

而当释迦牟尼佛说《法华经》时，忽有一座多宝塔从地下涌现，释迦牟尼佛打开塔门，只见多宝佛从塔中走出，并让出自己一半的座位与释迦牟尼佛共坐。在佛经寓意中，多宝佛代表"定"，释迦佛代表"慧"，二佛并坐，亦所谓"定慧如一"。

如今在石窟和壁画中常见的双佛并坐场景，一般也与当时的政治形势有关。譬如云冈石窟中双佛并坐的造像大概有三百余处，这些造像大多建于北魏冯太后临朝称制期间。中国传统政治讲究"天无二日、国无二主"，可在一些特殊的历史时代也会出现太后摄政的情形，于是所谓“双佛并坐”就充满了政治隐喻。譬如在云冈石窟第六窟中心塔柱北面下层龛内，就有一组这样“二佛并坐”之像，双佛着褒衣博带，面相端庄，唇角微扬，眸中含笑，其体态匀称，身周飞天环绕，装饰亦十分繁复。

对比来看，千佛崖中释迦多宝窟内二佛坐像却简洁明快得多，双佛容色肃穆，颇显庄严。长期以来学术界对千佛崖此窟造像的建造时间存在争议。个人以为从整体风格来看，窟内造像充满了盛唐气象，而从双佛并坐的形制来看，私心推测或许正建造于武则天做皇后的“双圣临朝”时期。此窟内除了主尊为双佛，其他造像与龙门大卢舍那像龛内布局极为类似，左右分立两弟子，前侧又有两尊菩萨像。其中右侧大势至菩萨头部已损毁，而左侧观音菩萨却保存完好，精美异常。

这尊观音又称作“持莲观音像”，只见它头戴宝冠，肩披缯锦，衣饰华丽，宝珠瓔珞交叉于腹部，虽是赤足而立，身姿却极其优美。而尤为醒目的是其双手还持握着两枝莲茎，莲叶从肩上蜿蜒舒展开来，形成巨大的背光，而其娇丽的面容、端妍的神态、精巧的造型，亦堪称绝伦。

傍晚时分，站在千佛崖前的金牛古道上回望千万佛龛，只见暝色水光之中，天色渐晚；而那千窟万佛，被天光映照出半壁赤色，哪似人间景象。

其三　女皇祀庙

如果沿着嘉陵江而下，距千佛崖五公里外的嘉陵江西岸有一处皇泽寺，这是中国历史上唯一一位女皇帝武则天的祀庙。而在寺后的临江绝壁上，存有北朝以来的龛窟五十余处，佛教造像一千二百余尊，其中最为精彩的莫过于唐时开凿的大佛窟。

大佛窟内主尊为阿弥陀佛，右手抬起施无畏印，左手掌中如智珠在握，只见它阔面方颐，双目微垂，造型匀停，气度不凡。它身旁侍立着二弟子二菩萨，或持法宝，或结手印，衣饰繁复，站姿庄矜，俱显庄严气象。

尤为引人注意的是佛与菩萨的耳垂上都饰有硕大的璎珞重珰，这在其他地方的佛教造像中很少见到。这些造像不仅面部线条圆润，甚至连颈部也雕出层层褶皱，颇显唐时丰腴之美。在窟口处还有两尊力士像，双目圆睁，肌肉偾张，只可惜已经残损了。

如果仔细观察，会发现在右侧大势至菩萨的脚下，有一尊约莫尺高的跪拜小人，神情虔诚庄重——这大概正是开凿此窟的供养人。从六米多高的主尊佛像，到三四米高的菩萨弟子与力士，再到一两尺高的供养人像，一尊尊高矮错落，各自的衣饰繁简得当，主从有别。而整个窟壁的上方还浮雕着人形天龙八部，其雕法娴熟，刻画入微，在若现隐约之间只见金刚怒目，正与前方的菩萨低眉相得益彰。

所谓天龙八部指的是天、龙、夜叉、乾闼婆、阿修罗、迦楼罗、紧那罗和摩睺罗迦八部神，他们虽为非人，却因常听佛说法，已成护法之神，于是便也能化作人形。有趣的是巴蜀一带的摩崖石窟中常见此类天龙八部形象，往往都在佛菩萨像的背后做浅浮雕，颇具地方特色。譬如在四川内江市区的翔龙山上也有一片摩崖造像，保存着唐宋至民国石雕造像四百余尊，其中最大的一尊宋代千手观音像旁，亦浮雕着类似的天龙八部护法教众，其造型各异，细节生动至极。

闲说天龙八部中的乾闼婆乃是乐神，他们不食人间烟火，专以香为食，体放异香，高兴了便飞行于天，手持乐器，蹁跹起舞，这便是在石窟壁画和雕塑中最常见到的伎乐飞天。而汉语中“飞天”一词，据考证最早应是出现于《洛阳伽蓝记》。

石桥道南有景兴尼寺，亦阉官等共立也。有金像辇，去地三尺，施宝盖，四面垂金铃七宝珠，飞天伎乐，望之云表。

——《洛阳伽蓝记》

皇泽寺的则天殿中还存放了一尊女皇的真容石像，此像刻画的乃是登上帝位后的武则天老年容貌。女皇头戴宝冠、身佩璎珞，宛如观音圣母，只可惜石像曾遭过破坏，如今重新装金封闭在展柜内，已经很难看出旧刻痕迹了。

其四　谁寄燕脯

武则天的父亲武士彟曾于贞观年间在利州做官，传说其妻杨氏曾泊舟江潭，感孕而生女皇。如今的广元城内从街道命名到节日庆典，处处都彰显着女皇故里的荣耀。

唐大中年间，著名诗人李商隐曾路过利州，有感而发。

神剑飞来不易销，碧潭珍重驻兰桡。
自携明月移灯疾，欲就行云散锦遥。
河伯轩窗通贝阙，水宫帷箔卷冰绡。
他时燕脯无人寄，雨满空城蕙叶雕。

——《利州江潭作》

李商隐的诗，辞难事隐，向来难读，所幸此诗还有诗人简略的自注："感孕金轮所。"武则天登基后，曾自加"金轮圣神皇帝"尊号，李商隐路过利州，必是听说了杨氏感孕江潭而生武皇的传说，才有此诗的感发。诗中前六句都是描写江潭感孕的，最后两句才是抒怀，可"燕脯无人寄"如何理解呢？

唐初有篇小说《梁四公记》十分传奇，传说洞庭山南有一个百尺深洞，曾有人掉到洞中，摸黑走了四五里竟找到了一座龙宫，但可惜有小蛟守门，这人没能进入龙宫，便回去禀报了官府。梁武帝听说了这件事，起了探宝的好奇心，便询问当时一位著名的隐士梁四公，请教如何才能进入龙宫。

梁四公博学广闻，告诉梁武帝这座龙宫里有一位东海龙王的七公主看管宝珠，而龙的天性怕蜡油，喜欢吃燕肉。当时合浦郡有一双罗子春兄弟，愿做使者去取龙珠，他们在身上涂了蜡，进入龙宫之时，小蛟果然不敢触碰，于是顺利将携带的五百枚烧燕送给了龙王的七公主，这位龙女大概是位美食家，吃了燕肉非常满意，便将龙宫内的宝珠送给了来使。

这个故事颇有意思，对于水下龙宫的公主而言，再名贵的宝珠不如好吃的燕脯。李商隐必是读过这个故事，所以才有“他时燕脯无人寄”，这也是把武皇比作龙女了，既新颖别致，亦妙趣盎然。

在武皇不平凡的人生中，扮演过太多的角色，宫人、尼姑、宠妃、皇后、太后、皇帝，每一个角色的背后都藏着无数隐秘的血泪与阴谋、荣耀与传奇。《资治通鉴》评价她性格多变，能屈能伸，当皇后之前对唐高宗曲意奉承，上位之后却“专作威福”。

> **武后能屈身忍辱，奉顺上意，故上排群议而立之；及得志，专作威福，上欲有所为，动为后所制，上不胜其忿。**
>
> **——《资治通鉴·唐纪十七》**

神龙元年（705年）的冬天，八十二岁的武则天自知大限将至，死前遗命令去帝号，称“则天大圣皇后”。在人生的尽头，她再一次能屈能伸，以大唐皇后的身份与唐高宗合葬入乾陵，在她身后，一座座遗留在大江南北的石窟造像见证了沧桑岁月，亘古如今。

水浒沧州——寻踪铁狮子

其一 镇海铁狮

沧州有千年历史，北魏孝文帝始置沧州，在唐代时更是横海军节度使的治所。历史上的沧州治所大约在今天沧州城区以东七八公里的位置，如今叫旧州镇，此行去寻访铁狮子，正好也能看看沧州旧城的遗址。早在 1961 年，沧州铁狮子便被评为第一批全国重点文物保护单位，而附近的沧州旧城也在 2013 年入选了第七批全国重点文物保护单位。

曾在画册上看过 20 世纪 40 年代的铁狮子照片，孤零零地矗立在乡村荒野中，没落又凄凉。如今游客们再去，便能见到修缮得极为气派的沧州铁狮与旧城遗址公园，占地足有二百余亩，可惜景区内游人依然寥寥无几，走过甚长的一段路，便能见到被夯土墙围在中心、伫立在阔大石台上的铁狮子。

只有走到近处，才能真切地感受到铁狮之巨，这个庞然大物足有五米多高、六米多长，近四十吨的重量。只见它身披障泥、背驮巨盆，昂首张开巨口，似在向远方咆哮，瞧起来十分气派，只可惜历经千年岁月，朽蚀非常严重了，它的足边还有数十根铁棍交错支撑着为其加固。

沧州铁狮子是做什么用的，历来众说纷纭。其中有一种说法，古沧州临海，铁狮子又名镇海吼，大约是当地人为镇海而铸造的神兽。狮子也叫狻猊，在佛教中文殊菩萨的坐骑便是一头狮子。文殊菩萨的智慧是勇猛智，他的坐骑也代表着无畏的勇气。佛经中狮子的咆哮声被称作狮子吼，《维摩诘经》说得好，演法无谓，犹狮子吼，其所讲说，乃如雷震。

迦叶，汝谓如来在大众中，作狮子吼不能说法耶？勿造斯观！所以者何？如来在大众中勇捍无畏，作狮子吼，善能说法。

——《长阿含经》

佛陀以狮子吼的比喻说法，可见狮子吼代表了佛法中最本真的直义，振聋发聩，直指人心，亦是佛果智慧的体现。

铁狮子的脖颈上有“狮子王”三字铭文，背上的大盆也形似莲花，无疑为铁狮子增加了一些佛教的暗喻。据说在铁狮的腹部，还有金刚经的铭文，可惜未能看到相关实证。而铁狮子脖颈上还残留着“大周广顺三年铸”字样，“广顺”是五代时后周太祖郭威的年号。

郭威出身军旅，勇武过人，据说他小名叫作“郭雀儿”，少年时是个颇有些游侠气质的人物。《新五代史》中记载了他刚应募入伍后的一段离奇经历：

威年十八，以勇力应募。为人负气，好使酒，继韬特奇之。威尝游于市，市有屠者，常以勇服其市人。威醉，呼屠者，使进几割肉，割不如法，叱之。屠者披其腹示之曰：“尔勇者，能杀我乎？”威即前取刀刺杀之。

这段故事瞧起来眼熟极了，简直就是《水浒传》里鲁提辖拳打镇关西的历史原型。

在《水浒传》第三回《史大郎夜走华阴县 鲁提辖拳打镇关西》中，施耐庵用生花妙笔将鲁提辖拳打镇关西的起因经过描写极细，从酒楼上遇翠莲父女写起，将郑屠如何想要强占民女交代清楚，为人物的行为做好了铺垫。后面笔锋一转，又写郑屠开的门面，甚至连“两副肉案，悬挂着三五片猪肉”也写了，接着便是鲁智深激怒郑屠的过程，先要精肉做臊子，又要肥肉做臊子，就等着郑屠不耐烦的时候，跳起身来就打。洋洋洒洒近千字，恐怕正是从欧阳公笔下简短的“割不如法，叱之”六个字化来。

其二　刺配沧州

很多人看过这个情节，觉得鲁智深是鲁莽，是“激情杀人”，其实从小说里看，他杀郑屠是早下定了决心的。鲁智深最大的性格特点就是“爽利”，在潘家酒肆里，他要送给翠莲父女盘缠，自己摸出了五两银子，又找身边两个同伴要，史进毫不犹豫从包裹里取出一锭十两银子，放在桌上，李忠却只摸出“二两来银子”，鲁智深说了句：“也是个不爽利的人。”嫌少就没要他的银子，也可以看出他的性格特点。

在《水浒传》的开篇前十回里，鲁智深是个主线人物，几乎篇篇回目里都有他：鲁提辖拳打镇关西、鲁智深大闹五台山、花和尚大闹桃花村、鲁智深火烧瓦罐寺、花和尚倒拔垂杨柳、鲁智深大闹野猪林……可以说回回都有鲁智深大打出手,但爽利并不代表鲁莽，在这点上鲁智深与李逵是有本质区别的。

李逵是莽，做事顾前不顾后，背着老母出门，却让母亲被老虎吃了。鲁智深性格爽利，做事还很细致。鲁智深与林冲意气相投、惺惺相惜，情义非同一般。林冲遭人陷害，刺配地点正是沧州。在野猪林里，当薛霸就要对林冲下毒手时，是鲁智深提着禅杖出来相救，他嘴里还大喝了一声：“洒家在林子里听你多时。”一句“多时”，证明了他来这里不是巧合，后面他与林冲叙旧时，更是展现了自己心细：“洒家疑心，放你不下。恐这厮们路上害你，俺特地跟将来。”

后来他见林冲不肯为难薛霸、董超二人，也没有强行打杀，反倒是薛董二人作死，要套话问他的来历：

> 两个公人道：“不敢拜问师父，在那个寺里住持？”智深笑道：“你两个撮鸟，问俺住处做甚么？莫不去教高俅做甚么奈何洒家？别人怕他，俺不怕他！洒家若撞着那

厮，教他吃三百禅杖！”

——《水浒传·第九回 柴进门招天下客 林冲棒打洪教头》

鲁智深心里似明镜一样，吓得两个公人哪敢再开口，等出了林子，林冲以为鲁智深要走：

林冲问道：“师兄今投那里去？”鲁智深道：“杀人须见血，救人须救彻；洒家放你不下，直送兄弟到沧州。”

鲁智深从开封便开始跟随，千里迢迢北上，一路护送到离沧州只有七十里了。小说里还加了一句：“鲁智深打听得实了”，觉得前面没有危险了才准备离开，临走前又取出一二十两银子与林冲，这是留给兄弟的盘缠，还“把三二两与两个公人”，这是做事周到的人才会想到的。鲁智深给了钱，却又再抡起禅杖，当着薛董二人的面把松树打折了，威胁道：“你两个撮鸟，但有歹心，教你头也与这树一般。”一番恩威并施，这才去了。

每每读到此处，心里便要暗暗喝一声好，谁说鲁智深鲁莽？他对要紧的人、要紧的事，安排得何等妥帖周到，人情世故他都明白。鲁智深行事仗义、豪迈不羁，又天性淳朴、重情重义，外似金刚霹雳，内有菩萨心肠，是个十分值得钦佩的人物。

其三　柴大官人

鲁智深是个虚构人物，他的一生从杀人迈入了分水岭，先出家为僧，又落草为寇，生擒方腊是人生高光时刻，最终在六和寺里闻潮而圆寂，留给读者无数的唏嘘感叹。

可鲁智深的现实原型郭威，却从“割肉事件”的分水岭后踏上了截然相反的人生轨迹。他杀人后不仅没有受到惩罚，反而被上司李继韬包庇，让他逃亡了一段时日后，又将他召置麾下。后来郭威在乱世中因“略知兵法”扶摇直上，受到了后汉刘知远的信任，临终托付于他。成了天雄军节度使的郭威，战功赫赫，内平叛乱，外败契丹，河北各州郡均受其节制。但这时候后汉隐帝神经病发作，将郭威留在开封的家人全部杀光，“婴孺无免者”。郭威怒而清君侧，经过一番“黄袍加身”的操作，最终于公元 951 年正式称帝。

从市井中的亡命之徒到全家被诛杀的光杆皇帝，郭威这一生可谓传奇。鲁智深虽然是虚构的，但郭威却是真实存在的历史人物，有时候历史甚至比小说更精彩。

还是回到铁狮子铸造的广顺三年（953 年），此时登基刚刚三年的郭威已染风痹之疾，而他已无子孙，身边最亲近的便是内侄柴荣了，于是在病重临终之时将皇位传给了柴荣。

显德元年（954 年）初，听闻郭威死讯的北汉纠集契丹来犯，柴荣不顾大臣反对，御驾亲征，大军就在沧州集结。柴荣不喜佛教，历史上所谓“三武一宗灭佛”，其中一宗正是指的是周世宗柴荣。如果铁狮子铸造于柴荣继位前后，以他的行事作风恐怕不会允许这类佛教之物存在。

而《水浒传》还有一个赫赫有名的“沧州人”正是柴荣的后人，此人便是小旋风柴进。小说借卖酒的店家介绍了他的出身：

> 店主人道:“你不知,俺这村中有个大财主,姓柴,名进,此间称为柴大官人，江湖上都唤做小旋风。他是大周柴世宗子孙。自陈桥让位，太祖武德皇帝敕赐与他‘誓书铁券’在家，无人敢欺负他。专一招集天下往来的好汉，三五十个养在家中。常常嘱付我们酒店里：‘如有流配的犯人，可叫他投我庄上来，我自资助他。’我如今卖酒肉与你吃得面皮红了，他道你自有盘缠，便不助你。我是好意。”
>
> ——《水浒传·第九回 柴进门招天下客 林冲棒打洪教头》

小说里提到的柴世宗，便是柴荣。可惜柴荣虽是个英雄人物，但空有一腔抱负，命却不长，留下了幼子柴宗训继位。再后来便发生了“陈桥兵变”，赵匡胤效仿了九年前郭威的操作，再次上演了“黄袍加身”的一幕。

其四　誓书铁券

店主人津津乐道的“大周柴世宗子孙”，为什么会住在沧州附近的庄子中呢？施耐庵设置的这个情节也有些耐人寻味。

柴进所处的北宋时代，沧州的辖区已经比前朝小了许多。据沧县志载，北宋“沧州景城郡，隶河北东路横海军，领清池、无棣、盐山、南皮、乐陵五县，以清池为治所。乾德二年，废长芦县入清池，治平二年，徙饶安县，治于张为村。熙宁二年，又废饶安乾符二县俱入清池，此后，沧州境内只清池一县”。

早在宋太宗时，将全国分为十五路，沧州属于河北东路，正处于宋辽交战的边境地带。

赵匡胤是逼迫孤儿寡母得来的江山，也许是心内不安，也许是为了全身后之名，据说他曾于太庙寝殿的夹室内立了一块石碑，碑上刻着三条誓词，其中一条便是“柴氏子孙有罪，不得加刑，纵犯谋逆，止于狱中赐尽，不得市曹刑戮，亦不得连坐支属”。

不论“誓书铁券”是真是假，但施耐庵想必是据此，才有了“小旋风”的人物灵感。事实上柴荣的后人是比较少的，前文提到后汉隐帝诛杀了郭威一家，柴荣在京的几个子女也未能幸免，后来继位的柴宗训是柴荣的第四子，继位的时候年仅七岁，禅位后迁居房州，死的时候不过二十岁。柴宗训还有三个幼弟，北宋王巩的《随手杂录》里记载：

太祖曰：“即人之位杀人之子，朕不忍为也。”美曰：“臣与陛下，北面事世宗，劝陛下杀之，即负世宗，劝陛

下不杀，则陛下必致疑。”太祖曰：“与尔为侄，世宗子不可为尔子也。”美遂持归，其后太祖亦不问，美亦不复言，后终刺史，名惟吉，潘夙之父也。其后惟吉历任供三代，止云以美为父而不言祖，余得之于其家人。”

这是说名将潘美收养了柴荣的幼子，但按照欧阳修在《新五代史》中记载：“皇朝乾德二年十月，熙谨卒。熙让、熙诲不知其所终。”在民间的传说中，不知所终的柴熙让被封为义国公，世代居住在沧州，或许正是柴进的祖上吧。

无独有偶，《杨家将》里的“柴郡主”，《岳飞传》里的“柴桂”，都是传说中的柴荣后人。这些出现在演义小说中的柴家人，也许正是老百姓对这支亡国皇族的美好幻想。

天风琼楼——焦山瘗鹤铭

其一 焦山碑林

在今天镇江的焦山风景区内，存有四百余块前朝碑刻，早至南朝，晚到明清，其中唐宋名家题刻如云，从而蜚声江左，被称为“焦山碑林”，1988 年被公布为第三批全国重点文物保护单位。

焦山碑林中又以《瘗鹤铭》最珍，传说南朝有人养鹤，鹤死而作《瘗鹤铭》，刻于焦山西麓峰上，然而日久石崩，碑下半部分坠于江中。直到北宋庆历八年（1048 年），润州太守钱彦远听闻山上发现残石有字，便命人在此地建宝墨亭，一时传为奇闻。

《瘗鹤铭》本就楷参篆隶，行笔高古，雄拙奇峭。经拓后传开，又引得许多文人慕名来争睹其采，在饱览胜迹之余，记事咏物、抒怀为文，镌刻在附近山崖石壁上，千百年来世代不绝。

北宋大书法家黄庭坚就极推崇《瘗鹤铭》，曾有“大字无过瘗鹤铭”之语。然而《瘗鹤铭》既为残碑，又不落书者真名，仅落别号，这便给了人们许多猜想的空间。《瘗鹤铭》残石上有“华阳真逸撰”的落款，于是宋代书法家黄伯思在《东观馀论》中考证道：“今审定文格字法，殊类陶弘景。弘景自号华阳隐居，今号真逸者，岂其别号与？”他推论华阳真逸便是南朝隐士陶弘景。陶氏名气极大，虽在山中归隐，可梁武帝却常派人去向他请教大事，人称“山中宰相”。

陶弘景善书，史料记载他四五岁便“恒以荻为笔，书灰中学字”。梁武帝本人也是书法爱好者，他的内府之中收藏了大量如前代钟繇、王羲之等人的书法作品，于是也偶尔派人送给陶弘景看，两人常通书信讨论前人书法高下，信札偶尔流传开来，即为赫赫有名的《与梁武帝论书启》。若《瘗鹤铭》真是陶弘景所书，倒也不负此碑盛名。

只是黄伯思的主张并未得到历代书家的一致认可，譬如黄庭坚在《题瘗鹤铭后》中认为：“右军尝戏为龙爪书，今不复见，余观《瘗鹤铭》势若飞动，岂其遗法耶”，认为也有可能是王羲之所书。而还有些人认为是皮日休、顾况等人所书，此中争议甚多，不一一细论。

而《瘗鹤铭》之谜，不仅是何人所书未解，甚至残石真伪、拓本精芜，历来也均有争议。从宋代起，便有人试着在江中打捞崩落残石，康熙五十二年（1713 年），著名金石学家的陈鹏年任苏州知府，他募集人手下江打捞，又捞起残石五方，《瘗鹤铭》于是多得九十三字。而金石界也一般以康熙五十二年作为分界点，此前称“水前本”，之后称“水后本”。

近二十年来，镇江市政府两次组织残石水下打捞考古工作，又得三块带字残石。如今来看，作为“大字之祖”的《瘗鹤铭》，其意义早已超越书法与金石，在华夏文明史上也具有坐标意义。

其二　北固西津

南宋隆兴二年（1164 年）的一个冬日，在镇江府通判任上的陆游与好友四人同游焦山，在细观过《瘗鹤铭》后，他在江边的石壁上留下了这样的题刻：

> 陆务观、何德器、张玉仲、韩无咎，隆兴甲申闰月廿九日。踏雪观瘗鹤铭，置酒上方，烽火未息，望风樯战舰在烟霭间，慨然尽醉。薄晚，泛舟自甘露寺以归。
>
> ——《踏雪观瘗鹤铭》

甘露寺在焦山之侧北固山顶，以三国时东吴在此招亲刘备而出名。三国遗迹早无处寻，如今甘露寺中只遗一座宋代铁塔，塔虽玲珑，但其一二层均为宋代原构，也颇值得一看。

北固山并不高，却以辛弃疾的两首怀古词闻名天下。嘉泰四年（1204 年），六十五岁的辛弃疾任镇江知府，他挥毫写下了“金戈铁马，气吞万里如虎”“何处望神州？满眼风光北固楼”。熟读稼轩词的人很多，但少有人知这两首北固山怀古词其实深受四十年前陆游的一首词作影响。

还是回到隆兴二年的那个冬日，在参观过《瘗鹤铭》后，陆游登临北固山，写下了一首《水调歌头》：

> 江左占形胜，最数古徐州。连山如画，佳处缥缈著危楼。鼓角临风悲壮，烽火连空明灭，往事忆孙刘。千里曜戈甲，万灶宿貔貅。
>
> 露沾草，风落木，岁方秋。使君宏放谈笑，洗尽古今愁。不见襄阳登览，磨灭游人无数，遗恨黯难收。叔子独千载，名与汉江流。
>
> ——《水调歌头·多景楼》

在漫天风雪中，陆游却把视线从《瘗鹤铭》上移开了，投向了更远处的江面。他站在北固山顶，看到了宋金之间烽火未息，迷蒙的烟霭间如有千万艘战舰进发。

北固山下便是西津渡，这是唐宋时最繁华的渡口之一。一千年前长江的江面远比现在宽阔，焦山对面的金山还在长江之中，于是就形成了镇扬间“西津渡—金山—瓜洲渡”的固定航线。

京口瓜洲一水间，钟山只隔数重山。
春风又绿江南岸，明月何时照我还。

——《泊船瓜洲》

多少文人骚客在此留下诗篇，王安石北上瓜州，也正是从西津渡出发。绍兴四年（1134 年），金兵南侵，名将韩世忠就在西津渡组织抗御金兵。如今西津渡古街上遗留着一座元代过街塔——昭关石塔，这也是国内现存历史最久、保存最完整的喇嘛式过街石塔。

南宋时期焦山顶上有一座“吸江亭”，与焦山不远处对望的金山顶上亦有“吞海亭”，陆游后来在《入蜀记》中写道：“（金）山绝顶有吞海亭，取气吞巨海之意，登望尤胜。每北使来聘，例延至此亭烹茶。”

其三 煎茶亭中

北使指的是金国来的使者。绍兴和议后，宋金之间沿袭了此前宋辽的交聘制度，常派使臣互通往来，一般按功能又分为“常使”和“泛使”两种，“常使”主要是礼节性的诸如贺正旦派遣的使臣，而“泛使”则是两国交往事务性的使臣。

然而由于战争的失利，宋金两国间交聘地位并不对等。以隆兴二年（1164 年）的隆兴和议为例，两国结为叔侄之国，金世宗称宋孝宗为侄宋皇帝，宋孝宗则要“再拜国书于叔大金皇帝”。按照陆游的记载，金山之顶的吞海亭便是南宋政府接待金国来使的一处会客之所，亭中烹茶，听起来风雅，可其中宋人的屈辱又怎说得尽？无怪陆游写道：“遗恨黯难收。”

二十五年后，淳熙十六年（1189年）冬，六十二岁的杨万里被朝廷任命为焕章阁学士，负责接待金国来的贺正旦使。就在此地江边，杨万里心情复杂地写下了两首《过扬子江》，其中一首道：

只有清霜冻太空，更无半点荻花风。
天开云雾东南碧，日射波涛上下红。
千载英雄鸿去外，六朝形胜雪晴中。
携瓶自汲江心水，要试煎茶第一功。

在萧瑟的冬日里，诗人满眼冰冷清霜，而末句“携瓶自汲江心水，要试煎茶第一功”，指的正是吞海亭烹茶待客，诗中有不甘之情，却不似陆游那般溢于言表，所以钱锺书先生评价道：“杨万里的主要兴趣是天然景物，关心国事的作品远不及陆游的多而且好。”

杨万里号“诚斋”。张浚谪永州时，闭门谢客，杨万里作为其粉丝，三访不得见，心心念念又投书求之，终于打动张浚。据说杨万里“诚斋”之号，即来自张浚见面时所言“正心诚意”四字。

张浚是当世名将，一生力主抗金，因为反对合议数次被贬谪罢相。杨万里自视为张门弟子，服教终身。宋高宗驾崩后，翰林学士洪迈拟定了附祀太庙的臣子名单，里面却无张浚——其实这大概正是宋孝宗的意思。杨万里力主张浚应当配享庙祀，他不好直斥孝宗之过，便把矛头对准了洪迈，上疏弹劾他程序违规（不俟集议）、欺上瞒下（指鹿为马）。也许“指鹿为马”四字深深刺痛了孝宗敏感的神经，《宋史》记载孝宗览疏不悦，大怒道：“万里以朕为何如主！”

这件事在宋人罗大经所著《鹤林玉露》中记载得更为绘声绘色，杨万里上疏后，宋孝宗怫然不悦，斥责道：“杨万里直不中律。”反倒是光宗皇帝说了好话：“杨万里也有性气。”得了前后两位皇帝的评价，杨万里自鸣得意，自赞道：

禹曰也有性气，舜云直不中律。
自有二圣玉音，不用千秋史笔。

人生往往就是这样，过于逢迎未必求仁得仁，有时候保存一些真性与意气，以诚直无伪之心面对世事，兴许倒能过得更洒脱些。

其四　诗中真趣

杨万里为人率真，诗中也多趣真。他的诗以五十岁为分界，前期诗句重韵律，知天命后，反倒洒脱自然起来。他有两首《闲居初夏午睡起》：

梅子留酸软齿牙，芭蕉分绿与窗纱。
日长睡起无情思，闲看儿童捉柳花。

松阴一架半弓苔，偶欲看书又懒开。
戏掬清泉洒蕉叶，儿童误认雨声来。

两首都写儿童，用笔鲜活，十分生动有趣，可推为我心目中宋诗“趣真”翘楚。钱锺书先生在《谈艺录》里论及：“唐诗多以丰神情韵擅长，宋诗多以筋骨思理见胜。”我总觉得，如果把读唐诗比作吃酒席，那读宋诗就好像吃斋饭，虽然“思理”也算长处，却总让人亲近不起来。可近来宋诗读得多了，越读越入佳境，自觉颇有心得，归纳了宋诗的妙处有三个字：理、趣、真。如只占个“理”字的诗文，绝不能算好；理中藏趣，趣中蕴真，才能算佳作。

除却杨万里，趣真派还要推东坡诗，有禅偈机锋，写起来妙趣盎然。譬如这首七绝：

己外浮名更外身，区区雷电若为神。
山头只作婴儿看，无限人间失箸人。
——《唐道人言，天目山上俯视雷雨，每大雷电，但闻云中如婴儿声，殊不闻雷震也》

宋诗简达，一眼看去就是“思理”的路数，“失箸人”指的是青梅煮酒论英雄的掌故，刘备说“一震之威，乃至于此”，这是帝王的“机心”。此处引来恰与唐道人的“云中如婴儿声”相比较，佛家有“十住心”，第三种就叫作“婴童无畏心”，此二心便能相映成趣。

东坡诗中也有“理真”派，譬如这首《东栏梨花》：

梨花淡白柳深青，柳絮飞时花满城。
惆怅东栏一株雪，人生看得几清明。
——《东栏梨花》

起笔浅淡，但层层递进，从“惆怅”始入情，尾句收得意味无穷。宋人笔下的梨花柳絮既不轻狂，亦不凌乱，一切都是井井有条的。“一株雪”对“几清明”，愁却不悲，哀而不伤。一向豪放如东坡，也有这样感叹春光易逝、人生苦短之作，笔下有真情、蕴真意，所以难得。

虽然钱锺书先生批评杨万里关心国事不够，可他有一首声名不显的《雪霁晓登金山》，我却觉得振聋发聩，闲来常读，与看官同享。

焦山东，金山西，金山排霄南斗齐。
天将三江五湖水，并作一江字杨子。
来从九天上，泻入九地底。
遇狱狱立摧，逢石石立碎。
乾坤气力聚此江，一波打来谁敢当。
金山一何强，上流独立江中央。
一尘不随海风舞，一砾不随海潮去。

四旁无蒂下无根，浮空跃出江心住。
金宫银阙起峰头，槌鼓撞钟闻九州。
诗人蹈雪来清游，天风吹侬上琼楼。
不为浮玉饮玉舟，大江端的替人羞，金山端的替人愁。

——《雪霁晓登金山》

燕归何处——进贤访古踪

其一　燕归何处

距离南昌城区东南约莫七十余公里，有一座名叫进贤的小城。这里过去属于抚州，随着行政区划变迁，如今已属南昌所辖。进贤西南有文港镇，此地颇有文化气息，既是著名的毛笔制作产地之一，亦是驰名北宋词坛的晏氏父子的家乡。

我曾专门去过一趟这座小城，本是想去寻访晏氏遗迹，只可惜如今镇内只有晏殊大道、燕归路，出自其“无可奈何花落去，似曾相识燕归来”之句，算是一点留存的印记。

如果翻看《宋史》，不得不承认晏殊的人生堪称完美。晏殊早慧，七岁便以“神童”出名，十四岁时得到皇帝亲自测试和赏识，为官之路简直平步青云，至仁宗年间成为帝国宰相。他遇到的皇帝也是古往今来少有的仁君，对臣子少有猜忌怀疑，晏殊做的是太平宰相，再加之天性缜密，一生际遇少有波折。

《宋史》中记载，宋真宗每次咨询晏殊政事，晏殊都在一寸见方的小纸片上细书答奏，并连同底稿一起密封呈上，这种细致严谨的做派得到了宋真宗的充分信任。

帝每访殊以事，率用方寸小纸细书，已答奏，辄并稿

封上，帝重其慎密。

——《宋史·列传卷七十》

也许是生活过于平顺，晏殊的诗文风格赡丽雍容，充满了富贵气息。《古今词话》说得好："国家不幸诗家幸，赋到沧桑句便工。"没有经历人世沧桑的晏殊，辞藻虽"工"，在"闲雅"二字上可谓登峰造极，却很难在抒发感情中进一步突破。

晏殊词中我最喜欢一首《蝶恋花》，其中"昨夜西风凋碧树，独上高楼，望尽天涯路"之句，已是其词境的巅峰之作。然而"明月不谙离恨苦"，不谙愁苦的何止明月，晏殊本人何尝不是如此？

比起其父的才气纵横，我却更爱情致萧瑟的小山词。

每逢失意时，爱读小山词。

词人大抵是有几分悲剧审美的，几时见词中欢天喜地地写桩好姻缘？大抵都是聚时思别，别时思永。古今"别离"二字的文章，却是翻来覆去做烂了。一千年前的晏公子，生在汴梁的繁华锦绣中，口含金匙，足踏玉履，天生便有一段风流气度。

这看起来似会是个欢喜的开头，风流潇洒的宰相公子，出入华室高堂，拥红眠翠，歌舞欢昼，万丈红尘中逍遥快活，简直是天生的富贵命。便是少读几页书，也是跺跺脚就震动京师的相府衙内，一辈子至少随心所欲、衣食无忧。

可富贵的生活真能满足人所有的精神追求吗？晏公子至少是不满足的，他日日宴饮酬唱，笔下都是哀愁语，读之让人心伤。我曾经不解，以为不过是为赋新词强说愁，恨不能穿过纸页去当面唾他，问问他好端端的日子不过，终日里折腾作甚。

如今年岁渐长，也慢慢知晓一些世事的坎坷艰难、人心的曲折复杂。富贵纵如晏公子，生来性情高傲，既不知依附权贵，也不谙人情虚伪，终会有一生坎坷。

其二　潦倒四痴

至元祐年间时，晏殊已去世了三十多年，晏家富贵也早已散尽。

当时名满天下的东坡学士欲访晏公子，得到的却不过一句“今日政事堂中半吾家旧客，亦未暇见也”，何其自狂，何其自矜，又何其可怜。

胸襟豁达如苏东坡，兴许不会计较晏小山的偏狭激愤，可世人未必如此想。晏小山就是这样的性情，与其父的缜密深沉不同，他坦白如赤子，少了虚与委蛇，从不遮掩心中喜恶。这大概便也是词人的郁郁处，太高人愈妒，过洁世同嫌。

晏公子真真是个潦倒人，仕途不如意，婚姻亦不谐。张子贤《墨庄漫录》里说，晏公子别无爱好，只喜欢藏书，可每每搬家迁徙时，因为负帙累累，妻子十分厌恶，称他为“乞儿”。晏公子没有功名，只是低等小吏，拿着微薄的俸禄，底气亦很不足，还曾作诗自嘲，其中有“生计惟兹惋，搬擎岂惮劳”之句，虽是戏作，但无奈之情溢于言表。

世事俗恶，几人能懂词人的锦口绣心？于是满腔不如意，直到梦魂酒醒、夜半时分，晏公子携一壶薄酒到临巷高楼上，长抒襟怀，可对明月，可对苍天。但到了笔下，都成了惆怅之词：

梦后楼台高锁，酒醒帘幕低垂。去年春恨却来时。落花人独立，微雨燕双飞。

记得小蘋初见，两重心字罗衣。琵琶弦上说相思。当时明月在，曾照彩云归。

——《临江仙》

千言万语，情到深处，都是淡淡。

这世上最难寻的是知音。纵然是父母，是伴侣，有几人真能读懂另一人的心底？你爱若珍宝不忍舍弃的，在旁人眼里可能是最可笑的累赘，轻飘飘上下唇齿一碰，便让你割下抛之若弃履。

可我深恶此番做派。

人活于世，最讲不完的便是道理。也只有道理二字，是最不该讲的。你爱一个人或者恨一个人，有甚道理可讲？你想做一件事或要放弃一件事，又有什么道理可以寻？

在这茫茫人海中，有一个人真的懂你、知你，理解你所思所想的一切，愿放下心中的藩篱，走入你笔下三千世界，你也能剑指他心，拨开一层层伪装与隔膜，这是何其艰难的相逢。很多人寻觅一生而不可得，到得老时，只能遗憾一句：行云终于谁同？

哪怕他年少时看尽“楚女腰肢越女腮”“醉拍春衫惜旧香”，可晏公子的后半生，却一直在醉梦间寻求一个精神的伴侣，不信试看《临江仙》：

斗草阶前初见，穿针楼上曾逢。罗裙香露玉钗风。靓妆眉沁绿，羞脸粉生红。

流水便随春远，行云终与谁同。酒醒长恨锦屏空。相寻梦里路，飞雨落花中。

这是人生的不如意，也是命数使然。然而我始终相信，无论梦里路有多远，总有一个人跨越茫茫人海，在走近你。

黄庭坚曾评价晏公子一生有“四痴”：

仕宦连蹇，而不能一傍贵人之门，是一痴也。论文自有体，不肯作一新进语，此又一痴也。费资千百万，家人寒饥，而面有孺子之色，此又一痴也。人皆负之而不恨，已信之终不疑其欺已，此又一痴也。

——《小山集序》

有此四痴在，晏公子一世郁郁不得志。然而也因有这四痴在，他始终便是晏小山，不改初心，无悔一世。

人生一世，如白驹过隙，冥冥中生死数十载，曲心者、圆滑者、改变心意者、能顺世事者，终又留下了什么？我们为自己考虑再多，为身边事思之再全，谁也放不下心底的一点私念，于碌碌中掩耳盗铃，于是愈活愈堕入世俗，味同嚼蜡。

就如潦倒一世的晏公子，活着时三五不知心的好友，一桩不如意的姻缘，养几个不成器的子女，当几日不起眼的小吏。有时一睁眼一天过去，惶惶然冷汗如浆，到得眼闭时，荒冢一堆草没了。

罢了。宁做个痴心人，总向往红尘中有一点美好的所在，有一个知音可寻，与你一同永不放弃自由的美好。

如此摸爬滚打一番，纵然到头来竹篮打水，无愧亦无悔。

其三　衣锦昼行

从晏氏父子的故乡出发，往进贤县北再走十余里，在七里乡的陈家村内有一处货真价实的国保单位——两座建于明代的牌坊。两座牌坊正临村口池塘，前者为三间木构牌坊，上书“理学明贤”四字，后一座却是三间石质牌坊，上书“昼锦”二字。

这两座牌坊中要数石牌坊年代更早，牌坊其右题有“兵科给事中高旭、进贤县知县佘曜为”字样，左侧还有小字落款：“四川右参政陈谟立，永乐八年季春月吉旦。”由于这座牌坊的纪年明确，也成为江南地区现存年代最早的石质牌坊。陈谟其人生平不详，仅有明代《书史会要》简略记载其“善书”，应为当地有名的才子，永乐初年他被解缙选中入京编撰《永乐大典》。大典编成后，年仅二十九岁的陈谟出任四川右参政，年纪轻轻官至从三品，无怪乎本地官员要题词祝贺。

据传这座石牌坊上的“昼锦”二字应为明代大文豪解缙手书，但“永乐八年”（1410 年）的时间点却颇微妙。解缙从永乐元年（1403

年）开始编撰《永乐大典》，至永乐五年（1407 年）大典已成。或许是鸟尽弓藏，或许永乐帝对解缙本就早有不满，永乐五年二月，解缙遭弹劾被贬至广西，六年再贬交趾。永乐八年，解缙终于有了一次进京述职的机会，然而这次因为永乐帝北伐未归，解缙仅拜访了太子便离京，自与好友结伴游历去了。但他这次进京却被汉王盯上了，私下向永乐帝打小报告，弹劾解缙私觐太子无“人臣之礼”。

如果这块牌坊上的“昼锦”二字当真是解缙所题，那此时应是他人生最后的自由时光。解缙老家在江西吉水，也许正是在这趟游历归家的途中路过进贤，遇到一起编撰大典的好友陈谟，酒酣耳热后欣然提笔写下“昼锦”二字。

“昼锦”的典故出自项羽。项羽引兵屠咸阳，见秦宫烧毁，不肯留在关中称霸，一定要回江东去，他说“富贵不归故乡，如衣锦夜行”，于是后世把富贵归乡也称“衣锦昼行”，柳永词中便有“盛年昼锦，归来吾乡我里”之句。解缙用“昼锦”二字赠陈谟，既有嘉勉其少年得意，焉无对自己一贬再贬的感慨？

在这趟旅途中，或许是亲眼见到赣江不通的诸多不便，居江湖之远的解缙忍不住上疏永乐帝，请凿赣江通南北。永乐帝本就受到儿子汉王的挑拨，对解缙意见很大，见到这封上疏愈发震怒，“逮缙下诏狱，拷掠备至”。

在诏狱受了四年的折磨后，永乐十三年（1415 年）的一个冬日，锦衣卫使纪纲向皇帝呈上了狱中囚犯名单，永乐帝看罢名单，仅说了四个字：“缙犹在耶？”

纪纲心领神会，将解缙灌醉后“埋积雪中”。不知解缙死时，是否会想起亲笔题写的“昼锦”二字，这一生他何尝不是少年得志，也曾衣锦昼行，然而到底如乌江自刎的楚霸王一般不得善终，真真如谶语一般。

很难弄清永乐帝到底从什么时候开始对解缙从欣赏变成了厌弃，但这种心理转变多半是来自汉王的挑唆。汉王与解缙积怨极深，以至不共戴天。解缙才高，性子也直爽，明史评价他“好臧否，无顾忌”，这种性格做学问不是坏事，但于从政却是大忌。

偏偏解缙又官运亨通，一直做到内阁大学士，当永乐帝信任他时，曾问过他对于继承人的看法。这种询问本身就带有一定的偏颇，比起肥胖又显懦弱的太子，永乐帝喜欢骁勇善战更像自己的老二汉王。可解缙是坚定的太子支持者，他直言不讳为太子说话，甚至巧妙地搬出了“好圣孙”之论坚定皇帝对太子的信心。这些言论自然会传到汉王耳中，便为他的杀身之祸埋下伏笔。古语道，“疏不间亲”，更何况天家骨肉。从这个角度来看，解缙的悲剧是一种必然。

解缙生平十分推崇李白，他曾作过一首《采石吊李太白》，诗颇长，也不一一抄录，有兴趣者可自寻来读。此诗亦颇能见解缙心性，末尾有“学士不须笑吾俦，磊落与尔同千秋”。

“磊落”二字，或许便是解缙一生最佳的注脚。

隔江雨声——西湖与灵隐

其一　飞来峰造像

十多年前，曾有一年多的时间住在杭州。

在我的窗外有大株桂树，入秋时芳馥入窗，十分宜人。离住处不远就是西湖，沿着湖边走到灵隐寺，伴着一路桂枝香，心里默想这便也算是“山寺月中寻桂子”了，满心安宁喜悦。

初秋的一个微雨清晨，信步走到了灵隐寺附近。雨中的山寺葱碧空灵，清溪绕寺，一路上幽泉碧流。寺前的飞来峰上雾色迷离，满山青翠俱笼在一层秋意的簌簌中。杭州的秋日里，从不缺温润的烟雨迷蒙。只是南方的雨是润的，亦是细密的，好似少女的发丝撩动天际。

飞来峰上的石窟及摩崖石刻合称“飞来峰造像”，1982 年被评为第二批全国重点文物保护单位，其中青林洞内有一窟年代最早，建于后周广顺元年（951 年），窟内三尊结跏趺坐的佛像分别为阿弥陀佛、观音菩萨及大势至菩萨，也称“西方三圣”。只可惜三尊佛像头部均已损毁，只能从其蜂腰宽肩的健美身形中隐约窥见唐代风格的继承。

而青林洞口右上方，亦有三尊“华严三圣”像，却是元代前至元十九年（1282 年）所建，也是飞来峰元代造像中年代最早一龛，龛下有“大元国功德主徐僧录等命舍净财，镌造毗卢遮那佛、文殊师利菩萨、普贤菩萨三尊……”字样，此时已距蒙元大军攻入临安过去了六年，或许是被灵隐一片绝佳的山水所吸引，元人在飞来峰一带大兴造像。

沿着冷泉溪上行，在石桥边又见一尊多闻天王的石像，仔细辨读题记小字：

> **大元国大功德主资政大夫行宣政院使杨，谨发诚心，捐舍净财，命工镌造多闻天王圣像一尊，端为祝延皇帝万岁，国泰民安，法轮常转，四恩摠报，三有遍格，法界众生，齐成佛道者，至元壬辰二十九年七月仲秋吉日建。**

读罢不免讶然，元代宣政院（总制院）常由帝师领之，专管佛教和藏地事务，这位“宣政院使杨”大约便是臭名昭著的妖僧杨琏真加。正巧在此处遇到导游向游客介绍，这尊多闻天王像就是杨琏真加像，听罢不由哑然。

元代的杭州是江南地区的佛教中心，当时杨琏真加被元廷任为江南释教都总统，掌管江南佛教事务，他在宰相桑哥的支持下盗掘江南六陵，可谓坏事做尽。《明史》中记录他曾以“理宗颅骨为饮器”，大概是将宋理宗的头盖骨制成了嘎巴拉碗，实在发指。导游所说飞来峰上许多佛像都是依杨琏真加的真身像所建，这种说法大概来自明代。譬如明人张岱在《西湖梦寻》中就提到：

> **……且杨髡沿溪所刻罗汉，皆貌己像，骑狮骑象，侍**

女皆裸体献花，不一而足。田公汝成锥碎其一；余少年读书岣嵝，亦碎其一。

但实情显然并非如此，杨琏真加的真身像其实藏在飞来峰第73窟之中。此窟内雕三尊造像，正中是一个身形略有些肥胖、身着藏式服装的大和尚，右足点地，此人才是杨琏真加，在他左右侍立二童，乃是他的随侍。

如今看，这三尊造像的头部明显是后补的，大概正是在明代游客"锥碎"后又补的。看罢不免感慨，杨琏真加竟敢自称"谨发诚心，捐舍净财"，谁不知他的财绝非净财，尽从墓中搜刮而来，至于种种毁坟曝尸之举，更令人憎恨。

其二　麻曷葛剌像

至元二十八年（1291年），权臣桑哥失势，杨琏真加被牵连下狱，抄出其"镶夺盗取财物，计金一千七百两、银六千八百两、玉带九、玉器大小百一十有一、杂宝贝百五十有二、大珠五十两、钞一十一万六千二百锭、田二万三千亩；私庇平民不输公赋者二万三千户"，如此富可敌国，引起共愤，"省台诸臣乞正典刑以示天下"。然而忽必烈却仍然袒护杨琏真加，不仅赦免其死罪，并且还其人口、土田。

或许是死里逃生后要报答皇恩，才有了第二年杨琏真加在飞来峰上遍造佛像，各种题记中不乏"祝延皇帝万岁""祝太子千秋"的字样，如今仍能见得。

距热闹的灵隐寺不远，在西湖东侧的吴山上，还有一处元代造像却少有人知。此处原有一座宝应寺，不过寺院早已荡然无存，如今内有三个密宗佛龛，中龛为三世佛像，可惜佛头与西龛造像均已缺失，仅有东侧龛内的麻曷葛剌造像保存完好，为元代原物。

"麻曷葛剌"是梵文 Mahākāla 音译，也可译作"大黑天"，这是藏传佛教中的护法战神。据传元世祖忽必烈征战半生，尤为崇信麻曷葛剌，蒙元军中奉其为守护神。

这尊麻曷葛剌造像容相威怒，手持头颅，脚踩妖魔，尤为特殊的是其额头凸起明显，这应为大黑天的额上慧眼，这种样式的佛龛实属罕见。侧边题记亦很清晰："朝廷差来官、骠骑卫上将军左卫亲军都指挥使伯家奴，发心喜舍净财庄严麻曷葛剌圣相一堂。祈福保佑宅门光显、禄位增高，一切时中吉祥如意者。至治二年□月□日立石。"

此窟应建于元代至治二年（1322年），只是"伯家奴"何许人也，翻查《元史》却无记载。元代有一个宰相叫阿沙不花，其子名为"伯嘉讷"，也有作"伯嘉奴"的，曾任大都路都达鲁花赤，或许正是同一个人吧。

其三　宝石流霞影

沿着吴山幽径继续往湖边行去，这时节湖边仍有卖莲蓬的小贩，新鲜的莲蓬洗得甚是干净，湿漉漉的好似刚从花下折出，绿中透出湖上的诗意。几块钱便能买上两三个，一路走一路剥，日子过得闲散又逍遥，便不去计较归返的步速。也曾在夏日里买过新上市的菱角，一般地鲜灵灵，不带半分烟火气。想起书上读到过火栗、水菱的区别，水火不容处，便得即济，古人诚不我欺。

这个季节，在南方仍是秋老虎肆虐之际，然而只要过几天下一场雨，便是谁念秋风独自凉了。

走到累了，便在望湖楼上寻了个雅座，极易犯困的下午，点了杯白茶消磨时光。茶水入口初是苦的，燥热苦涩，惹人愈发不安。几番续水，看叶片在杯里舒展翻腾，一颗浮动的心才慢慢静了下来。秋日的好处，便在于降了火气，可以慢条斯理地读几本书，漫不经心地想想前路。

那几日在重读《人间词话》，正读到秦观词的境界，王观堂说

“风雨如晦，鸡鸣不已”与少游词中“杜鹃声里斜阳暮”的意境相近，竟忍不住出神畅想了一番。从“如晦”到“知暮”，不过隔了数字。可从心境而言，相去又何止千里？

“造境”二字真真神奇，明明身在闹市之中，身旁碌碌杂杂，却又仿佛置身于荒野之外，充耳只有蝉鸣秋凉之声，回过神时也暗笑自己“出神”的功夫愈发好了。

诗词之贵，在于自然真切；茶茗之贵，在于和静清寂；处世之贵，在于勿失本心。从某种程度上来看，是否略有共通？于是回想从前的辗转不安，或是彷徨迷惘，都好似大梦一场。也许唯有以自然之眼观物，也无须格，自然便至，心安之处即可得大自在吧。

我也曾在芒种时看过一次西湖的夜景，那已是初夏时节，白日里湖面上蒸腾如沸锅。到了夜里稍凉爽些，湖上晚风飒飒，极符合我最爱的“晚山青，一川云树冥冥”的意境。在湖上找了艘船，绕着三潭划了一圈，船娘是绍兴人，擅讲湖上典故，十景说来头头是道。

本是渔火两三星时，最得惬意，船娘狡黠，不肯点灯，避了蚊虫，却说是风景更宜。不过果真风景更佳，连看湖上的“风月无边”，都更得几分意趣。冷不防忽然风转寒凉，天际闪过一道闪电。

那是我第一次在这等宽阔的湖上看到闪电，眼前便是西湖十景之一的“宝石流霞”，却只见天际一时亮彻了，一道道长线突兀闪过，把本已笼入夜幕中的山石勾勒得纤毫毕现。而此时山上的灯火都被衬得黯淡无光，唯有自然之力凸显威力。

那湖上的夜空竟是透明的，好似一块巨大的墨玉，被电筒照透了，连玉中的纹脉也显现出来。而更远处雷声滚滚，如同挨着地面滚过来，就在数丈外炸开。这等奇景几时见过？我心里骇得极了，可又贪看，一时间内心纠结万分。

倒是船娘催促，若不快走，当真落雨了便要惨了。等回到岸上时，湖上风雨突然都晏了，竟又恢复了寻常的宁静。上岸处对着“楼外楼”，吆喝叫卖声不绝于耳，顿时只觉适才湖上那片刻，恍如隔世了。

其四　隔江雨声中

东坡先生有首《望湖楼醉书》：

> **黑云翻墨未遮山，白雨跳珠乱入船。**
> **卷地风来忽吹散，望湖楼下水如天。**

望湖楼已不是一千年前的望湖楼，可我常想起望湖时的景致，却与一千年前并无甚不同。

直到离开杭城后，我还是会无数次想起那夜湖上的情景。不免心内嗟叹，终与这座城市别离了。

有一种别离是与来路的别离。每一次启程，总会有一番离愁别绪抛洒在身后，眷恋许多地方，不得已却会离开，这样的别离总带有几分让人缱绻难舍的苦痛。

年轻时读弘一法师，常笑其走投无路，遁入空门。还是那日在灵隐寺中，忽见弘一法师临终绝笔，“悲欣交集”四字，瞬间似是理解了法师的人生选择。弘一法师说，欲救今日之世道人心，唯推佛法。法师何尝不是抱一颗悲天悯人之心入世又出世，寻找“真如”二字。

别离尘世，常带给我一尘不染的幻想。然而这种别离，却总有些拖泥带水的意味。常觉得修佛并非厌世。在深山寺中，听一老僧絮絮地说，修佛的人，不迷恋尘世繁华、不贪图富贵享乐，却绝非冷淡厌世。所发之“大菩提心”，乃是以众生之苦为忧，更抱有救世的宏愿。只是与红尘的别离，常常让世人误解。红尘中一切富贵美景，何尝是真为我们所有的。不如别离，方让我们警醒，什么是真实的所在。

我们都知道，别离也会有再聚首的一日。只是那日重逢，我亦不是此时之我，更抑或辗转轮回间，早已寻不到来路。于是别离似乎成了一种凭吊，对每一分每一秒时光流逝的哀悼。更也许这已经是执着于苦难了。

佛说人有七苦：生、老、病、死、爱别离、怨憎会、求不得。我们每个人都是怀着同样的苦难来到这个世间，但执着于苦难，却无必要。

某个瞬间似乎明了别离的含义，时间因为别离而有了意义。任何人，任何事，也终有结束的一日。在漫漫长夜中依然可以欢喜等待，生活似乎永远都有了盼头，不断重复着聚首然后别离。会有些别样的景致出现在生命里，相濡以沫然后决绝分离。

行走，然后别离。举步维艰间，坦然前行，尽管我依然对别离耿耿于怀。每一次别离时，说“相濡以沫，不如相忘于江湖”的话，实在有些矫情。

吴文英有句词，“隔江人在雨声中”。

从前读不懂，只有那日后，我便真懂了。只是世上的事，等你懂得时，多半都晚了。

篇四

万千化生

本章探讨了中国古代造像艺术的发展和演变， 这些石窟不仅是佛教艺术的宝库，也反映了中国古代建筑、雕塑和绘画艺术的极高水准。

成住坏空——响堂山石窟

其一　支提宝相

知道莫高窟的人不少，知道响堂山石窟的人却不多。

响堂山石窟位于河北省南部的邯郸市郊，距离市中心大概 65 公里，周边都是荒芜的矿区，衰落中愈发显出石窟历经千年的冷寂苍凉。响堂山石窟分为南北两个区域，相隔十余公里，两处虽不相连，但一脉而传，渊源极深。

响堂山石窟最早大概是从东魏开始建造的，北魏永熙三年（534 年），大丞相高欢逼走北魏孝武帝，挟持新立的孝静帝迁都邺城，史称东魏，原本位于洛阳的佛教中心也随之转移到邺城周边，而已经大规模开凿的寺院、石窟，也相继从龙门、巩县一带迁移到鼓山附近。但东魏政治实际的核心掌握者高欢却没有常住邺城，而是一直在晋阳遥控指挥，等到高欢死后，其子高洋篡位登基，建立北齐，于是邺城周边的佛寺兴建愈发活跃起来。

响堂山一带四面环山，又有滏水绕至，着实是个风水宝地。古有“太行八陉”之说，其中第四陉便叫滏口陉，正是从邺城通往晋阳的必经之路。据记载，高欢从天平元年（534 年）至武定五年（547 年），十余年间来往两地十余次。而高洋往返更加频繁，平均一年两到三次，于是这一带也成了皇帝的驻跸之处。如今的南响堂山原名滏山，北响堂山原名鼓山，后来因为逐渐败落，也就统统叫作响堂山了。

如今去北响堂，山下先可看到一处常乐寺遗址，可惜只剩一座宋塔、几块碑石。石窟是在半山腰处，拾级而上，正走到快要力竭时，忽见别有洞天，迎面便是三个券门，顿时精神为之一振，路上之疲惫全无。

北响堂主要分为三个区域：北区、中区、南区。先看北边的大佛洞，这是响堂山最早开凿的石窟，也是最重要的一处特级窟。此窟规模极大，正中是巨大的方柱，正面和左右两面分别是三世佛，约有丈余高，背后浮雕的火焰仿若熊熊正炽。石窟的四壁又凿出十六个小龛，可惜龛内佛头几乎盗尽。但绕着中间这根巨大的中心柱转一圈，可以看到每龛的莲花柱底都雕刻着承柱石兽，这种肥硕、露着双乳的有翼神兽名为畏兽。

晋人郭璞在《山海经》注解中提到，经中提到的四种异兽“辟凶邪气也，亦在畏兽画中”。可见畏兽并不是指的一种兽，而是这一类人兽相结合的奇特生物。魏晋时期这种“畏兽”形象特别流行，北响堂中也保留了当时的特色。而石窟四壁上由宝珠、相轮、莲花构成的“宝相花”装饰极美，也是别处罕见的，足以代表了当时雕刻艺术的最高水平。

除了精美绝伦的雕刻艺术，这处石窟本身的建筑形制也值得细究。大佛洞这种有中心柱体的石窟样式似乎也可归为支提窟，“支提”是梵语音译，本是指天界诸神居住的地方，后来便用来指代佛教中保存灵骨的塔式建筑，“支提窟”便也通俗译作“塔窟”。

这种起源于印度的塔窟形制在北朝时很是流行，譬如在山西大同的云冈石窟中就有许多实例，云冈最早的石窟大概开凿于北魏和平元年（460年），距北响堂开凿时间不到百年，形制有一定的相似，但这根核心的中心柱已有了明显不同的用途，至于到隋唐时，还偶有可见的支提窟，再往后便愈发少见了。

不过就算与同时期的印度石窟相比，响堂山也呈现出了完全不同的审美发展趋势，就像梁林夫妇所说，这么多来自外域的造型风格涌进来以后，反而做了“汉族艺术家发挥天才的引火线”。

话说中国最早的石塔应为山东济南历城的四门塔，这座单层亭阁式佛塔修建于隋大业七年（611年），因此也毫无争议地进入第一批国保单位。我曾专门去实地寻访过这座石塔，只见塔身四面方方正正，线条干净利落，其实已经很接近响堂山石窟中的塔窟形制了。

其二　响堂何寻

传说大佛洞正中的释迦牟尼佛像，便是按照高欢的面容塑造的。尤为神秘的是，在中心柱的大佛头顶上，离地面十余米处，还有四个小佛窟，据说其中有一间中空的，疑为高欢的尸骸存放之处。如传言是真，那恐怕“响堂”之名抑或是“飨堂”的谐音了。《北齐书》记载高欢的义平陵应在邺城西北、漳水以西，但一千五百年过去了，风流都被雨打风吹去，高欢真正的埋骨地在何处，恐怕还将是个未解之谜。

看过大佛洞，再看中区和南区的诸多佛窟，虽然亦是精美的，但远不如大佛洞精彩了。其中还值得一看的是中区的释迦洞和南区的刻经洞，释迦洞内的释迦佛头虽是后补的，但右侧的普贤菩萨却很完好，裙裾合体、衣饰华丽，神情间颇有几分无畏之感。而刻经洞的前廊刻满了《维摩经》的全本，亦是海内罕见。此外南区还有一座双佛洞，应是北齐晚些时候开凿的，可惜去时未曾开放，颇有些遗憾。

从北响堂出来，一气奔向了南响堂。此处已修建了气派的“响堂山石窟博物馆”，但石窟的整体规模要比北响堂小得多，石窟分为上下两层，下层华严洞最好，上层千佛洞最精。

华严洞也是中心塔柱式的石窟，因窟内刻有《华严经》而得名。然而最吸引我的还是入门处的一块“西方净土变”的浮雕石刻，图中佛在莲台上说法，身边楼阁乃至空中都是听法的弟子，神佛、楼阁、飞天、华盖无不刻画精细，堪称妙绝。

上层中间的千佛洞是三面龛式的，洞口的门楣上雕刻着飞天与宝塔，可惜已严重风化，但窟内的彩绘保留很完整。虽然佛像大多损坏，然而仰头一望，窟顶正中的彩绘莲花藻井真是精彩至极，环绕着飞天乐伎，手持琵琶、箜篌、横笛，翩翩起舞，犹似《霓裳羽衣舞》。不过这北齐飞天看起来不如敦煌的飞天那样轻盈，倒多添了几分圆润之态。

南响堂被盗情况很是严重，石窟中大多是无头佛身，甚至连墙上的壁画都有整块被凿走的痕迹。20 世纪初国力衰微，这座石雕艺术的宝库无人守护，大量的浮雕、造像被毁坏盗卖，如今散落在世界各地，遗留下的斧凿之痛、残缺之像，亦让人五味杂陈。

看过实物，再踱回博物馆内慢慢细看，馆内详细记载了流失海外的造像情况，许多都是如今窟内罕见的奇珍。颇有几分传奇的是，十多年前因为一场大雨的冲刷，南响堂石窟前的一座老房子墙皮脱落，露出了三尊精美的佛头，如今正展在这博物馆中。

北齐王朝历经六帝，只有短短的二十八年，谁能想到响堂山石窟竟成了它的一段缩影。时至今日，当我们登上石窟身临其境之时，哪怕看到的只是断臂残身，仍能感受其光彩夺目，令人震撼。

从响堂山漫步而出，回望近处袅袅炊烟，远山烟霞灿烂，似与一千五百年前也无甚不同。而距离南北响堂不远，本地还有一处水浴寺石窟，同为北齐时期开凿的，只是规模更小。在其西窟前壁上有一幅《僧俗礼佛图》极珍，在这僧俗济济一堂的石壁上，每个人都工整地留下了自己的名字，那一刻时光仿佛永远定格了下来。

脑海中忽浮现“成住坏空”四字，佛家说此乃四劫，“成”是形成，“住”是持续，“坏”是崩坏，“空”是无物，可每劫又历二十劫，合来该有八十劫。但“空”劫后并不是结束，而是继续轮回往复。

譬如这千年前的石窟，四劫好像也都经历了一遍，但这种“物”的生生灭灭，何尝不是一种幻象而已。所以说佛法也是一种解脱法，最要紧的还是先离一切相，才得自在清净。

陆游有首声名不显的小诗，写的是道诗，说的却是佛理：

景德祥符草野臣，登封曾望属车尘。
已经成住坏空劫，犹是东西南北人。

——《道院偶述》

成住坏空、生住异灭，还是做一个东西南北人吧。

天骨开张——万佛堂石窟

在奉国寺西北约十五公里外的大凌河北岸，有一处鲜有人知的国保单位——万佛堂石窟。这处石窟的规模很小，最早的洞窟建于北魏时，后来历朝又有人继续加修私龛，如今万佛堂内还有大小二十余个窟龛，其中北魏造像虽然不多了，但有两方魏碑却很出名。也许是受清代金石学勃兴的影响，乾嘉以降碑学阵营明显气势大振，万佛堂的两方魏碑也因此被康有为、梁启超推崇备至，康有为曾评价为“北魏诸碑之极品”，梁启超称其“天骨开张，光芒闪溢”。

既然已到了义县，看过奉国寺，自然也要去顺路看看这两块“天骨开张”的魏碑。然而等我专门寻访过去，却发现因为战乱损坏，石窟整体已被严重破坏了，窟内造像大多残破不堪，真是冷冷清清、无人问津。

此行要寻找的两方魏碑，第一块就在进门西窟的内壁上，叫作《东将军营州刺史元景造像碑》，也就是后世所说《元景碑》。虽然当地文保部门专门用玻璃框罩起来，以示珍贵，但《元景碑》仍然风化得厉害，碑体碎石剥落，比我此前看到的拓本又漫漶不少。

碑文开篇就写明，“维大魏太和廿三年岁次己卯四月丙午朔八日……诸军事平东将军营州刺史元景上为……皇帝陛下敬造石窟……”北魏时的营州就是今天的锦州、朝阳一带，太和二十三年（499年）已是北魏孝文帝在世的最后一年，四月初八是佛诞日，正在营州刺史任上的元景恐怕早就听到了皇帝病重的传闻，特意选择这个吉日将石窟建成完工，并立碑为皇帝祈福禳灾。元景其人历来考证不一，有说他是孝文帝叔父，也有说是族叔祖，但毫无疑问元景必然出身北魏皇族。

其实按照史书所记载，孝文帝已于四月初一驾崩于谷塘原行宫，只是宫内秘不发丧，直到十余日后方才宣布皇帝的死讯，而身在营州的元景想必还没有得到这个消息。这座为孝文帝祈福而建的石窟无声地见证了历史，却也最终慢慢沉寂下来。

而此行要找的另一方《韩贞碑》过程却很波折，《韩贞碑》全称《慰喻契丹使韩贞等造窟题记》，民国时有拓片流传出去，梁启超曾亲自作跋。本想这块碑的待遇应该与《元景碑》差不多，谁知真到眼前了，石窟内却毫无指示，而景区内也无其他游人和工作人员，便不甘心地在网上查询，发现有人说这块碑刻在东区第五窟，也有人说在第六窟，正无头绪之时，忽然找到了一句略详细些的记录："刻于万佛堂东区第五窟门楣上方，因后世开凿明窗，使碑身下部受到损伤。"

我索性便在不大的东区逐个洞窟细细找寻起来，可别说是门楣上方了，每个洞窟门里门外都找遍了，哪有刻字的影子。关键时候倒是女儿机灵，既然碑身下部受损，说明碑是刻在内窗上的呀。一语惊醒梦中人，东窟内确实有两扇明窗，于是打着手电筒往东扇暗窗上照去，果然密密麻麻尽是字迹，这便是《韩贞碑》了。

这块碑文记录了景明三年（502年），也就是孝文帝去世三年后，尚书省派员外散骑常侍韩贞去"慰喻"契丹。"慰喻"就是"抚慰、晓喻"之意，韩贞其人声名不显，但他这趟慰喻出使，对还处于分散部落的契丹人既是一种教化宣喻，同时也巩固了北部边防。

也许是途经大凌河时，韩贞看到了刚刚修建落成的万佛石窟景象，便也出资造像，而这块石碑留下了"契丹"一词在世上最早的汉字记录。此碑因此不仅具有书法价值，更具有历史价值。若依我看，《韩贞碑》的可读性要比《元景碑》更高，《元景碑》笔法严谨，是标准的方严峻拔的北魏书风，可《韩贞碑》笔意洒脱、形致妍美，更有灵秀之气，已经很接近行书气韵了。

一千五百年只在弹指间，可叹如今万佛堂依旧寂寂，来客能知《元景碑》的本就不多，更无人去寻《韩贞碑》了。

从万佛堂出来，日近偏西，大凌河悠悠如旧。若是有心的看客至此，不妨也去找一找吧。

方寸化境——麦积山石窟

其一　影现须弥

去麦积山那日正是个阴雨蒙蒙的秋日午后，因为不在假期，游人亦不算多，难得可以从容地慢慢观赏。到麦积山之前，便听说其山形如麦垛，然而真到眼前了，才发现果然不虚，只见平地拔起一座巨大山丘，山石裸露，唯有顶上层林密覆、云遮雾绕，煞是好看。

因为下雨，甫入山门，便觉湿润的空气中，一切颜色都鲜活起来。眼前山色空蒙中层层栈道盘绕山体，连接着无数大大小小的石窟，宛如天梯一般，而山顶上云雾缭绕不散，又如梦似幻。

拾梯而上，便发现这端然是一座东方雕塑艺术陈列馆。按照史料记载，麦积山石窟大概始凿于十六国后秦时期，历经北魏、西魏、北周、隋、唐、五代、宋、元、明、清十余朝接力开凿修缮，如今存龛窟 221 个，造像逾万尊，真可谓千龛万象，蔚然大观。而早在唐朝开元年间，秦州曾有大地震，山体破坏十分严重，这些龛窟也因此被分为东西两崖。

如今的麦积山石窟中保存比较早的龛窟主要都是北魏时期开凿的，基本集中在西崖中下部。北魏早期开凿的大多为穹顶式，造像风格魁梧挺拔，颇具胡人风格，与云冈的昙曜五窟颇为类似。北魏中后期，随着孝文帝大力推动汉化，这一时期的麦积山石窟造像也出现了明显的胡汉交杂的特点。

譬如我觉得最好看的第 133 窟，这是麦积山现存造像最多且最为丰富的一个洞窟，其中龛窟结构复杂，造像极其丰富，四壁影塑密布、飞天漫墙，其中不乏褒衣博带的汉装形象，极具可看性。窟中藏有 18 块北魏、西魏时期的造像碑，其构图细密、造像精美，堪称国宝。

此窟中最著名的又莫过于《释迦会子》造像。正对着窟门处是立身站立的释迦牟尼佛，左掌上托，微微颔首俯视，右掌前探，似是要去触摸身旁的罗睺罗的头顶。罗睺罗双手合十站立，颇有几分委屈神情。

这是佛教造像中难得一见的亲情画面，充满了生活气息。尤为有趣的是，带领游览此窟的导游把窟内灯光关闭之时，忽见释迦牟尼眼神竟有变化，眸中似有泪光闪现。两尊造像虽是石胎泥塑，却被匠人注入了情感与灵魂，真真是无双至宝。

而距此不远的东崖之侧便是一座栈桥式的崖阁——中七佛阁，七座马蹄形的落地窟一字排开，每窟正中均有主佛，身侧或是二弟子，或是二胁侍菩萨。这些佛窟虽然是北周开凿，却大多是宋代重修的。

其中第四龛的佛像背后有精美壁画，色泽艳丽，笔法颇精，其中有非常奇特的共命鸟画像。所谓共命鸟，其实是一只身子为鸟形的双头童子，两头紧紧相连，各出一掌做合十状，身后是巨大的鸟翼。

此鸟出自《佛本行集经》中佛讲的一个故事，传说从前在雪山下有一只两头鸟，他们虽然共用一个身体，却是两个思想不同的生命。一头叫“迦喽嗏鸟”，另一头叫“优波迦喽嗏鸟”，如果一头睡着了，另一头便醒着值守，本来一直相安无事，可有一天迦喽嗏鸟醒着的时候看到一个掉落的鲜美果子，它便吃下了果子。等优波迦喽嗏鸟醒来的时候，觉得腹中饱胀舒适，便问缘故。迦喽嗏鸟据实以告，谁知优波迦喽嗏鸟心中却生“瞋恚嫌恨”。等到迦喽嗏鸟睡着后，优波迦喽嗏鸟便故意吃下有毒的果实，就这样双头鸟都被毒死了。

常觉得这个故事的禅意很深，双头鸟类似于人的一体两面，迦喽嗏鸟是“善念”，优波迦喽嗏鸟则是“恶念”。善恶本就在一念之间，当人的内心充满嗔恚之时，就会变得愚痴，最终损人损己罢了。

其二　西江涤肠

天水古称秦州，五代时，秦州本地出过一位有名的诗人，名叫王仁裕。他写诗极为高产，传说一生创作过万首（“有诗万余首，勒成百卷”），写诗数量甚至可以碾压以高产著称的陆游，故而时人称之为“诗窖子”。

小时候读《幼学琼林》，其中有两句“汉晁错多智，景帝号为智囊；高仁裕多诗，时人谓之诗窖。”晁错赫赫有名，但高仁裕却不知是何许人也，后来读清人所著《十国春秋》，看到其中王仁裕传中有“生平作诗满万首，蜀人呼曰诗窖子”之语，顿时恍然大悟，原来高仁裕应为王仁裕之误。

王仁裕虽然诗作数量甚巨，可传世却不多，有一首写麦积山的诗机缘巧合流传下来：

蹑尽悬空万仞梯，等闲身共白云齐。
檐前下视群山小，堂上平分落日低。
绝顶路危人少到，古岩松健鹤频栖。
天边为要留名姓，拂石殷勤身自题。

——《题麦积天堂》

诗极工整写实，却不算脍炙人口，初读很难留下印象。可直到我真的登临麦积山，站在悬空万仞梯上之时，眼前白云齐身、群山渺小，忽然便想起诗中描写的情景。虽然隔了一千一百年，但诗人见到的景象与今日简直一般无二。

大概王仁裕也颇为自豪独登天梯的举动，也把自己题在麦积山天堂西壁的这首诗收录在自著笔记《玉堂闲话》中，故而这首不算上佳的诗作如此流传了下来。

闲说王仁裕自身也有个颇为有趣的典故，《新五代史》杂传中记载，王仁裕年少时不爱读书，有一天忽然做了个奇异的梦，梦中有人剖开了他的肚子，用西江水洗涤肠胃，他在梦中低头，只见江中沙石都变成了篆籀之文，于是醒来之后“文思益进”，故而他的诗作便结集为《西江集》。

这个典故在宋朝时流传很广，宋徽宗在《宣和书谱》中也收录了此事，并且深以为然，“谓以一体之盈虚消息，皆通于天地，应于万物，非偶然也。王献之梦神人论书而字体加妙。李峤梦得双笔而为文益工，斯皆精诚之至而感于鬼神者也”。当时的北宋内府中也收藏了一幅王仁裕的翰墨，宋徽宗评价其“正书清劲，自成一家，岂非濯西江水之效欤！”

但实话说王仁裕的诗不算上佳，倒是他的笔记小说很有可读之处。他所著《玉堂闲话》颇有趣味性，既有他游历各地时的见闻，也有许多志怪逸事。虽然全书早已散佚，但《太平广记》中收录了其中一百五十多则，便有关于麦积山的一则：

> 麦积山者，北跨清渭，南渐两当。五百里冈峦，麦积处其半。崛起一石块，高百万寻。望之团团，如民间积麦之状，故有此名。其青云之半，峭壁之间，镌石成佛，万龛千室，虽由人力，疑其鬼功。隋文帝分葬神尼舍利函于东阁之下。石室之中，有庾信铭记，刊于岩中。
>
> ——《太平广记·卷三百九十七》

王仁裕对麦积山的记录极其详尽，有兴趣者可以去寻《太平广记》来读，此处也不一一摘录。而王仁裕文中提到的“石室之中，有庾信铭记，刊于岩中”，指的却是一处麦积山留存至今的龛窟——散花楼。

其三　散花天女

散花楼位于中七佛阁之上，这里正是东崖最高处，亦是一排气势磅礴的七间龛窟，着实壮观。这七座佛龛原本是庑殿顶型，然而因地震破坏，洞窟前半部分坍塌，前廊七间殿的八根柱廊中，其中六根石柱已崩毁，仅存梁尾与后壁相连接处的残痕，如今去看，也只有东西二角的石柱尚完好。

这处龛窟乃是北周时秦州大都督李允信为其亡父所造功德窟，竣工之时请了当时非常有名的大文豪庾信作序，写下了《秦州天水郡麦积崖佛龛铭并序》，其中记载："大都督李允信者，籍以宿植，深悟法门。乃于壁之南崖，梯云凿道，奉为亡父造七佛龛。"

庾信才气惊人，诗赋名动一时，却常作乡关之思，所谓"庾信平生最萧瑟，暮年诗赋动江关"。在这篇应景的作文中，依然辞藻骈俪，不负四六宗匠之名。

> **似刻浮檀，如攻水玉，从容满月，照曜青莲。影现须弥，香闻切利。如斯尘野，还开说法之堂；犹彼香山，更对安居之佛。昔者如来追福，有报恩之经；菩萨去家，有思亲之供。**
>
> **——《秦州天水郡麦积崖佛龛铭并序》**

"散花楼"的名号出自《维摩经》中"天女散花"的故事。传说佛祖知道弟子维摩诘患病，便遣文殊菩萨带着弟子们去问疾，就在维摩诘与文殊讨论佛理之际，室内有一天女现身，从空中散花试探众人的道行。当花瓣落在菩萨身上时，片叶不沾身，都掉在地上，可花瓣落在弟子身上时却黏附于身。

> **时维摩诘室有一天女，见诸天人闻所说法，便现其身，**

即以天花散诸菩萨、大弟子上，华至诸菩萨即皆堕落，至大弟子便著不堕。

——《维摩经·观众生品》

在这个故事里，菩萨破除了我执，对事物无分别心，花叶不沾身；众弟子仍存有分别之心，心内并非“不染”，所以“结习未尽，花着身耳”。

唐德宗贞元年间，吴兴一带有位名僧皎然和尚，俗家姓谢，自称是谢灵运的十世孙。他的诗文极佳，又与茶圣陆羽交好，对后世禅宗茶道颇有影响。当时亦有一位名动一时的女诗人李季兰，对皎然和尚芳心暗许，曾寄诗剖白心意。皎然和尚答诗云：

天女来相试，将花欲染衣。
禅心竟不起，还捧旧花归。

——《答李季兰》

这是以散花天女来比喻李季兰，既不伤其颜面，也以“禅心不起”委婉地表示了拒绝。

有趣的是，在西崖西侧上方的 102 窟左壁上就有一尊维摩诘的造像。此窟大约是西魏时期开凿的，而这尊维摩诘造像呈坐姿，头戴帢冠，内着圆领胡衫，外披对襟长衣，左手抚膝，右手微抬起，只可惜手部已断，看不出手中拿着什么了。不过从卷起的袖口来看，颇有《竹林七贤图》中魏晋名士的洒脱风度。

维摩诘是在家居士的典范，“虽处居家，不著三界，示有妻子，常修梵行”。而麦积山石窟中的维摩诘，宛然便是一位汉族士大夫形象，其智慧通达，端然便在眼前，这无疑是外来佛教造像艺术“化梵为夏”的最好见证。

回看历史，天水虽是西出长安的一处重镇，可并非政治中心区域，故而麦积山的石窟造像大多为本地达官贵人主持开凿，与龙门和云冈的石窟比起来，“官样文章”不足，造型艺术更加独立自由。

其四　绝壁佛国

远远望去，整座麦积山石窟最为醒目的是三尊摩崖高浮雕佛像，这正是开凿于隋代的第13窟，这里是麦积山现存最大的一组造像。主尊为阿弥陀佛，袒胸鼓腹，倚坐于莲台之上，头顶是螺纹低平肉髻，面如满月，高鼻阔口，眉眼细长而上挑，着实是宝相庄严。佛之左右分别为观音菩萨和大势至菩萨，均为跣足而立，身姿挺拔。

这组造像在开元年间的地震中损毁严重，到了南宋绍兴年间又经重修。20世纪80年代组织修复时，在阿弥陀佛造像的眉间白毫处发现了一只敞口斜腹圈足的定窑白瓷碗，碗壁上有“绍兴二十七年”的墨书题记，证实了重修的历史。《法华经》说：“尔时佛放眉间白毫相光，照东方万八千世界。”定窑色白无瑕、温润如玉，所谓“颜色天下白”，极得追求简洁高级审美的宋人喜爱。南宋时的工匠以定窑碗饰白毫，也颇有趣。

如果沿着渭河往西溯源，距离麦积山一百三十公里，还有一处与麦积山第13窟非常类似的一佛二菩萨的摩崖造像——拉梢寺石窟。这座石窟位于武山县城东北的响河沟两岸，都是依天然崖洞而建，其规模之大，令人叹为观止。

隔着峡谷，只见就在对岸满山花林中，在险陡的丹霞山貌的崖壁上，三尊佛像巨大如斯，偏又丰润敦实，顿现妙相庄穆。在造像的侧下方，留下了明确的建造纪年：“维大周明皇帝三年（559年）岁次己卯二月十四日……敬造释迦牟尼像一区”，可以推断此处大概与李允信为父建造散花楼时间极近。

这处浮雕造像是典型的北周风格，一改北魏时秀骨清相的特点，人物造型丰头短颈、庄重健美。这组巨像与麦积山的隋代摩崖造像显然一脉相承，但仔细比较起来，拉梢寺造像更加丰壮敦厚，与麦积山造像的雍容华美还是颇有不同。

拉梢寺造像高四十余米，宽五十多米，相当于数十层高楼。初次看到这样巨大的摩崖石刻，相信很多人在惊叹之余亦有疑问：如此高大的造像是如何在绝壁上雕刻的呢？

如果仔细观察，会发现在拉梢寺造像所在的崖面上分布着一些不太规律的桩孔，无独有偶，在麦积山石窟上也有同样类似的结构，可以推测这应是古代匠人在崖面上施工时修建栈道留下的遗迹，其功能大概类似现代施工的脚手架。

而古人颇具匠心，在崖面上并没有采取横向密密麻麻打孔的方式，而是巧妙利用山体原本的地势结构，借助一些崖壁上的凸出岩石，尽量最少数量地打孔施工，这无疑是极具挑战性的工作。从最新的建筑受力、结构和材料学的研究来看，拉梢寺石窟的施工规模不会低于五十米，并且在原始施工过程中，有一部分具有结构功能的桩孔其实已经在施工后期被凿平了，这也更大程度上为崖壁造像保留了美观。

很难想象，一千五百年前的古代匠人已经掌握了这样精湛的高层施工技术。中国历史上传说最高的建筑应为北魏洛阳城内永宁寺塔，这座九层宝塔传说中高达百丈，即使从以严谨著称的郦道元的记载来看，也应有“四十九丈”——高度大概接近 150 米。过去很难想象这样的高层建筑是如何建造的，可如果看过拉梢寺与麦积山的残留桩孔，我想这似乎能有答案。

唐构仙林——五台佛光寺

其一　仙林道场

十年前的端午过后，我曾驱车前往五台山，专程寻访佛光寺。

初夏时节的五台山，一场雨后便是霁色天青。五台山由五峰环抱而成，山坳中心的小镇名为台怀镇，这里是峰岭交错的山间腹地，历代以来屡建佛院，从而成为一个寺刹如林的佛国世界。刚进镇子，远远便能听到人声鼎沸、热闹非凡。我们避开山上喧闹，只在镇上吃过午饭，便继续向西而行。

沿山道从西线下山，佛光寺在台怀镇往西约五十公里的豆村，这一路都是山道，山峦环护，路途崎岖，然而身侧便是峭壁云阁，彩霞满天，煞是好看。可真到山下了，乡村小道便愈发坎坷泥泞，又无路牌指示，找起路来倍感煎熬。依着导航走完最后一截村中小道，眼前无路了，一个土堆横兀眼前，都是青蝇牛粪，奇臭莫名，也只得将车停在牛粪堆旁。下车一瞧，远处影影绰绰，似有飞檐探出，遮莫便是真佛了？急忙兴冲冲跋涉过去，转过几处岔路，再爬一截陡坡，赫然可见一座小庙，门上黑底的“国保碑”近在咫尺，顿时激动不知所以，连拍几张都虚了，大概信徒朝圣到麦加的心情也不过如此。

但也许正是地处偏僻的缘故，这座僻立山野的佛寺才能成为世上现存为数不多且保存完整的唐代木构之一。如今寺中早无僧人，由县里的文化馆管理，于是也无香火，更得清净。过了山门是所小小院落，也不见大殿，院子正中立着一座晚唐时期的经幢，上半部已损坏，然而字迹依然清晰，来不及细读，便先去看木构。然而此时还看不到庐山真面目，小院东边是一处极简陋的七券窑洞，上有茂密古树，枝丫间隐约可见飞檐翘出，已近在咫尺了。

朝圣之心愈发迫切，原本也想象过大殿的规模，可真待爬上石券窑洞之顶，抬头一望，顿时倒吸一口凉气，只见一座面阔七间的宽大殿阁便在眼前。这让我瞬时回忆起从前书里读到的伽蓝七堂，依形布置，阔大庄严。而唐时木构斗栱雄大，出檐深远，更是出乎想象。

若不是亲眼见到，断不可想象唐时斗栱竟大到这般地步，竟可达到檐柱的一半。巨大的木构以斜缓的坡度平压下来，便显得屋舍竟有几分低矮，而木柱都极粗壮，一人也难合抱，于是整座大殿便显出一种庄重之感。迎面五间木门也是极宽大的，与大柱一般皆漆成朱色，倘若门窗俱开，朱柱素壁相衬，愈发显得古雅。

大约平日少有人来，守门的老大爷见到我们颇是高兴，忙开了门让我进去观看。

来之前早有预期，殿内是一座“仙林”道场。可真进殿去了，还是震惊不已。只见铁栏密密围了一圈，把大佛坛上的“仙林”都围了进去，一众菩萨天王都缩在铁笼里，倒无平日高高在上的宝相庄严之感，平添几分怪异。

但倘若在殿内看得久了，也许能淡化几分这铁栅栏的冰冷感，再瞧扇面墙前诸多宝相，只觉神情皆惟妙——正中是一坛三佛，身后是大片的透雕金焰；两侧菩萨勒腰拈花，胁侍注目而视，妙就妙在泥塑线条都雄劲有力，极得古厚之美。只可惜外敷彩塑十分鲜丽，用色浓妍，佛像上还有龙纹袈裟，突兀得让人失笑，大概都是近代重绘的。

也许有人会问，为何菩萨们挤得这样紧凑热闹？我想，大概是唐代的华严世界，讲究光明普照，圆融无碍。你瞧这殿中济济一堂，各自得道，倒是无碍得紧。

其二　宁女何人?

在佛坛南侧有一尊略矮些的女子塑像，只见她面朝佛像，盘髻垂目，神情肃穆，容貌秀丽。因为殿梁上留有“佛殿主上都送供女弟子宁公遇”的字样，当年梁林夫妇推断，这女子正是佛光寺的供养人。此女是何许人也？在寺外经幢上，亦有“女弟子宁公遇”之名清晰可见，今人才可推测出这座大殿与经幢应是同时建造的，具体时间亦留在经幢上：大中十一年十月石幢立。

生活在一千一百年前唐代大中年间的长安女施主宁公遇，为何要千里迢迢在此地助资修寺？殿梁上除了宁公遇的名字，还有一位“功德主故右中军尉王”，身份极为显赫。唐入中叶后，自以鱼朝恩为首的宦官掌控神策军以来，宦官嚣张一时，可以废立天子。唐德宗时期神策军始分左右厢，设立神策军护军中尉，都由宦官担任，也被称为两军中尉，权倾一时。“佛殿主”女弟子宁公遇是出资修佛殿的人，她正是为一位逝去的故人修寺祈求功德。

在大中十一年（857年）以前做过右军中尉的王姓宦官寥寥无几，梁林夫妇推测是大宦官王守澄，但王守澄早在大和九年（835年）就死了，宁公遇二十二年后再为他送供实在有些牵强，近年来也有学者认为这位右中军尉应是大中九年去世的王元宥。不论“右中军尉王”到底是谁，宁公遇大概是一个与宦官往来过密的女人。其实宦官虽已去势，但自古也多有娶妻或收养子女的陋习，唐时更有宦官和权贵结亲的记载。譬如唐德宗就曾经将一名保护国玺有功的陈姓宫女，许配给有名的大宦官——右神策军的第一位兵马使王希迁为妻。

这位女弟子宁公遇，生平大概也不寻常，如果能记载下来或许也是一部话本传奇。只可惜史书何等吝啬纸墨，不会给寻常人留下只言片语，若不是有这座佛寺，也难知道其人。很难想象在风雨飘摇的晚唐时期，在几经灭佛兴佛的政治环境下，这座僻立山林的寺院是如何保留下来的。所以佛家说十二因缘，轮转生死苦趣，有灭即生灭。当初女施主一念功德，千载而显因果，才得以让我们观摩。

其实就近而观，这尊塑像也并不十分具备唐代风格，历来也多有不同的猜测。但历史的因缘本就充满巧合，这大概也是古建的吸引力所在。也许是因为我们看得太久，看门大爷不免指点我，扇墙之后还有彩画色泽黝古，却是唐代原物。他不无自豪地说，曾有专家来拍照时，当时他就在旁打着灯，看过那一次后，极其难忘，只可惜现在很难有机缘看到了。我们便也打趣他，你日日看护国保，功德无量。老大爷一哂，咳，那有什么。但他随即转身兴致勃勃地给我们指点，门板背面那些淡墨笔迹都是什么人留下的。

不看则已，一看倒让人骇然。偌大的朱门后密密麻麻，尽皆是历朝历代游历至此的前人留下的墨字，最远可追溯到唐时，可见这木门也是唐代原物。千年岁月，古木不朽，也诚可谓奇迹。

古建最可看的是梁、柱、斗栱。尤其是佛光寺的斗栱，可算是中国现存古建的鼻祖，细看内柱，华栱四层，全不用横栱依托，若对古建略有留心，便知其罕见。至于天花，皆是细木条拼就的小方格，与当年在日本奈良所寻访的唐构何其类似。

自宋以后，斗栱逐渐小巧玲珑，再不见雄浑气概，但天花却一反其道，变小密为阔大，更添彩画绘饰，岂不有趣？唐末大抵是中华文明的一个分水岭，尤其是在审美上，与从前彻底割裂分开。

从粗犷到精研，从素朴到繁丽。看完古建，总不免要感叹一句，风流总被雨打风吹去。

出门回山的路上，可见层峦叠翠，这正是树木葱郁茂密的时节。忽然痴想，世上万物都有轮回流转，哪能不生不灭，树木也不例外。

可我好像刚刚看过，一千年前的一片森林。

诸法空相——宁波保国寺

其一　江南宋构

宁波保国寺大殿是江南地区第一座被确定为宋代建筑的木构，因而被纳入第一批全国重点文物保护单位。十余年前的春节，第一次去宁波过年，下了飞机第一桩要紧事便是去保国寺，可惜那日正巧是大年三十，等赶到山门外时，大门早已落了钥，这趟便扑了个空。心心念念了两三年，恰逢秋假有暇，再赴甬城，二探保国寺，终于了了长久以来的一桩心愿。

站在山脚下，瞧着高大的山门，满心以为一跨过去便可瞧见传说中的无梁殿，谁知入门便是山道，曲折而上，一路哪里望得到头？心底暗有几分称奇：倒未见过这样遥远的大殿。拾级而上，一路上有鱼池有山泉，郁郁葱葱，石桥玲珑，一派水乡气象。只是林木错绮，山势回转间，却不见屋舍飞檐。

大概愈是心急便愈难见真佛，爬了半天山路，听了鸣蝉无数，不知转了几道弯，却见迎面一座石碑，上书几个大字“同登解脱门”，顿时哑然失笑，此情的确应景。行了半日，快到山腰处，终于遥遥可见两通经幢，抬头一望，豁然开朗，原来这才是真正的山门。

门前经幢都是唐代遗物，其中一座已经断裂过半，细辨文字，还是唐大中八年（854 年）的原物，甚至比五台山佛光寺前的唐经幢还要早三年。遥想当年武宗灭佛后，唐宣宗时寺院重又兴起，到大中年间盛极一时，那正是杜牧写“南朝四百八十寺，多少楼台烟雨中”的时候，想不到千百年后，与诗篇一同传世的，还有这一南一北两座经幢，可作遥远的应和。佛家讲机缘巧合，大抵如此。

绕过经幢，穿过重修的山门，正对面前便是大殿。兴许是前不久刚看过佛光寺的缘故，倒不觉得宋构如何宏大，甚至这殿阁的体量也着实有些玲珑。殿阁从外看来并无大梁支撑，唯有硕大的斗栱铺将开来，充满了张力，而重檐九脊，大有飞天入云之势。这座大殿建于北宋大中祥符六年（1013 年），檐柱与斗栱的比例虽不如佛光寺那样惊人，但大抵也与独乐寺相仿，只是从外观看来，两层重檐贴合紧密，看起来总觉得有点不协调。

《保国寺志》记载，康熙二十三年（1684 年），僧人显斋、景庵重修大殿，“前拔游巡两翼，增广重檐，新装罗汉诸天等相”。读到此处，我顿时明白过来，原来是清代修缮时把单檐改了重檐，怪不得看起来颇有些不伦不类。不过若是在殿前看久了，倒也觉得这种独特的形制多了几分江南独有的秀致。

信步入殿中，首先便感觉这座殿阁的进深似乎比面阔更大，殿内显得有些幽深，给人一种庄穆之感。大殿整体结构为厅堂结构，但只有中间核心部分是原样宋构。举头而望，头顶是三间藻井衔接——这正是殿内前槽扩出来的部分。其中当心一间藻井极大，状似八角，层层叠施，形如穹窿，皆用小材，密密曲折而衔，精巧极了。这种殿前设置敞廊并且装饰藻井，而后殿彻上露明的做法，与福州华林寺大殿非常类似，这也许正是当时南方地区佛殿的普遍做法。

其二　蝉肚绰幕

顺着藻井瞧下来，便可见殿中醒目的八瓣瓜棱柱。所谓瓜棱，是指形如南瓜一般，表面次第凸起，形状雅致，也有吉祥的寓意。而保国寺殿中四根金柱全是拼合柱，却是以四根或者五根圆木合拼而成，接缝处再贴四根瓜棱作为装饰，这种以小拼大、棱棱叠出的做法颇为罕见。不过顺次一一看来，大殿中柱础的形式多样，且高低不一，应该都非宋代原物。

《营造法式》开篇便说，“构屋之制，以材为祖”。木材是建筑的灵魂。不同于北方选用木材的阔大庄重，南方这样以小拼大的木料，显出了几分精致又经济的意味，其实只要设计得当，小材亦成栋梁。

闲话说南方地区气候湿润，木材本就易腐，栋楹梁桷更是容易腐黑挠折。南方地区保存完好的宋代木构屈指可数，因此便显得尤为珍贵，目前存世宋构多半有后世反复增修补善的痕迹。譬如我曾去福州罗源县的乾溪村寻访过一处“陈太尉宫”，这原本是一处陈氏宗祠，始建于五代时期，南宋时期因族人陈庆被追封太尉而入祀，再次扩建了规模。陈太尉宫如保国寺一般，也只有正殿中间区域仍保留了完整的宋构原样，其肥硕的月梁、向下卷煞的梭柱，都让人印象深刻，而正殿华栱跳头上施重栱以承托桁枋，亦是颇具古意。

根据记载，《营造法式》的著书时间大约在保国寺建成八十年后，于是保国寺的许多建筑形制，譬如顶上的月形梁上的“七朱八白”，额下的“蝉肚绰幕”，以及殿内斗栱材栔、柱梁阑额、铺作檐出等等，也都已成了书中的实证，这也正是保国寺的学术价值所在。

所谓“七朱八白”，是指《营造法式》中所记录的一种彩画装饰房屋的方法，具体做法是在阑额上用白漆刷出八个白色的长方形小格子，在朱漆底色映衬下，模仿重楣效果。保国寺阑额上的“七朱八白”是国内现存最明显的一例。

而“蝉肚绰幕”是指在一种类似后世称之为“雀替”的构件，一般放在柱子上端与梁枋的交界处，起到一定的承重作用。“雀替”是清代的叫法，在《营造法式》中就称为“绰幕”。而“蝉肚”是指这块构件的形状似蝉肚一般。在保国寺的当心间阑额与檐柱的夹脚处就有一块蝉肚绰幕，从形状上看远比清代雀替造型简洁得多。

蝉蜕于浊秽，以浮游尘埃之外，不获世之滋垢，皭然泥而不滓者也。推此志也，虽与日月争光可也。

——《史记·屈原列传》

蝉为“德虫”，《史记》中司马迁以蝉喻屈原，形容其高洁品行，将蝉肚形的构件装饰在建筑中，透露出宋人的审美情趣。

在大殿正中的石座后，尚有北宋的《造石佛座记》的石刻。如今石佛早已不见，殿内空空如也，不复当年华国楹萨、梅檀香风的景象，唯有石座后的文字寥寥，有“崇宁元年”的落款，虽然历时千年，倒也字迹如新。

从保国寺出来时，天光尚好，又无游人，自是清净极了，忍不住一看再看，竟有些流连难舍。转身时，见门上疏影斑驳，瞧着光影中微尘浮动，映衬着木构古朴的色泽，竟有一种穿越之感。忽想起《华严经》里说：“有刹住一劫，或住于十劫，乃至过百千，国土微尘数。”

没有佛像的保国寺，却遗留下千年木构，这倒是符合诸法空相之道，甚是妙哉！

红尘道场——赵州柏林寺

其一　赵州禅师

早就有意去柏林寺住上几日，总是琐事繁多，一拖再拖。此番索性放下手边一切杂事，与众友成行。

正是春城无处不飞花的时节，寻一个晴好的周末，避开熙熙攘攘看花踏春的人群，住进了僻远的寺里。初入柏林寺还是有些失望的，地处虽僻，香火却很是旺盛，方圆百里的善男信女集聚于此，木鱼声、诵佛声间，或于兜售香火的肩挑走卒叫卖声中，恍然以为误入了节庆的集市，哪还有半点清静自在？

好不容易从山门前拉扯的售香小贩处脱了身，匆匆住进了寺里让居士暂住的云水楼。待收拾好东西下楼来，却发现离用斋饭约还有一个多钟头，索性慢慢踱步游览寺中景物。

云水楼旁便是寺里如今唯一的元代古建——柏林寺塔，传说赵州禅师的舍利藏于其中。赵州禅师便是真际禅师，自达摩祖师东渡而至洛阳，禅宗衣钵代代相传，至赵州禅师时已是六祖慧能又传了四代。

赵州禅师法号从谂，因其证悟精深，享誉南北禅林，他的语录在当时广为流传。他晚年行脚至赵州，便在此地弘法，因此人称赵州禅师。时值唐末，诸镇割据，本地节度使名叫王镕，此人也是一个乱世枭雄，却独独信奉赵州禅师。

《宋高僧传》中记载了一则轶事，说赵州禅师曾经命人送给王镕一把拂尘，并说道：“若是大王问从何处得到这把拂尘？就告诉他，这是老僧平生没有用完的。”

以真定帅王氏阻兵，封疆多梗，朝廷患之。王氏抗拒过制，而偏归心于谂。谂尝寄尘拂上王氏曰：“王若问‘何处得此拂子’，答道‘老僧平生用不尽者物’。”

——《宋高僧传·卷十一》

相传赵州禅师活了一百二十余岁，他赠给王镕拂尘之时，应是自知即将圆寂。王镕与他感情颇深，禅师圆寂后，王镕曾作过两首《哭赵州和尚诗》，其中有“纵是了然云外客，每瞻瓶几泪还流”之句，可见两人情谊。

不过王镕的结局不大好。他在唐末的乱世之中拥兵自重，且反复无常，后来因见朱温称帝，王镕也干脆自立为“赵王”。他晚年好道，希望通过炼丹而求长生不老，最后被手下所杀，未得善终。

真际禅师塔东侧便是正殿，并未如寻常庙宇般称作“大雄宝殿”，此处名为“普光明殿”，大概出自《华严经》。殿门有栅栏封着，只留几个蒲团远远放置在殿外，想是平素为香客们跪拜准备的。

过了正殿便是观音殿，然而殿门依然封闭，门前石板被磨出深深的印痕。后院又设七堂，其间的亭台精巧，竹密花香，匾联雅致，无一不是文人手笔，竟是一派诗家景象，不由笑而打趣，这才是“花气袭人欲破禅”。

行至后堂，赫然发现眼前豁然开朗，竟是好大一片广场，其中高楼巍峨，名为万佛楼。单听名字便知其规模宏大了，里面塑有佛像万尊，想想过去佛寺之中至多只有五百罗汉堂，如今海内佛寺到处新建“千佛阁”“万佛楼”，颇见财大气粗。

其二 国保寻踪

斋饭在茶香楼用，大家陆陆续续进了斋堂，照例是男女分座，进斋饭要秉持止语端坐，正念受食，饭中自然无话。佛教讲究食存五观，其一为“计功多少，量彼来处”；其二为“忖己德行，全缺应供”；其三为“防心离过，贪等为宗”；其四为“正事良药，为疗形枯”；其五为“为成道业，应受此食”。

唐代百丈怀海禅师一生躬亲耕食，留下“一日不作，一日不食”之语。《阿含经》里说得更直白：“若过分饱食，则气急身满，百脉不调，使心壅塞，坐卧无安；又减少食，则身羸心悬，意虑不固。”仔细想来，都是至理。

寺庙生活果然清净，吃过午饭听了会儿方丈说法，便可自行活动。出了寺门，沿着石塔路往西，本地还有几处国保单位都在柏林寺附近。

先去看《大观圣作之碑》。这是一块刻于北宋大观二年（1108年）的石碑，通高近六米，龟趺座上是巨大的方形青石碑，碑首浮雕双龙，当真气势磅礴。此碑内容是宋徽宗为推行“三舍八行”取士之法而下的一道诏书。

所谓“三舍法”其实是王安石变法提出的一条教育改革措施，他把太学分为外舍、内舍、上舍三等，可以逐级晋升并授以官职，这是直接将太学教育纳入了国朝选官制度。而“八行科”则是宋徽宗新创的“孝、悌、睦、姻、任、恤、忠、和”八种入学考察维度。这块石碑原本立在赵州文庙之前，可惜文庙早已荡然无存，只有这块石碑依然矗立。

我在碑前驻足良久，且不评论“三舍八行”利弊，单看碑上瘦金字迹，笔笔银钩铁画，实在妙绝。然而此碑上的字迹却不是宋徽宗亲笔。当时为投徽宗所好，蔡京亲自题写了碑额“大观圣作之碑”六个大字，又让书学博士李时雍摹徽宗笔意书写碑文，刻石立于宫学、太学以及天下州府学中。

当时《大观圣作之碑》遍立天下，数量惊人，然而至今遗留下来的不过十来块，其中便以赵州这块碑最为完好。而今人虽知李时雍的不多，但当年却是与米芾齐名的书法家，据说在当时声名甚至盖过米芾，能在此地看到这样一块石碑，真乃幸事！

石碑之侧的十字路口处，还有另一件重量级“国保”——北宋陀罗尼经幢。此经幢高逾十六米，也是目前国内遗存最高大的经幢，被纳入第一批全国重点文物保护单位，虽立在尘土飞扬的县城中心路口，却不掩其惊人容色。

从经幢往西北方向走约一公里，便到了清水河。这里有一座“永通桥”传说为金代所建，其弧券形状与赵州桥极为类似，因此也称“小石桥”。但在20世纪80年代维修时，发现其建造时间可以上溯至唐代宗永泰年间。永通桥使用了与赵州桥同样的敞肩设计，栏板、望柱大多还是原物，雕刻精巧，颇有古意。

看罢永通桥，再去稍远些的赵州桥，此桥又称“安济桥”，民间俗称“大石桥”。北方民谣有所谓“沧州狮子应州塔，正定菩萨赵州桥”，此处赵州桥也是我所寻访的北方四大胜迹中的最后一处了。然而赵州桥实在是过于出名，游客络绎不绝。且说此桥虽修建于隋代大业年间，但如今的桥身大多是维修复建的，因此桥体也看起来颇新，倒不如永通桥显得古朴。

其三　渡驴渡马

几处国保看完，等转回到柏林寺，堪堪到了山门要闭之时。等到山门关上，没了小贩游人的喧嚣，寺院顿时冷清下来，便有几分静谧。

此时天虽然黑了，但外面也许才是夜生活的开始，而此地暮鼓却已然敲响，接着钟声响彻禅院。默默仰头望一眼天上悬着的明月，这日恰好是十五，月亮极圆。清朗的夜色融在暮鼓声中，脑海中忽然浮现唐人的句子：谁家今夜扁舟子，何处相思明月楼。在月下痴痴久坐，只觉心内清净澄明，可以什么都不想，什么都抛却。第一次感觉到如离红尘，于是心下分外安宁。

惯于做一个旁观者，以为看的总是旁人的生活，却不经意间早已堕入了轮回之苦。其实我们原本就生活在一个充满幻象的世界里，在无数重影子中寻找一点真实，何尝不又是水月镜花而已。

在指月楼里听法师絮絮讲什么是苦集，什么是灭道，心内起伏难静。佛说要发菩提心，持慈悲心，寻平常心，可却又证得七苦与生俱来，如何能够摒弃随之而生的眼耳口鼻舌身意？就如同骨肉本难分离一样。如果心性亦是同生，那明心见性也终不过是一句空话罢了。

其实有时候亦会想，人到底应该安于生活吗？我想，人总是不断地想要逃避，过往不可追，未来不可期，唯有现实让人烦郁。可忙碌是过一日，闲散亦是过一日。生活节奏快如今人，忙碌中真能得到更多的快乐吗？很多时候我们所需要的不过是一日三餐而已，可浮躁的生活、无休止的竞争压力早已磨灭了本心，引出了万般妄想，平添多少烦恼。那大抵是因为我们内心原本就缺少观照的力量。

《华严经》说忘失菩提心，修诸善根，是为魔业。可我脑海中忽而浮现出下午看过的那通高大的北宋陀罗尼经幢，在八棱形的巨大璎珞宝盖上，刻印经文何等清晰；又或是永通桥头望柱上的一只玲珑石狮，昂首张口正不知向何处寻觅。

禅宗有段著名的公案，有僧人问赵州禅师："久闻赵州石桥大名，怎么我来时只看到一座独木桥？"赵州禅师答道："你只看见独木桥，便看不见赵州石桥。"那僧人又问："如何是石桥？"赵州禅师只答道："渡驴、渡马。"

> **僧问赵州："久响赵州石桥，到来只见略彴。"州云："汝只见略彴，且不见石桥。"僧云："如何是石桥？"州云："渡驴渡马。"**
>
> **——《碧岩录》**

这段公案传播很广，僧人来问赵州禅师，本就别有所指，他看不见的何止是赵州桥，亦看不见名满天下的赵州禅师有何过人之处。而赵州禅师的回答更是语带双关，他能渡的不只是人，驴与马也能渡之。于是"渡驴渡马"遂成禅宗经典。

读到此处，念起而心动。何必妄寻烦恼，还是禅宗智慧：何期自性，本来清净。

诸天法眼——千里大佛寺

其一　新昌大佛寺

在浙东剡溪江上游的小城新昌，有一座中外闻名的大佛寺，其中大佛寺的石弥勒造像和千佛崖造像被纳入第七批全国重点文物保护单位。所谓大佛，指的是山上有一座十余米高的石弥勒像，修建于南朝齐永明四年（486 年），至梁武帝时期方建成，距今已有一千五百年之久。

大佛经历代重装，早已失去了原貌，但大佛寺却因它得名。千佛崖造像离得很近，亦是同时期开凿的，石窟规模虽不大，可窟内佛像数量逾千尊，这些造像个个精巧，大抵也有本地石质优良、匠人手巧之功。

如今大佛寺景区内还有一处栖光净院，此处是大佛寺的下院，建筑虽新，却颇有些来历。新昌古称“剡东”，“剡”字拆开为“二火一刀”，古人认为能避灾兵。此地又占天姥沃洲之胜，于是永嘉南渡之后，这座千岩竞秀的小城俨然已成一处偏安之地，名士墨客荟萃于此，僧尼道众集结而来，其中最有名的便是创立栖光寺的即色宗支遁大师。

支遁虽是僧人，却也精通老庄之说，颇有魏晋名士风度。他与谢安、王羲之是同时代人，当时多有往来，在永和九年那场著名的兰亭集会上，就有支遁大师的身影。《世说新语》中也有一则他的掌故，支遁大师曾托人去找当时本地的另一位高僧竺法深，想找他买下仰山之侧的沃洲小岭用来隐居，竺法深却回答道：没有听说巢父、许由买座山来隐居的。

支道林因人就深公买仰山，深公答曰“未闻巢、由买山而隐”。

——《世说新语》

竺法深出自琅琊王氏，一说是晋武帝驸马王敦之弟，也许是为了摒弃显赫的高门世家之姓，皈依三宝后便改姓竺，先在东岇山隐居。闲说支遁大师也不姓支，因为其师是西域月支人，便取了“支”字入法号。竺法深提到的巢父、许由都是上古隐士，这里用“买山而隐”反讽，支遁辩论不过，在这场机锋中落了下乘，但也留下了“买山而隐”的一段雅谈。譬如李白的《北山独酌》，头一句“巢父将许由，未闻买山隐”，就是化用此典。

不论机锋输赢，但支遁买山而隐的理想终究实现了，他也在沃洲小岭上建寺隐居，放鹤养马，过得何等逍遥洒脱。支遁好养名马，自云“重其神骏”，又甚爱鹤，有人投其所好送他鹤，谁知他却放了，说道：“尔冲天物，宁为耳目之玩乎？”作为一个清修的出家人，似乎不应有如此多的雅好，但在那个注重标新立异、不按常理出牌的时代里，高僧也是名士，反倒不拘小节。

约是又过了五百年，晋时的佛寺已成遗迹。白居易来此，记录了重建沃洲山禅院的经过：

……太和二年春，有头陀僧白寂然来游兹山，见道猷、支、竺遗迹，泉石尽在，依依然如归故乡，恋不能去。时浙东廉使元相国闻之，始为卜筑；次廉使陆中丞知之，助其缮完。三年而禅院成，五年而佛寺立。

——《沃洲山禅院记》

寺院建成于太和五年（831 年），这一年白居易正好六十岁，这亦是沃洲山禅院的高光时刻，由元稹出资助建的寺庙，请白乐天为之题记，刘禹锡为之书刻，这样豪华的规模在文学史上也足以留下浓墨重彩的一笔。在《沃洲山禅院记》的最后，花甲之年的白居易发出了感叹："昔道猷肇开兹山，后寂然嗣兴兹山，今日乐天又垂文兹山，异乎哉！沃洲山与白氏，其世有缘乎？"

可十五年后，白居易去世之时，恰逢会昌法难，全国上下旨令灭佛，新建的佛寺与石刻又将面临一场浩劫。

如今的栖光净院已是新世纪重修，曾经的沃洲小岭上佛寺何在？20世纪70年代，当地修建长诏水库，佛寺早已没入水底，再不见天日。但放鹤台遗迹仍在，山光水影间，可见南朝菩萨秀骨清像，大佛龙井香誉四海，人间仍有遗韵。

其二　正定大佛寺

离北京城不到三百公里，在正定城东，有一座颇具历史的寺庙隆兴寺，当地人也称大佛寺。寺庙始建于隋文帝时，距今约一千五百年。

之所以称为大佛寺，是因寺内有一尊极大的铜铸千手观音像，铸造于北宋开宝四年（971年）。不止铜像是北宋的，寺内有一座十字形平面的摩尼殿，建构极其精妙，据梁思成先生考据，亦是北宋时建造的。1933年4月，当梁思成一行第一次走进隆兴寺时，眼前的情形让人惊叹：

> 转轮藏前的阿弥陀佛依然笑脸相迎，于是绕到轮藏之后，初次登楼。越过没有地板的梯台，再上大半没有地板的楼上，发现藏殿上部的结构，有精巧的构架，与《营造法式》完全相同的斗栱，和许多许多精美奇特的构造，使我们高兴到发狂……
>
> ——《正定古建筑调查纪略》

虽然早已看过图册上的隆兴寺，然而当我真正走进它，亲眼见到了传说中的隋碑、宋构、明壁画之后，仍不免激动万分。先去看千手观音像。如今的大悲阁是 90 年代重建的，在梁氏造访之时，大悲阁还叫作佛香阁。从老照片上看，当时的屋顶是破漏的，佛像从阁中突兀露出半截，着实诡异。《纪略》中有记载：“……现在的阁已破坏到不可收拾的地步，屋顶已完全坍塌，观音像露天已数十年。”而如今大悲阁早已修缮一新，阁边还有耳殿，三座高阁一字排开，面阔十余间，很是恢宏气派。在宏伟高阁的映衬下，殿内的铜铸观音像似乎也没那么高大了。

然而此行的重头戏还是摩尼殿，此殿甚是精巧，十字平行的每个面各有一座抱厦，都是歇山顶的，与主殿的重檐巧妙连接起来，从外表看上去小山似的重叠在一起，极为精巧好看。这种四出抱厦的形制如今虽不多见，但在宋代流行一时，还有个俗名叫作“龟首四出”，在古画上常能看到。

摩尼殿平面呈正方形，没有设明窗，光线便十分昏暗。然而摩尼殿的妙处是需要慢慢静观的，最好看的是殿内的壁画，从远处黑黢黢看不分明，但走到近处借着一点天光，便能看到大幅的经变画、佛传故事。其中有色彩鲜艳些的十二菩萨，大抵是清代的壁画，其余大多是明代成化年间的，气象十分恢宏。在西抱厦的南壁上，还看到一幅头戴花冠、遍身瓔珞的功德尊天，画得精妙至极。

功德尊天就是吉祥天女，是非常婉约窈窕的女性形象。只见她身上披着轻纱般极薄的华丽披帛，真是“风吹仙袂飘飖举”。而在东抱厦壁上，有三首六臂的大悲尊天，跣足而立，面容庄严，与我此前在北京法海寺所见的明代壁画简直如出一辙，着实值得细细研看。

闲说一句，法海寺的壁画绘的是二十尊天，摩尼殿内却是二十四尊天。二十尊天普遍都有定论，多出的四尊却争论不一，正定摩尼殿壁画距北京法海寺壁画绘制时间不远，恐怕正是处于二十尊天向二十四尊天的发展过渡时期。一般学界认为多出来的四尊是：紧那罗王、紫微大帝、东岳大帝和雷神天尊。前一个还是佛教人物，后三者却全是道教人物，倒也是佛教传播本土化的一处例证。

黄庭坚有一组罗汉诗，每首诗对应一尊罗汉，诗固然有些冷僻，可罗汉摹写惟妙惟肖，佛典化用信手拈来，极得禅意，我常常无事时翻读。其中第十首是这么写的：

庞眉寂默坐空禅，万年一念无缘促。
手珠犹作奢摩他，寄迹普贤修万行。
梵天来献瑜伽具，问人亲见世尊来。
拨开眉目示梵王，诸天皆得法眼净。

——《南山罗汉赞·之十》

这首写的是半托迦尊者，也称探手罗汉。这尊罗汉像在寺庙中常能见到，其造型极为醒目，常常是半迦而坐，伸展双手，如撑懒腰。诗里说“手珠犹作奢摩他”，“奢摩他”是“止”的意思，表面看是形容探手罗汉的动作，实际上“奢摩他”在佛教中还有着很重要的寓意。

《圆觉经》中说修行有三法门：奢摩他、三摩钵提、禅那。可见“奢摩他”是诸法修行的第一要义，我粗浅理解为修止与持定，是当持正念、摈弃杂念之意。可在一个物欲横流的社会里，抑制住浮躁的念头，扫除万千客尘，照见本心明镜，又何其难。万物如微尘，你我又何尝不是微尘。

人，若不能意识到自己的微渺，又怎能见宇宙的宏大？

刹那梵音——寻境普陀山

其一　海天佛国

月圆夜，普陀山。

重游海天佛国，并非预想之中的计划。许是因为一时兴起，许是因为注定因缘，在中秋之时，匆匆启行。

假日游人颇多，何处不是乌压压的人影。下了高铁，又坐汽车，再转轮船，两日辗转而至普陀山，已然精疲力竭。将登岛时，明明前一刻还艳阳高照，一朵乌云压来，大雨滂沱便至，瞬时将人从头到脚都浇透了。只好苦中作乐，自嘲也算是一场不甚轻松的洗礼。

因就住在千步沙旁，寻访寺塔精舍更多了几分便捷。不喜普济的热闹、宝陀的堂皇，还是先向法雨寺去。一路曲回折转，步过一段蜿蜒而上的香道，便见山门外旗杆上挑着五色经幡。

不同于北方寺院疏朗开阔的巍峨气度，江南庙宇丛林多依山势而建，以雅致清丽见长。法雨寺坐落在林木青幽的锦屏山下，山门不在中轴，却建在一座重檐方亭上，亦是格外地别出心裁。“天华法雨”四个金字落在青蓝底额上，别有几分古朴气韵。

折入寺中，眼前陡然开阔起来，石桥跨莲池，池中锦鲤簇集，天色垂入碧水间，波光泛金，偶有一二跃出水面，溅得水花点点。古木丛生的苍郁之气顿时收敛，周遭的一切仿若从沉寂中刚刚苏醒，变得鲜活生动起来。

拈三炷清香供奉在圆通殿前，隔着重重黄锻织成的锦幡，依稀能瞧见殿内的宝相庄严。在殿内拣了个不起眼的角落坐下，好似瞬间从繁华中抽身而出，置身方外，才能瞧清世上诸相分明。

你瞧，那游人穿梭，有的虔诚顶礼，恨不能五体投地，将一片真心都奉给菩萨。有的匆匆一揖，甚至连帽子也来不及摘下，转身便一只脚跨出了殿外。

仰视的、匍匐的、微笑的、鄙夷的、沉默的、号啕的……众生众相，何等鲜活？退却数步旁观，忽觉醍醐灌顶，原来这世上有如此之多的欲求与希冀，又有这般多的苦痛和挣扎。求不能而嗔，得不足而贪，期不会而痴。芸芸众生，谁能免俗？

晨钟暮鼓，终是敲不醒世上名利客，唯有菩萨端坐在须弥莲花座上，俯视苍生，心生慈悲怜悯。

转身离去时，恰听到佛堂里极低的念佛声，好似是华严经文：

一切众生皆有如来智慧德相，只因妄想，而不得证……

其二　未寂潮音

从法雨寺出来时，天色早已转晴。沿着木栈道行不了多远，再过一片紫竹林，便至海边。大抵因为台风将至，此时岛上游人多已离去，普陀罕见地宁静了下来。栈道的尽头是一座“不肯去观音院”，正临海而设，便显出空廓来。

唐咸通四年（863 年），有日本僧人慧锷入大唐求法，于五台山中得一尊观音像，欲请归国。谁知舟过莲花洋时，遇到极大风浪，慧锷以为观音不肯东去，便将观音像留在此地供奉。

如今的院内早已无当年旧迹，梁前燕子，多半也非此地旧客。孤零零一座观音院内，只留下“观音到此不肯去”的传说。只是传说终归是传说，缘石阶而出，环眺山海，何有渡海扁舟，只见海波洋洋无尽。

临海处都是巨石，想来怕是万年前有巨手劈开，刀刀锋利，斧痕尤见。大石若冈，小石似菱，层层枕压间错，隙处还见碎瓿。盘坐在大石上，不忘感念一声真乃造物之功。悬崖边的峭石下顽强生长着几株枯树，戏言也不见佛经中枯树生花的妙象。话音未落，忽见须臾间便有一层迷茫的烟霞冉冉从海面上升腾起来。

本已是日暮斜曛时，一声钟磬乍起，惊得乱石滩上白鸥乱飞，浪涛适时拍上滩头，汹涌而来，势若万马齐喑。只是这力道来得快，卸得更快，转眼浪头无声退去，又融入苍茫之中，重新积蓄起新的浪涌。

在东南之隅的寺塔崖刻边，听一段千古未寂的潮音，心也好似被浪涛抚平。再向远眺，海天茫茫处，只余一抹微茫，不知是天光，还是云影。

更远处，南海观音的巨大造像矗入云中。没了殿阁藻井遮蔽，便以天地云雨做精舍；少了供桌神台，却用远山巨垒为香案；何须莲池香炉，眼前的碧海潮声便是最好的梵音祝祷，而海上青冥的薄雾，更远胜人间最旺盛的香火。

只是一个回首，这宝相庄严的胜景便永远地烙入我心底。没有带佛香，只能轻轻双手合十，具足圆满的诚敬，以一瓣心香，以祈明心见性。

其三　自以为灯

到了入夜，慢慢踱步去了千步沙。

站在阔廖无际的海边，看明月清澄，孤崖悬挂。低头再看，水中已有一个倒影，圆融美满，不见圆缺。一刹那间，竟不知自己身处何时何地，何虚何实。

记起《僧祇律》有言："刹那者为一念，二十念为一瞬，二十瞬为一弹指，二十弹指为一罗预，二十罗预为一须臾，一日一夜为三十须臾。"

屈指一算，原来这一日一夜之间，竟已度过了四百八十万个刹那。而在更漫长的一生一世中，又有多少数以万亿而计的刹那？

在每一个过往的刹那中，可曾有瞬时的心动、迷惘抑或是痴迷？而每一个未来的刹那中，可还有多少次不期的相遇与别离？我们瞧不穿的，究竟是虚妄的世事，还是早已映入心湖的倒影？

还是《金刚经》说得好："凡所有相，皆是虚妄。应无所往，而生其心。"

满心欢喜地踱步回去，只觉这夜潮声听得值得，也算是入悟了。不想却被友人打趣，你还是个读经的人，竟不知《心经》中唯有"自在"二字最重要。

执着生烦恼，真真醍醐灌顶。

奔波了千里的跋涉，我终如愿听着梵音入梦。海天佛国，洗涤尘心。而我所期待的，不过是用一种诗意的过渡，冲缓一段到达彼岸的忧伤。

夜听潮声，一声叠，一声远，声声呼应交错，却又送着风浪远去。沙上纵横交错，足印万千，转瞬都被浪洗去，实在空旷，恰若“白茫茫一片真干净”。

忽想起佛经里说，佛陀圆寂前，留给弟子的八字偈语：自以为灯，自以为靠。数月来的郁郁一扫而空，终觉如释重负。

人生如逆旅，是非多错、善恶恩怨，皆随流水浮云而去。而我始终只是个行人，还是带着一颗素洁宽容的心上路吧，只求无愧于心，便可坦然前行……

篇五

帝都景物

本章聚焦于北京地区的历史遗迹和文化景观，如十三陵、碧云寺、潭柘寺等，展现了北京作为古都的历史文化底蕴和建筑艺术特色。同时，结合历史人物和事件，如永乐帝朱棣、徐皇后等，深入探讨了北京地区的历史变迁和文化传承。

江水东流——风雨明长陵

其一　雪后帝陵

十三陵一带，一到冬日，游人便少得出奇，唯有定陵一处，偶有一两个旅行团经过，也多半是大车呼啸而至，下来数十个头戴小红帽的外地游客，呼朋引伴地拍照留影，片刻后人即散去，偌大的帝陵便又重归安宁。只留我独自站在祾恩门外，好似一个旁观者，远远地看着这热闹又寂寥的过程，常会生出一种不切实际的幻觉。

京郊的雪总要来得格外早些，去年下第一场雪时才刚过霜降。踏雪而至京郊，从大红门而入，沿着神道往北，厚厚的积雪没过脚踝，每一步都行得极为艰难。回头望一望蜿蜒的脚印，在苍茫的白色中格外醒目。

远处巍峨的天寿山峭壁悬崖高逾百丈，似巨大屏障笼住四野，偶有一阵寒风吹彻，须臾间便把寒意透入骨子里。此时林壑间的寒鸦兀地被惊扰乱飞，森然蓊郁的层林一时仿若被唤醒，很符合王摩诘诗中“隔牖风惊竹，开门雪满山”的意境。

有明一朝十六代君主，太祖的孝陵远在南京，建文帝下落不明，景泰帝南宫之变后孤零零地葬在玉泉山下，除此之外的十三位皇帝均葬在这十三陵中，在远山环抱的葱郁中安享独属于他们的那份宁静。

在宁静中，方可见雪中的佳境。

古建筑之精华，最美莫过斗栱飞檐，而看飞檐莫过于雪后。长陵的地面建筑保存最为完好，殿阁华美，雪景奇佳。闲说明长陵的主体建筑布局，基本模仿自南京明孝陵，但也有一定的创新之处。这两处明代帝陵我都曾仔细游览过，如果比较来看，两处陵寝都是前方后圆的整体布局，但过了祾恩门后，长陵又加设了一道棂星门，后来明清帝王都沿用了这种方式。

过了祾恩门，已至祾恩殿外。平素里覆墙琉璃黄瓦，历经百年风霜，总蒙一层灰霾，便如华发老妇，或是《红楼梦》里形容的黯淡无光的“鱼眼珠子”，不见豆蔻时的鲜活。可若是被积雪一擦，这朱墙碧瓦顿时微尘不染、金碧绚辉；檐牙玲珑精巧，在雪光映照下光莹如玉，鸟兽栩栩如生，顿时好似十八九岁的芳华少女，微微一笑，亦是明眸皓齿含情。

长陵是永乐帝的陵寝，可真正第一位住入天寿山帝陵的，是成祖的仁孝皇后徐氏，她是明初开国大将徐达之女。有明一朝，后妃多出自民间清白小康之家，士族出身极其少见。徐皇后虽是武将家庭出身，却十分恭俭，再加上天生敏慧贤淑，极得公婆的欢心，史料中就记录“高皇后深爱之”。

《明史》记录了徐皇后一桩小事，说她为燕王妃时，婆母马皇后去世，她悲痛异常，背诵马皇后遗言，竟无半字遗漏。

> **从王之藩，居孝慈高皇后丧三年，蔬食如礼。高皇后遗言可诵者，后一一举之不遗。**
>
> **——《明史·列传卷一》**

马皇后是大明的第一位皇后，也是出了名的贤后，她与朱元璋少年夫妻，一生相伴左右。按史书记载，马皇后死前遗言仍是劝诫皇帝要“求贤纳谏、慎终如始、子孙皆贤、臣民得所”。无怪乎能背诵高皇后遗言的徐皇后，亦得到了丈夫的敬重。

其二　故人何处

永乐帝朱棣文治武功，一生五征漠北，远逐鞑靼，真正稳定了自唐末以来北方少数民族的纠扰。他既能开拓疆土，亦能守成，卓然是位了不起的君王。比起侄子建文帝，永乐帝或许缺少朱元璋所赏识的仁厚忠孝之心，可他显然更适合奉天殿的宝座。为帝王者，便该有纵横捭阖的帝王机心，至于知人善任、宽严并济，更是一桩必修的功课。

至靖难之役时，想必徐氏送别夫君时，也曾是十里一走马，五里一扬鞭。但谁能想到燕军刚刚出发，李景隆的五十万大军便来围城。危急之时，徐氏充分发挥了将门虎女的镇定自若，她亲自披甲督战，在她的主持下，燕京这才没有失守。

> **景隆攻城急，城中兵少，后激劝将校士民妻，皆授甲登陴拒守，城卒以全。**
>
> **——《明史·列传卷一》**

退能谋略，进能巾帼，徐皇后着实是能与朱棣般配的贤后。其实以身家性命帮助朱棣造反的，并不止徐皇后一人。徐达幼子徐增寿，在建文帝在位时，便经常偷偷把军机情报传递给姐夫，后来被建文帝发觉后诛杀。永乐二年（1404 年），朱棣感念小舅子的恩情，下旨要追封他为武阳侯。

斯人已逝，空有爵禄何用？徐皇后断然辞决，然而永乐帝愈发感念徐家忠义，更是晋封为定国公。帝王心术，最多猜忌，结发夫妇也不能免俗。徐皇后心机沉敏，更是对丈夫了如指掌。

早在马皇后死后，朱元璋“恸哭”不已，此后没有再立皇后。与此类似的是，徐皇后薨逝后，永乐帝甚是伤痛，等长陵落成便先将徐皇后的棺椁移入安放，“亦不复立后”。这种情况其实不太多见。历史上有些帝王畏惧外戚专权，有的是担心幼子失怙，往往不肯立继后。如朱元璋父子这般雄才大略者，天下有谁可惧？说他们专情未免高估，唯一的可能大抵是因为结发皇后才是他们这一生唯一的棋逢对手。

十五年后，永乐帝驾崩在北征的归途上。十年生死两茫茫，帝后聚首之日，终是在九泉之下。

所谓知己，能够相伴一生的，大抵都是势均力敌的。

站在灵魂等高的地方，从卿死后，再无人可以与他并肩。

故人不可见，江水日东流。

说来永乐帝入葬时还有一段小插曲，明初帝王多有后妃殉葬，当年翻查《李朝实录》，永乐帝下葬长陵时有一段记载触目惊心：

> **及帝之崩，宫人殉葬者三十余人。当死之日，皆饷之于庭，饷辍，俱引升堂，哭声震殿阁。堂上置木小床，使立其上，挂绳围于其上，以头纳其中。遂去其床，皆雉经而死。韩氏临死，顾谓金黑曰："娘，吾去！娘，吾去！"语未竟，旁有宦者去床，乃与崔氏俱死。**
>
> **——《世宗庄宪大王实录》**

明初殉葬之俗仍存，而永乐宫中多朝鲜进贡的宫人，其中有一位丽妃韩氏，就在殉葬的宫人之中。丽妃死前非常恐惧，对她的乳母金黑大声哭喊。后来仁宗皇帝放金黑回朝鲜，才留下了这段殉葬的真实记录。

细翻故卷，真实的历史常比小说更加惊心动魄。

灯在菩提——秋声碧云寺

其一　壶中天地

秋叶黄时去了趟香山，近来多拜丛林，到了碧云寺怎会过山门而不入？然而碧云寺却早已非记忆中的样子，敬了三炷香，又寻路穿行，转过一间四柱三楼的汉白玉牌楼，只见眼前塔院俱是宏伟，雕刻精细。而佛塔的檐额上还有四个字：灯在菩提。孙中山先生的衣冠冢便在塔下。起初不觉如何，等下山时细细回味了一下，却觉得分明是有几分禅意的。

《日下旧闻考》里记载，在碧云寺内有一处乾隆皇帝喝茶的“试泉悦性山房”，可我几番去寺中都未见到。乾隆皇帝最爱风雅，看史料记载中他的茶室布置亦极得文趣之妙，可惜总是缘吝一见，只能默默畅想一下境由心远的境界。

而在碧云寺的罗汉堂内，还数得一尊智积尊者。细看签词，却都是入定、听经之语，隐隐有几分出世的意味。索性静下心来读经。记得有人说过，开悟说《华严》，成佛须《法华》。

读《华严经》还是十多年前在北欧交流时苦闷无聊的消遣，皇皇八十卷，读到快要回国也没读完一半，而苦闷无聊亦未排遣，反倒因着白昼变短愈发抑郁。于是自愧没有见佛的境界，只能做个槛外人，娑婆世界里证不了万德圆融，干脆便做个世俗人，以斗而量海水，先修一修般若智慧的法门。

于八万四千劫中，如何修得因果？《法华经》里说，大智胜王佛出世以前，曾有十六子，后来都随之舍弃荣华珍宝而修佛，智积尊者便为其一。可随后便再无什么故事了，看《化城喻品》里说，后来这十六位王子都听大智胜王佛说法，六根通利，智慧明了，具皆成菩萨。而这种修行八千历劫、万种苦难，到底得了圆满。

可我始终不能解，这种修行的本身，可是一种执着？

眼观形色内无有，耳听尘事心不知。

所见如何？都在心中。境由心远也好，灯在菩提也罢，从某种意义上来说，古人与今人的境界也并不遥远；而人与蝼蚁，又隔了多远呢？

坐在碧云寺的长椅上，周遭无人，风起瑟瑟，不由有些困乏了。半梦半醒中，忽然记起很小的时候读过一则佛经故事，昔日天竺有梵志会变化法术，大抵是因为寂寞了，于是口中吐出一壶，壶中又吐出一个女子，两人结为夫妻。可等到梵志睡着之后，那女子竟然又从口中吐出一壶，壶中又吐出男子共卧。等梵志醒后，两人便互相都吞了进去。

夜便委国去入山中游观，时道边有树，下有好泉水。太子上树，逢见梵志独行来入水池浴出饭食。作术吐出一壶，壶中有女人，与于屏处作家室，梵志遂得卧。女人则复作术，吐出一壶，壶中有年少男子，复与共卧，已便吞壶。须臾，梵志起，复纳妇著壶中，吞之已，作杖而去。太子归国白王，请道人及诸臣下，持作三人食著一边。梵志既至，言：我独自耳。太子曰：道人当出妇共食。道人不得止，出妇。太子谓妇：当出男子共食。如是至三。不得止出，男子共食已，便去。

——《旧杂譬喻经》

小时候读这个故事，觉得惊骇极了。当时虽然不明白佛家戒色禁欲的警告，却也觉得小小一壶十分可怖，其中世界往复无常。

其二 口中鹅笼

直到后来读鲁迅先生的《中国小说史略》，发现这个故事竟还有个魏晋时代的志怪版本。说阳羡（今无锡）有一个叫许彦的人，有一日挑着一个装着两只大鹅的鹅笼，在绥安山中行走，忽然遇到了一位十七八岁的年轻书生。这书生躺在路边，对他说自己的脚很痛，请许彦将他放进鹅笼中。许彦还以为他在开玩笑，谁知那书生真的钻进了鹅笼里，竟然与双鹅并坐，丝毫不觉得笼小，而且鹅也不惊。许彦便继续挑起鹅笼，也没觉得重了多少。

等走到一棵大树下，书生从笼中出来，说要报答许彦，他先是从口中吐出一桌酒席，接着竟又吐出一个十五六岁的娇美少女，陪着许彦一同用席。等酒酣耳热之后，书生多喝了几盅便睡着了，那少女便偷偷告诉许彦："我和书生是结发夫妻，但我们的感情不好，我其实另有心上人了。难得书生睡着了，我想把我的心上人叫出来，但还请你替我们保密。"

许彦遇到一连串的怪事，已经见怪不怪了，只能点头答应。于是那少女便从口中又吐出一个年轻男子，果然是她的相好。两人还没温存片刻，书生忽然醒了，这少女忙吐出一扇屏风遮挡，自是应付书生去了。而那年轻男子独坐无聊，悄悄对许彦说，自己早就不喜欢这个水性杨花的少女了，他也另有个心爱的女人。说完，他竟也从口中吐出一个二十余岁的少妇。

这简直是一串俄罗斯套娃，我读到此处的讶异不亚于小说里的许彦。而故事的结尾是这一串套娃又层层收了回去，最后书生只留下了一个大铜盘送给了许彦。

闻书生动声，男子曰："二人眠已觉。"因取所吐女人还纳口中。须臾，书生处女乃出谓彦曰："书生欲起。"乃吞向男子，独对彦坐。然后书生起谓彦曰："暂眠遂久，君独坐，当悒悒耶？日又晚，当与君别。"遂吞其女子，诸器皿悉纳口中。

——《续齐谐记·阳羡书生》

故事大抵与梵志吐壶类似，只是把壶换作了鹅笼，想来是更符合当时国人的认知。而最不同的是故事整体的氛围情调，同样是香艳的一梦醒来，天竺故事狰狞赤裸，可在魏晋的一梦间，却是相当温和的相揖作别。

在阳羡书生的故事里，每个人都身有所属，迫不得已地应付着不爱的人；又都另有所爱，一有机会便寻求欢好的机会。他们层层吐纳，亦层层遮掩，互相都不拆穿对方的虚伪。抛开道德伦理，这故事实在是充满了禅意。无怪纪晓岚评论道："阳羡鹅笼，幻中出幻，乃转辗相生，安知说此鬼者，不又即鬼耶？"

其实骗局也罢，幻影又如何，既然梦醒了，就该有个潇洒的告别仪式。

这故事着实让我不知梦醒，困乏间不知不觉竟打了个盹。等醒来时，却见周遭亦十分安静，近处佛塔高耸，映衬在雾霾中，颇见迷离。倒是莫名其妙在脑海中浮起一句诗，甚是贴切：

　　睡起秋声无觅处。

有些人辗转反侧，听得雨声簌簌，却仍还在那场迷离的秋梦中。

碧构珠林——京西藏宦寺

其一　大慧寺造像

冬日的午后，刚下过一场雪，正是京城里最肃杀的时节。在友人的带领下，踏雪便向京西一隅的大慧寺而去。这处寺庙始建于明代正德年间，相传乃是司礼监掌印太监张雄所建。正德朝最著名的内宦莫过于以刘瑾为首的“八虎”，张雄在八虎里排不上号，大抵属于徒子徒孙辈。刘瑾伏诛后，张雄与八虎之末的张忠及东厂张锐合称三张，执掌豹房用事。《明史》里说“三张”皆“性凶悖”，想来都不是良善之辈。

正德皇帝壮年而崩，这些人大概也皆不得善终。历史便是如此，曾经在当时显赫一时的人，许多时候便湮没于史册中，再难寻踪迹，如果不是京中有这一座古刹留下，谁还会提起此人？所以还是杜甫说得好：尔曹身与名俱灭，不废江河万古流。

然而大慧寺虽然历史悠久，却声名不显、少有人知。2001 年，大慧寺入选第五批全国重点文物保护单位。虽然荣升“国保”，大慧寺却依旧没有揭开它的神秘面纱，仍然养在深闺人未识。

直到深锁多年的铁门打开的一瞬，我被眼前的景象所震撼。谁曾想到在无处不现代化的大都市里，在鳞次栉比的高楼广厦之间，竟还有这样一处安然世外的清净地界，泾渭分明如同还沉睡在百年以前。院中四处散落的是石人石马，皆被薄雪覆满，凄凄冷冷也是荒凉景象。举目而望，殿阁、楼宇、雪境、石刻、塑像，林林总总，俱埋雪中。

两层的殿阁近在眼前，朱漆重檐，正是寺内大悲宝殿。真正入了殿中，怎“震撼”二字了得。殿内正中安放着一尊铜制千手观音，可按照清人的笔记，这寺中应是有一尊铜制大佛的，于是过去俗称为“大佛寺”。只可惜这尊大佛抗战时期被熔了铜，成了一个传说。

> 自远瞻之，高出松栝之表，其中堂有大佛，长五丈余，士人亦呼为“大佛寺”云，盖明正德中，司礼太监张雄之所建也。
>
> ——《海峰先生文集》

如今除却民国重修的千手观音略显鄙陋些，其余环列于大殿东、北、西三面墙体前的二十八尊彩塑造像皆为明代原塑。一尊尊端立佛坛上，或怒目或慈悲，众生百相，皆在眼前。其中有一尊鬼子母神最是传神，却不是传说中的凶神恶煞，倒是极为慈善的一个妇道人家形象。尤为让我驻足难舍的，是山墙后的三尊坐像，许是立在背光处，暗晦的阴影中微尘浮动，三尊造像皆为屈膝之姿，或手持宝杖，或拿佛珠，或带铁箍。难得这些人物衣饰配色极是鲜亮，沥粉贴金的衣裾翻飞间光影流转，竟有五百年未灭之生气。

从前看《水浒传》里写好汉形象，动辄是穿着“鹦哥绿纻丝战袍”，心里还暗笑，这好汉穿着也忒鲜艳了。如今真真见了满殿鲜艳的鹦绿配着桃红鸦青，才知明人审美的妙处，明明艳丽极了，却不落俗套，煞是好看。

这二十八尊彩塑是何等人物？大概仍是佛教诸天之像。

前文已讨论过古代寺庙中常见的二十尊天与二十四尊天的差别，譬如华严寺大殿彩塑与法海寺壁画是二十尊天，而善化寺大殿彩塑与隆兴寺摩尼殿壁画是二十四尊天。而此处大慧寺竟再多出四尊，这应该也是明代的增补创造，许是为了补足“二十八宿”之数吧。

其二　法海寺壁画

从大慧寺出发一路折向西行，翠微山南面有京西要隘模式口，这条北枕燕山、西接太行的古道就是著名的“驼铃古道”。从元代起，这条古道便是连接京畿与西北的重要交通线，当年古道上客商往来，驼铃阵阵，至今仍遗留着横跨于街面之上的过街楼。

距过街楼往北不到一公里，还有一处低调又奢华的明代寺院——法海寺。说它低调，法海寺的确不算闻名遐迩，就连许多常年住在北京的人也未必一睹它的真容。说它张扬，这是第三批全国重点文物保护单位之一，其精美的壁画在 20 世纪 30 年代便被海外媒体争相报道，在美术界可谓鼎鼎大名。

法海寺内现存明代碑刻及一口青铜钟，清楚地记载了法海寺的建造经过。寺院的建造者也是一名太监，名叫李童，是永乐皇帝极为信任的内侍之一。按寺中碑刻所记，李童历经五朝，宠渥尤隆，正统年间，李童拿出了几朝天子的丰厚赏赐，建造了这座法海寺，其中“法海禅寺”四字匾额便是明英宗御书。

> **公重念列圣宠锡、洪恩无由补报，遂将所赐段绢银钞并罄倾己橐，易买木植颜料砖瓦，于都城之西翠微山创建梵刹一所。**
>
> **——《御用监太监朴庵李君碑》**

法海寺的建造者李童一生平顺，土木堡之变后，景泰帝登基亦优待于他，曾“赐以玉带蟒龙衣服”。李童一直活到景泰四年（1453 年）才去世，死后“卜葬寺右翠微”。从时间上推算，或许他亦是明代较早开启太监建寺之先河者。

如今的法海寺的大雄宝殿四壁，尚保存了十铺精彩纷呈的明代壁画，其笔触精致、色泽艳丽，堪称海内无双。最为精美的莫过于水月观音像，观音头戴宝冠，身饰瓔珞，线条何其流畅。一袭薄纱从肩上披散开来，轻纱似雾，无风自舞，难得连纱上的六棱雪花形状都纤毫毕现，真可谓神工。而观音菩萨座下还有一只金毛犼，毛发皆张，凶猛异常，又着实刻画得入木三分。这种绘画风格与唐宋佛教壁画一脉相承，所绘之物，动静之间，若有生气。

这样绝妙的壁画正是出自大内画师的手笔，寺院附近出土的楞严经幢上清楚地记载着画士官宛福清、王恕，画士张平、王义等人的名字。然而这样精美的明代壁画却并非海内孤品，远在四川广元剑阁县的武连镇上，有一处名不见经传的小寺“觉苑寺”，这里竟也珍藏着通壁的明代壁画。

我曾专门去寻访觉苑寺的壁画，只见两侧墙壁上有十四铺壁画，每铺壁画上都有四字题榜，大意是从佛出生至传法的二百余个故事，壁画场面完整，构图宏大，通看下来简直如连环画一般。难得通壁亦是沥粉贴金，人物形象状态亦描绘得入木三分。

据县志记载，觉苑寺应建于明英宗时，壁画形成时间大致不会晚于弘治之后，正与法海寺同时代。不同于法海寺奉旨建造、工部营缮的高规格，觉苑寺壁画之下还有若干墨书笔记，诸如“由信徒王整施驴一头”云云，可以看出寺中壁画正是本地许多信众共同出资完成的。

这两处寺院一南一北，相隔千里，虽官造与民绘亦有区别，但觉苑寺壁画笔笔精细，其绘制精美不输于京中法海寺，这恐怕亦是民间信仰的力量。

其三　承恩寺与田义墓

不止大慧寺与法海寺，京中极具盛名的承恩寺、碧云寺也传说都是太监所建。为何在中国历史上名声极恶的明代阉党偏偏爱修佛寺，而京中又有多少他们所修缮的寺院？

嘉靖时，京中有诗曰：

西山三百七十寺，正德年中内臣作。
华缘海会走都人，碧构珠林照城郭。

从法海寺折回驼铃古道，在古道过街楼旁还隐藏着一座低调的明代寺庙，山门上高悬一块牌匾：敕赐承恩寺。

承恩寺入选第六批全国重点文物保护单位，自建寺之初，便有三“不”，即为不受香火、不做道场、不开庙门，也愈发为这座五百年古寺增加了一些神秘色彩。再加上承恩寺位处要害，正毗邻驼铃古道，寺内又建有碉楼，于是也有传言这里便是明代东厂监视往返京师人员的“哨所”。

今天的首都博物馆内陈列着一封正德八年（1513 年）的承恩寺敕谕文书，上面清楚地写明承恩寺的建造经过：

司礼监太监温祥，性资茂异，器宇端庄……朕惟宠嘉之，先是祥尝以禄赐余资，在宛平县香山等乡地方新建承恩寺傍，预置茔域祠宇，为身后之计……已赐祠额曰显德，其田村所买锦衣卫百户赵弘远等地三顷有余，备祠中香火之费，原立契券各段……

——《承恩寺敕谕文书》

不管承恩寺的建造初衷是作何用途，但大致可以推算承恩寺正是在正德皇帝继位初期，由司礼监太监温祥奉命建造的。而正德皇帝为了表示对温祥的嘉奖，允许他“为身后之计”，在寺旁修建自己的茔域祠宇——显德祠。

距承恩寺不远便是田义墓，这是明代万历年间另一位司礼监掌印太监田义的身后之所，这也是目前国内发现的唯一一座建筑规格最高、石刻最为精美、地宫保存完好的明代宦官墓，既有神道、石门，亦有华表、翁仲，更有大量的石碑和散落石刻，如今已作为石景山区石刻文物园向公众开放。

如果留神细看，会发现田义墓内的石刻都不是整套的，譬如田义墓东西两侧就另有数个坟茔，而园内石五供亦有多组。特别是前几年在田义墓内清理出一块“敕赐显德祠”的石额，这正符合《承恩寺敕谕文书》中“已赐祠额曰显德”的记录，于是便能推断这里就是温祥的显德祠。由此可以推测，如今的田义墓内并不只是田义的安葬地，园内众多坟茔正说明这一带其实正是明代众多宦官大珰的身后之地。田义其人，历经三朝不倒，在明代的众多宦官中算是口碑较好的，这大概也是独有他的墓葬能完好保存至今的缘故吧。

海淀四季青这片还有一座摩诃庵，也是明代一位大太监赵政所建，如今庵内还有赵政墓。此庵尤为珍贵的是大雄宝殿内也有明代壁画，此外金刚殿内还有明代重临集篆的金刚经石刻，极有研究价值。《帝京景物略》中称赞摩诃庵景色最好，“高轩待吟、幽室隐读”，“柳花、榆钱、松子飞落时满院中”，只可惜这样的美景如今高墙深隔，很难见到了。

其四 《酌中志》窥秘

小时候读二月河小说《雍正皇帝》，对书中一处细节记忆犹新。书里借邬思道之口说了一桩天大的富贵，讲的便是前文提到大慧寺的掌故。

> “我的癖性喜欢搜奇寻异。”邬思道略一致意，安详地说道，“在大慧寺数日，读遍了寺内碑碣。因这座寺院原是前明太监李永贞所造，我就留了心。记得《啸风杂记》里记载，李永贞、李朝领建魏搅生祠，塑魏忠贤像‘冕旒，执笏，俨如帝王……像以沉香木为之，眼耳口鼻手足宛转一如生人。腹中肺腑皆以金珠宝玉为之，衣服奇丽。’……后来转到神库，见两个没有埋掉的木雕神像，颇似记载中说的情形，只年代久远，泥涂烟染，已经不成模样。从神座后看，正是天启五年所造，我就断定，此必是魏忠贤像

无疑，挖出它们的眼睛，恰是四枚祖母绿，埋在大慧寺三枚，一枚随身带着，就是四爷方才见到的了。”

这段写得何等生动，竟让我若干年后看到大慧寺的二十八尊彩塑时，脑海中出现的便是小说中藏宝的木雕神像。只是小说中把此寺改为天启年间所建，又附会上魏忠贤的宝藏，虽然饶有趣味，却与史实相去甚远。

大慧寺的宝藏固属杜撰，但这座寺庙本身确实与宦党大有关联。邬思道提到的《啸风杂记》或属虚构，而李永贞确有其人，他于万历年间入宫，能通四书，在宦党中算个人才，可惜人品殊卑。与他同党的还有一位能书擅写的太监刘若愚，同为魏忠贤心腹，专司秉笔事。后来清算阉党时，刘若愚虽也入狱，却因在狱中写了本《酌中志》而保住了性命。这本笔记专讲明代宫中事，也有不少揭发魏党作恶，为自己开脱辩解的内容。撇去观点不论，其所述翔实，又颇具文学色彩，是很值得一读的。

《酌中志》中便记载了明代太监对身后事很重视，曾提到宫内的宦官如司礼监掌印、秉笔、随堂等人，去世之后，各自牌位都送外经厂供安，另外各人还存一份画像，却要送到西直门外大佛寺供安。这里提到的大佛寺正是大慧寺了。

此外刘若愚笔下还提到有个叫高时明的司礼监掌印太监，在西山大觉寺附近精心选择了一处“九龙山点穴”的坟地。刘若愚自己虽是太监，但仍然对此表示很不可理解：“夫臣子何处不可埋身？而不必九龙之名，为坟亦不过鉴伤祖陵之龙脉，何所益耶？”

太监无儿无女，为何如此在意身后之事？刘若愚的疑问，相信亦是今天很多人参观过后的想法。其实明代太监修建寺院，一是为了出宫养老，二来死后能有葬身之所。太监无后，也是封建社会皇权政治中的可怜人，茔域是坟地，祠宇是祭祀的祠堂，有了“茔域祠宇”，虽无子孙奉祀似乎也不再可怕了，能有一处身后安息之所，这无疑是对这些在宫中工作一生的大珰们最高的奖赏。

不免举目而望，五百年前的碧构珠林近在眼前，朱漆重檐间，或许能窥见这些大珰们活着时候的精神世界。

鹫岭云开——幽州隐潭柘

其一　潭柘何在

先有潭柘寺，后有北京城。

这句民谚流传已久，出处却不可考。据传潭柘寺始建于西晋永嘉年间，近年来，寺内也举办过诸如建寺一千六百之余多少年的庆典。但说实话这种断代不大牢靠，且不说毫无文献和实例的支撑，便想从寺里找寻一点遗迹也难。

潭柘寺是个俗名，据不大牢靠的寺志记载，最初西晋在此建寺时叫作“嘉福寺”，唐时改名“龙泉寺”，金代称为“大万寿寺”。直到清代康熙皇帝赐名“岫云寺”，才算是正儿八经起了大名，如今山门上还留有“敕建岫云禅寺”的匾额。

皇帝赐名是何等的荣耀，可老百姓不买账，依旧管这里叫潭柘寺。无独有偶，康熙皇帝下江南，也曾给灵隐寺赐名为“云林禅寺”。要说康熙皇帝的起名运着实不大好，虽然灵隐寺的天王殿前至今还挂着御题的匾额，可杭州百姓也是一样的不买账。

“潭柘”二字的出处，一为龙潭，一为柘树。

如今寺内也是有柘树的，在山门西侧，用白玉栏杆围起来小小一株，是 20 世纪 70 年代从后山移植过来的。

寺志里记载，初建寺时，“柘树千嶂”。柘树在北方本就不多见，遥想漫山遍野的柘树，是何等蔚然壮观，但寺中真正的古柘树，在明末时就很罕见了。

柘，则今瓦亭覆者一枯，长不能丈。志所称虬龙形，僧所说林林千万嶂者，乌有。

——《帝京景物略》

既是乌有，自也寻不见当年的枯柘，况且当年古人也未必珍惜这根古柘。清人李恒良有本《潭柘集》，就有诗句写到这根枯柘："犹有镇山枯柘木，山僧不惜弃空廊。"恰好与《帝京景物略》的记载吻合。

山上传说是有龙潭的，地点亦不可考。大雄宝殿前的楹联是雍正皇帝所题：

鹫岭云开，空界自呈清净色；
龙潭月皎，圆光长现妙明心。

龙潭对于潭柘寺的重要性，可见一斑。然而我数次寻访潭柘寺，却始终未找到这处所谓的龙潭。还是《帝京景物略》里有记载："山故海眼，今佛殿基，故潭也。"大致可以推断出龙潭位置在佛殿之下，明末时已不存了。但乾嘉年间，诗人洪亮吉却写过这样的诗："一亭盖清泉，再转泉已失。"说明龙潭泉水在清代还是有的，并且专门为它修了个亭子。

开创桐城文派的清代学者方苞，也有一篇《游潭柘记》，文笔极为凝练，记录了他寻找龙潭的过程：

入山一二里，径陡仄，下车步至寺门，而山之面势始出，林泉清淑之气，旷然与人心相得。时日已向暝，乃宿寺西堂。质明起，二子披衣攀蹑，穷寺之幽与高；降而左，出寺循山径东上，求潭柘旧址……遇好石，辄列坐，淹留不能进。日将中，从者曰："更迟之，事不逮矣。"余拂衣起，二子相视怅然，计所历於山，得三之二，去潭侧二里，竟不能至也。

其二　七叶娑罗

时人说，天下文章在桐城，方苞这篇短文便是一个缩影，清正雅洁，意致高远，一改当时文坛华靡之风。在数百字的短文中，他记录了一路寻访龙潭的不易，在经历了一天一夜的辛苦，离潭不到二里处，却走不进去了。但作者笔锋一转，又抒发道："余生山水之乡，昔之日，谁为羁绁者？乃自牵于俗，以桎梏其身心，而负此时物，悔岂可追邪？"寥寥数笔，高下顿时不同。来访龙潭的人千千万，谁能回答方苞的提问？人生在世，什么是真正的羁绊？能桎梏我们内心的究竟是什么？千人千智，未必能求同。

朱自清说，"潭柘寺的侧面，宛如仇十洲的《仙山楼阁图》"，过去我理解不了，直到有一次看到了 1918 年美国人甘博拍摄的一组潭柘寺的照片，才理解了潭柘寺层层叠叠的妙处。潭柘寺是要换个角度欣赏的，站得高一些往下俯瞰，层层叠叠的建筑，隐约在高大葱郁的山林古木间，高低错落，起伏有致，实在是妙极了。

虽然潭柘寺中的古潭、古柘早已不存，但寺中也有古木。首屈一指的便是毗卢阁前院那株高大挺拔的银杏树，高约三十余米，数人难以合抱过来。这株银杏树龄一千三百余年，冠幅可达二十余米，真真可谓其盖如云，甚是壮观。

此树又称帝王树，民国时期出版的《西山名胜记》中绘声绘色地记载："帝王树，言在清代，每一帝王继位，即自根间生一新干，久之与老干渐合。"据说到了 20 世纪 60 年代，经过了劳动改造的末代皇帝溥仪，游览至潭柘寺，也曾指着这株帝王树上的一根小枝戏称是不成材的自己。

与潭柘寺毗邻的戒台寺里也有一株古树，名为九龙松。这棵白皮古松上分出九道枝干，形同虬龙，树冠阔达十八米，独成戒台寺一景。清人有诗道："潭柘以泉胜，戒台以松名"，正是由此而来。

而在潭柘寺毗卢阁前的院子里，与帝王树相对而植的是两株娑罗树，树龄也有数百年。看的人虽然不多，但其实这两株娑罗树倒比帝王树要更难得。娑罗树本是佛教珍木，相传释迦牟尼正是涅槃于娑罗双树间。

> **尔时，世尊在拘尸那竭城本所生处，娑罗园中双树间，临将灭度。**
>
> **——《长阿含经》**

如今潭柘寺里这几株标着娑罗树的其实都是七叶树，不止潭柘寺如此，国内寺院中但凡如此标识的，也全都是七叶树。一方面是因为印度原产的娑罗树在国内的气候环境下难以成活，另一方面是因为七叶树本身就有一定的佛教背景。在佛教故事里，佛祖讲经说法、众弟子第一次集结之处，便是在七叶树下。

欧阳修有一首《定力院七叶木》，开篇写道：

> **伊洛多佳木，沙罗旧得名。**
> **常于佛家见，宜在月宫生。**

可见至少从宋代便已经习惯把七叶树称作娑罗树了。至于“宜在月宫生”，是指民间有一种传说，月宫中吴刚伐桂并不是桂花树，而是一株娑罗树。至于中国民间传说是如何与佛教扯上关系的，就更不可考了，但这倒是佛教本土化的一处例证。

其三　幽州城北

潭柘寺内还有两株二乔玉兰，就植在毗卢阁东阶下。所谓二乔，其实便是指双色玉兰，开花时外紫内白，用三国时美人二乔来喻，愈发艳其姿容。如今常见的二乔玉兰基本是 19 世纪由法国人杂交培育出的品种，而潭柘寺的这两株二乔玉兰据说树龄可到明代，不知真伪。

每到阳春三月，玉兰花期才至，寺内便要热闹起来，慕名来赏花的、拍照的、画画的，游人如云，便连旁边的小小一间玉兰茶楼都要人满为患起来，也是京中一处盛景。

京中赏玉兰还有一处便是大觉寺，这原是一处辽代所建的清水院，明代修整一新。寺内四宜堂院内有清代僧人手植的一株古玉兰，树龄也达三百年以上，似可与潭柘寺的二乔玉兰一较高下。

如今寺内花草树木、墙垣砖石，纵然是最古老的帝王树，也只能上溯一千三百年。

一千三百年前，正是中唐时。潭柘寺大概也是兴盛于唐时的，从而千余载香火不衰。唐代的著名高僧华严大师，据传便是潭柘寺的开山祖师。高僧传里有篇华严大师的小传，读起来十分有趣：

> 释华严和尚，不知名氏，居在幽州城北，恒持华严经以为净业。时号之全取经题呼召耳，其所诵时一城皆闻之，如在庭庑之下。
>
> ——《宋高僧传》

彼时的北京还只是地处边陲的幽州城，这位爱读《华严经》的高僧，诵经时竟能“一城皆闻”，就好像在谁家屋檐下诵经一样，也不知是因为声音洪亮，还是法力深厚。有趣的是，这种神迹竟还是有人证的：

> 万岁通天年中，韩国公张仁愿之为幽州都督也。夜闻经声品次历历然，及尔晨兴谓夫人曰：“昨宵城北道人讽诵，若在衙署前也，还闻已否？”夫人曰：“是何地远可得闻乎。”张君曰：“如其不信，可各遣小竖走马往覆之。”果无差谬。
>
> ——《宋高僧传》

文中提到的张仁愿是一位唐代很有名的将领，他曾数次统兵大破突厥，几乎从无败绩，唐中宗时被封为韩国公。有这么一位战功赫赫的名将做人证，华严大师的神迹愈发可信。而万岁通天是武则天称帝后的第八个年号，这个年号的使用时间很短，只有前后一年半的时间。历史上的张仁愿，在万岁通天年间正任幽州都督，但在那时他的经历却颇为坎坷。

《旧唐书》记载，万岁通天二年（697 年），监察御史孙承景出任清边军的监军，在战争中虚报了战功，向女皇吹嘘了自己在阵前“躬当矢石、先锋御贼”的英勇模样，女皇感叹道“御史乃能尽诚如此”，要求张仁愿给这位御史记功。

可张仁愿却发现孙承景的战功多有不实之处，特别是当面询问的时候，“问之皆不能对”。这是很能考验一个人品质的时候，大领导赏识的人，偏偏你发现他是个冒牌货，是顺水推舟假装看不穿呢，还是冒着得罪领导的危险揭破这层窗户纸？

张仁愿选择了后者，他“廷奏承景周上之罪”。做出这样的选择是要有一点勇气的，幸好他遇到的女皇睿智开明，不仅没有迁怒他，反而给实事求是的张仁愿升了官，并且把孙承景贬为崇仁县令。

其四　直心无悔

而《宋高僧传》里张仁愿和华严大师的故事还有后半段。

张仁愿在夜里反复听到了城外的诵经声，便召华严大师入城，大师说：“你有愿，怎么能不还呢？”张仁愿也很爽快：“那就做五百件袈裟布施还愿吧。”华严大师说：“你还愿可以，但不要送到我那儿，你送到幽州城西马鞍山去。山上有个竹林寺，把袈裟给那里的僧人。”

张仁愿准备好了袈裟，却找不到竹林寺，他走了很久，终于遇到了一位老翁，老翁说，“你随我来吧”，便带着他进入一个奇境中，终于见到了竹林寺。

张仁愿散完袈裟，发现多了两件，老翁说：“多两件拿回去，一件是你的，一件是华严和尚的。”张仁愿这才知道，原来华严和尚就是竹林寺中的人。

> **张君请召入城，及相见，谓张君曰：“有愿胡不报乎？”答曰：“现造袈裟五百，缘布施罗汉去。”华严曰：“勿去余处，但送往州西马鞍山竹林寺内施僧。”及遣使赍香衣物登佛龛山，已去，觅竹林寺且无踪迹。如是深入，陟高山，见一翁问之，曰：“但随吾来。”倏睹云开寺现，景物非凡世所有。入寺散袈裟毕，而少二人。彼老宿曰：“可赍还二分，一与张仁愿，一与华严和尚。”自此方知华严和尚是竹林圣寺中来，使留一宿，出已经年。**
>
> **——《宋高僧传》**

幽州城西的竹林寺今天已无处可寻，如今在北京西城有一处法源寺，唐时称作“悯忠寺”，本是唐太宗为东征战亡的十万士卒超度所建，直到万岁通天年间方才完工，大概正是张仁愿送袈裟的时候吧。

《宋高僧传》的故事到这里便结束了，结合《后唐书》来读，这段故事更耐人寻味。这与其说是华严大师的故事，不如说是张仁愿的奇遇记。也许是因为女皇匡扶正义的鼓励，也许是有了华严大师夜里诵经的加持，后来张仁愿的人生如同开挂一般，不仅打败了突厥默啜可汗的入侵，甚至越战越勇，以攻为守地在黄河北岸漠南突厥之地修建了三座受降城，削弱了突厥的国力。

戎马一生的张仁愿，还朝后拜相，中宗、睿宗对他接连加封，赏赐不可胜纪。他一直活到了开元年间，死后加赠太子少傅。在那个风云变幻的时代，龙子凤孙尚且战战兢兢地唱着“种瓜黄台下，瓜熟子离离”，功名也罢、荣辱也好，大多朝不保夕，张仁愿的结局可谓是难得的善终。不知道多少年后，当他垂垂老矣时，是否还记得曾经在幽州城外的那场奇遇？是否还记得，曾经度过许多个辗转反侧的深夜后，他做出的那个无愧内心的选择。

《维摩经》里说：“直心是道场。”什么是真正的直心？东晋有位高僧名叫僧肇，他进一步解释说直心就是“质直无谄”。

我想“直心”应是一种无谄曲之心，无论身处顺境或是逆境中，能平和地直面自己的内心，能无曲饰地做出人生的选择，这样也许才能得到真正的自在。

梦落莲邦——十方话丛林

其一　香山卧佛

过了中秋，便近重阳。

帝都久被雾霾笼罩，每到秋日尤甚，整座城市时常如笼在一层灰蒙蒙的轻纱中，抛却对健康的忧虑，四下望去倒是颇具诗意。可若离开市中心，一到香山脚下的植物园，便觉景色截然不同，且不说林密草茂，就连天色亦湛蓝许多。

稀疏几场风雨，天气骤凉了下来，暑意退去，便觉清净不少。待到一层层枯叶落下，枝头少见了鲜绿清活，便知这秋意是真的浓酽了，这番景象倒很有宋词中所崇尚淡烟暮雨的意境。

循着黄叶村边小径往后山去，不多时便到了卧佛寺，此乃一处京城名刹。说它有名，主要因为名字实在起得极好，“卧佛”与“offer”（通知录用）谐音，而附近的高校林立，不知是哪个聪明学子发现了这处谐音的妙用，于是一到毕业季，来卧佛寺求 offer 的毕业生络绎不绝，记得二十年前还在燕园读书的时候，这个风气就已经很盛行了。

然而卧佛寺其实是俗名，只因寺中供奉了一尊元代大铜佛。此寺元代叫作“大昭孝寺”，后又改作“寿安山寺”，明代多次重修，赐名也有变化，到了清代雍正年间终于固定了下来，称作“十方普觉寺”。只是大家现在多用其俗名，久而久之本名倒不为人知了。

“十方普觉寺”中所谓“十方”，乃是指“十方丛林”。在我国古代寺院分为“十方丛林”与“子孙丛林”。子孙丛林寺院住持由内部产生，师徒关系严密，相当于世袭制，如同子孙代代相传一般。而十方丛林的僧人不招收弟子，可以接待各地云游参学的僧人，住持也往往要求高僧名宿来担任。

譬如五台山的碧山寺就是当地最大的一处十方丛林，民国时候曾发生过寺中僧人想改“十方丛林”为“子孙丛林”的风波，引起不小争论。当然新中国成立以后，我国政府重新健全各地寺院僧团组织，如今十方丛林与子孙丛林已无多大分别了。

卧佛寺如今的寺内格局几乎都是明清时留下的，寺院并不算大，院落殿阁沿山势而建。明清的寺院格局大多疏朗宽阔，蕴精巧在平实之中。寺内塑像甚多，然而千面千相，无论泥塑铜胎，或喜或严，皆有慈悲之色。寺内不许烧香，只在殿前摆放了许多随意香——所谓随意者，大概是随缘布施，随意取用的含义，不过清净方见佳处。

寺中树木茂盛，细细看去，殿阁虽不甚高大雄伟，却是前栽古木，后有茂松，亭亭如盖，不见日色。想来纵然是炎炎夏日，一入山门，便能有清心禅意。

而在三世佛殿的东西两侧，各有大株银杏，树高三十余米，已有八百年以上的树龄了。西侧雄树高大雄健，东侧雌树秀美婀娜，我去那日正值深秋，双树枝繁叶密，黄叶相接，几乎掩住整座月台，片片金黄之中泻出一点天光。更远处山色如黛，间杂红叶似锦，层层铺就开来煞是好看。

卧佛殿正在三世佛殿之后，匾额是慈禧太后题写的“性月恒明”四字，据说慈禧太后多次驾幸香山，常要到寺中敬香，这块匾额正是她一次敬香后所书，意为佛性如月、恒明世间。而卧佛殿内的“得大自在”四字与三世佛殿外“双林邃境”的匾额，都是乾隆皇帝题写，可见清代皇家对卧佛寺的青睐。

卧佛殿内那尊庞大的铜卧佛据说用了五十万斤铜才铸成，而它的铸造者也是一位帝王——年仅十八岁的元英宗硕德八剌，只可惜三年后元英宗在一场政治阴谋中被刺身亡，但这座世界上最重的铜制卧佛永远地保存了下来。

其二　红螺山下

北京地区寺院众多，许多历史悠久的丛林大概都可追溯至东晋时期高僧佛图澄的弘法。

佛图澄是天竺人，传说他来中土弘法时已七十九岁。虽至耄耋之年，但他服气养身，看上去神采奕奕。按照《高僧传》的记载，佛图澄颇有神通，不仅善诵神咒，甚至还能驱役鬼物，他将麻油混合着胭脂涂在掌心之中，便能在掌中看到千里之外发生之事。

当时正值乱世，后赵石勒的部队残暴好杀，佛图澄怜悯苍生，便在石勒面前展现神通，在一盆清水之中幻化出青莲，石勒果然十分信服，于是后赵所统一的北方地区佛教也兴盛起来。佛图澄所历州郡，兴建佛寺八百九十三所。

历史上的佛图澄深受石勒、石虎叔侄信赖，石家子弟往往从小便寄养在寺院之中。如今北京京郊怀柔的红螺山下有一处红螺寺，传说建于东晋咸康四年（公元 338 年），正是佛图澄所修建。如果从历史来看，这一年石虎正在与辽西鲜卑段辽部激烈作战，交战地点正在幽州一带，或许佛图澄便是随军到幽州时修建了这座寺庙。

不同于卧佛寺内都是清代帝后墨宝，如今红螺寺的山门匾额上题着“护国资福禅寺”，乃是明英宗御笔。就在明代正统二年（1437年），明英宗长姐顺德公主下嫁驸马石璟，皇家出资重修了此寺。

闲话说，顺德公主的母亲是明宣宗的废后胡善祥，母亲既然被废，公主的待遇自然也不会太好。这位石驸马出身不高，只是千户之子，人才也很平庸。两人成婚六年后公主便故去了。不过这位石驸马的人生倒颇是精彩，他在朝中当着小官，时常惹些小祸，因为诸如“偷惰不奉诏习骑射”之类的小错误常遭人弹劾，有一次甚至因为得罪大太监王振而下狱。不过或许是看在死去的姐姐面子上，明英宗每次都格外大度地宽宥了他。

直到土木堡之变时，石驸马也随侍在侧，竟然奇迹般地自行逃回了北京。这位石驸马运气好得出奇，在政治形势复杂的正统、景泰年间竟然一直平平安安，负责掌管着宗人府的金书玉牒。孙太后死后，明英宗恢复了宣宗废后胡善祥的皇后身份，石驸马奉旨亲自为丈母娘上册宝，也算是告慰了他离世已二十三年的妻子顺德公主的在天之灵。

其三　净土道场

《高僧传》中记载了佛图澄许多灵异事，其中有一桩与幽州相关的颇是有趣。有一日石虎与佛图澄在中堂共坐，佛图澄忽然惊道："不好，幽州要起大火。"说话间，只见面前正好放置着酒盏，佛图澄便举起酒盏泼洒在面前。石虎看他这番操作亦是将信将疑，忙派人去幽州查看。不久后去使复命，幽州日前果然起了一场大火，火势从四门而起，突然西南方向有一片黑云聚来，顷刻间大雨倾盆扑灭了大火，而雨中竟隐约还能闻到酒味。

这故事实在过于神异，这大约也是佛图澄"千里外事皆彻现掌中"的一处明证。有趣的是，在敦煌的第 323 窟的北壁中部，正描绘着这个场景。画面正中举着酒盏泼洒的便是佛图澄，其右坐着的应为石虎，而壁画左上方被浓云笼罩的便是起火的幽州城。

或许是与段辽作战所造杀孽太多，或许是有感千里灭火幽州的神迹，佛图澄在幽州的山野间留下了许多古寺，千年香火不绝。

后赵故事已过千年，而红螺寺与佛教净土宗的渊源却沿革至今。其实净土原不立宗，最早乃是东晋高僧慧远大师在庐山所结"白莲社"，以念佛三昧专修净土之法，元代以前称为"莲社"，后因与白莲教区分而称"净土宗"。

净土第十二祖乃是晚清高僧彻悟大师，他晚年的道场正在红螺寺。彻悟大师深研禅宗、净宗奥义，有山居时诗作传世：

山空人静水淙淙，独自披衣对夜缸。
花气隔帘侵石榻，钟声和月到松窗。
尘尘三昧机先露，扰扰狂心定后降。
通宵坐来浑似睡，梦魂几度落莲邦。

——《山居》

此诗颇得净土妙要，山居之所，大概正是红螺山中。诗中提到“三昧”是一种禅观，净土宗讲究“念佛三昧”，也作“一行三昧”。“三昧”出自梵语音译，大意是摒除一切杂念。净土门中，以愿为最，彻悟大师以毕生之悟概括了净土宗的十六字纲要：“真为生死，发菩提心，以深信愿，持佛名号。”

这十六字精切之极，无怪乎时人称赞“海内净土首推红螺焉”。

净土有十三祖之说，却是在一千余年的漫长岁月中逐渐增补的。譬如南宋时志磐法师初排“莲社七祖”，清代方将莲社与净土宗并论。净土宗祖庭在西安南郊的香积寺，王维诗中“不知香积寺，数里入云峰”，正是指的此寺。如今寺内还遗留一座唐中宗神龙二年（706年）的善导塔，便是为了纪念净土宗二祖善导和尚而建。

民国高僧印光法师年轻的时候，听说红螺寺是净土道场，不远千里从湖北来此参悟，其间主持红螺寺数年，增修了彻悟大师留下的《净土十要》，并推彻悟大师为净土第十二祖。而印光法师圆寂后，众弟子又推其为第十三祖，从而形成了净土十三祖的格局。

从寺中出来时，日已西斜。不知怎的忽想起范成大有首小令倒颇为应景：

身闲身健是生涯。何况好年华。看了十分秋月，重阳更插黄花。消磨景物，瓦盆社酿，石鼎山茶。饱吃红莲香饭，侬家便是仙家。

——《朝中措》

九天应元——香尽高玄殿

其一　壬寅宫变

在紫禁城神武门的西北角，景山西侧，有一处毗邻北海的殿阁常年大门紧锁，路过的人多半未曾留意过它。这里便是嘉靖二十一年（1542 年）所建造的一处皇家道观——大高玄殿。

熟悉历史的人多半对这个年份有些印象，这一年紫禁城内发生了一场骇人听闻的“壬寅宫变”，是一场极其罕见的宫人反抗事件。按照史料记载，事件大致发生在嘉靖二十一年冬日的一个寒夜，趁着嘉靖皇帝睡熟了，几名宫女联合起来要把皇帝勒死，但没想到众人手忙脚乱之下将绳子打了死结，皇帝只受了惊吓，却没有死。

> 嘉靖二十一年十月丁酉，宫婢杨金英等共谋大逆，伺上寝熟，以绳缢之，误为死结，得不殊。
>
> ——《明世宗实录》

实录中对事件的原因没有多谈，只提到不止宫女作乱，宁嫔王氏和端妃曹氏都共同参与了策划，全部锉尸枭示。可明人沈德符的《万历野获编》中的描述却更有画面感：

> 嘉靖壬寅年，宫婢相结行弑，用绳系上喉，翻布塞上口，以数人踞上腹绞之，已垂绝矣。幸诸婢不谙绾结之法，绳股缓不收，户外闻咯咯声，孝烈皇后率众入解之，立缚诸行弑者赴法。

这里提到众宫人不只要勒死嘉靖，还要“数人踞上腹绞之”，可见宫人对嘉靖有必杀之心。虽然这场宫变没有成功，第二天嘉靖便醒转过来，但当时人对事件发生的原因早有议论。

> **盖以皇帝虽宠宫人，若有微过，少不容恕，辄加捶楚，因此殒命者多至二百余人，蓄怨积苦，发此凶谋。**
>
> **——《李朝中宗实录》**

嘉靖皇帝以藩王世子继承大统，是个绝顶聪明之人，但他性情古怪，刻薄寡恩，为人十分严苛，时常责罚宫人致死。宫人对他积怨已久，以致恨之入骨。壬寅宫变这晚动手的宫女们，大概早已预料到了未来必将横死的命运，这才铤而走险。

嘉靖皇帝的性情喜怒无常，可能也与他长期服用丹药有关。时人记载“帝好道术，炼丹服食，性寖躁急，喜怒无常”，从今天的科学角度来看，丹药中大概含有大量的汞铅，长期服用必然对神经系统造成巨大损伤，他的古怪脾气也许正是重金属中毒的一种症状表现。

嘉靖皇帝与紫禁城可能本来就八字不合，他从搬进宫的第一天就觉得不顺心，就在壬寅宫变事件结束后，嘉靖皇帝加快了大高玄殿的建造工程，他此时已下定决心要搬出紫禁城，将生活重心转移到西苑去。闲说嘉靖皇帝非常热衷于改造北京的宫室坛庙，他重新规划了北京的“天地日月”四坛，施行了四郊分祀制度。北京天坛祈年殿原本在永乐朝是座方形大殿的设计，今天世人所熟悉的圆形三重檐结构就是由嘉靖皇帝重新设计的。

大高玄殿的建造工程由嘉靖皇帝最信任的道士陶仲文主持，陶仲文本是一名不入流的小吏，因天子喜道，受人举荐，阴错阳差竟成了天子第一心腹之人。陶仲文本学无所长，号称擅长炼丹，然而为了迎合皇帝的欢心，他制作的丹药必须猎奇。

《万历野获编》记载了两则八卦，一则说有无赖小人冒充奉陶仲文之命，前往云南定边县的山崖中取龙涎；另一则是说陶仲文曾发明一种红铅方，用童女的血炼药。这大概正是宫人们反抗激励、不惜冒险弑君的原因之一。

其二 四腔素纸

大高玄殿毗邻北海，这座道观比故宫钦安殿规格等级更高，其中雷坛殿内有一块“阴阳藻井”，堪称极珍。这块藻井半边施金，半边未施，若是阳光照入室内，当真阴阳各半，颇具巧思，这里正是陶仲文作法的道场。

壬寅宫变并没有使嘉靖醒悟，反而信道更深，他性情更加古怪了，从此不再上朝接见大臣，只有陶仲文一人可以时常见到他（“朝讲尽废，君臣不相接，独仲文得时见”）。嘉靖朝首辅夏言曾作过一首《雪夜召诣高玄殿》，记录的就是自己半夜被皇帝诏去大高玄殿的情景：

迎和门外据雕鞍，玉蝀桥头度石栏。
琪树琼林春色静，瑶台银阙夜光寒。
炉香缥缈高玄殿，宫烛荧煌太乙坛。
白首岂期天上景，朱衣仍得雪中看。

到了嘉靖二十三年（1544 年），陶仲文已累计加封少师、少傅、少保，也被称作“三孤”。有明一代，竟只有一个不入流的道士加封“三孤”，无怪乎《明史》中感叹：一人兼领三孤，终明之世，惟仲文而已。

壬寅宫变发生五年之后，嘉靖二十六年（1547 年）十一月，嘉靖皇帝偕宫眷至大高玄殿斋醮，然而道士焚香不慎引发大火，嘉靖皇帝虽被太监宫人救出，可他的皇后方氏还在殿内。据野史记载，嘉靖皇帝当时竟不让人去救皇后，以至于眼睁睁看着方皇后被活活烧死。

二十六年十一月，宫中火，中宫请救后，上不应，后遂崩。

——《胜朝彤史拾遗记》

方皇后便是前文在壬寅宫变中救了嘉靖的那位孝烈皇后。如果查看《明史》，她确实死于嘉靖二十六年乙未日，但嘉靖皇帝对方皇后见死不救的野史实在太过匪夷所思，唯一能解释的是嘉靖为人过于残暴，所以世人不吝以最大的恶意揣测他的行为。而事实上方皇后死后，嘉靖皇帝仍念及她当年救危之恩，给她以元后礼葬的尊荣。

明末文秉有一本笔记《先拨志始》，里面则记录了另一则发生于大高玄殿的奇幻故事。五十多年后，大明天子已成了嘉靖的孙子万历皇帝，这也是个脾气古怪的皇帝，一心宠爱郑妃，便要立郑妃之子朱常洵为太子。

传说万历皇帝和郑妃曾在大高玄殿中焚香立誓，亲笔写下立朱常洵为太子的誓词，并秘密封藏在玉匣中。直到万历二十九年（1601年）十月，国本之争告一段落，万历皇帝已册立皇长子为太子，命人去大高玄殿取出玉匣欲销毁。

侍从取出玉匣时，上面封缄完好，谁知皇帝打开玉匣一看，“内所书已蚀尽，只存四腔素纸而已”，万历皇帝“悚然异之”，从此以后再不至大高玄殿了。此事亦可作为“国本之争”的一段插曲。

这段八卦还被人作了诗，收录在《全史宫词》中：

密约焚香写誓词，君王溺爱贵妃痴。
他年玉盒开封验，记否高元殿里时。

——《宫词》

万历与嘉靖一样，一生都在抗争，可他到底没有挣脱命运的束缚，最后只能对心爱的郑妃食言，于是此生再不入大高玄殿。

今天的大高玄殿依然宫门紧闭，穿过两重绿琉璃仿木结构券洞式三座门，依稀可以窥见门后为过厅式的大高玄门。作为明清两朝唯一现存的皇家道观，它在五百年的风雨中渐渐残旧，也许有一天当修缮工程完成后，它将以一种崭新的面貌出现在世人面前。

寺塔毗邻——孤独菩萨行

其一　慈圣太后

在今天北京海淀区八里庄的玲珑公园内，有一座八角形的十三级密檐砖塔，高近六十米，巍然矗立。宝塔南侧券窗上额书“永安万寿塔”五字，然而民间多称其为“慈寿寺塔”或者“玲珑宝塔”。每到秋季，塔下碧波如镜，两侧银杏皆黄，秋色掩映中的慈寿寺塔是帝都最美的景致。

乍看上去这座塔与城南的辽代天宁寺塔形制很像，但它却是一座不折不扣的明代宝塔，乃是明代万历皇帝为其母亲慈圣皇太后李太后所建，这座宝塔于2013年被列入全国重点文物保护单位。

慈寿寺塔始建于万历四年（1576年），从张居正所撰写的《敕建慈寿寺碑文》来看，慈寿寺的建造规模应该很大。只可惜如今寺内建筑荡然无存，只遗一座宝塔映照斜阳。

> **外为山门天王殿，左右列钟鼓楼，内为永安万寿塔，中为延寿宝殿，后为宁安阁，旁为伽蓝、祖师、大士、地藏四殿，绕以画廊百楹，禅室方丈十有三所，又赐园一区，庄田三十顷。**
>
> **——《敕建慈寿寺碑文》**

“慈寿”之名是万历皇帝为母贺寿所起，万历六年（1578年），寺庙建成，“上闻而喜曰：我圣母斋心竭虔，懋建功德，其诸百灵崇护，万福攸同，则亦惟我圣母诞受之，因名之曰慈寿，而诏臣纪其事”。

如今塔后东西两侧各有一块石碑，其中东侧石碑阳面有九莲菩萨像，右上角还有一方“慈圣宣文明肃皇太后之宝”。明人《帝京景物略》中记载，李太后曾做过一个梦，梦中有仙人向她口授《九莲经》，太后便应梦铸造九莲菩萨像，供奉于后殿。而这块石碑的阴面正是大学士王锡爵所写《瑞莲赋》，只可惜年代久远，刻字细小且多风化，已难以辨认了。

几乎与慈寿寺同时建成的，还有一座万寿寺。这座寺院离慈寿寺塔不到三公里，亦是李太后所建。万寿寺规模恢宏，又经清代复修，寺内建筑保存极为完整，2006 年入选第六批全国重点文物保护单位。寺内“慧日长辉”殿内有三世佛及十八罗汉像，其中罗汉衣衫纹饰尤为精细，颇值得一看。如果有心前去寻访，或可与慈寿寺塔对照来看。

而在《张太岳文集》中收录了张居正撰写的《敕建万寿寺碑文》，其中提到万寿寺的建设初衷是为了藏经之用。这两篇碑文写作时间接近，辞章华美，文辞练达，可以读出张居正佛学造诣之高，也可看出皇家对其信任程度。

张居正少年就有神童之名，天生聪颖，悟性极高，二十出头便以二甲第九名成为进士，不仅文章锦绣，更难得既有谋略机断，又具宏达密察，沉浮宦海数十载，终成天下一人的首辅名臣，可谓胸中旦月、洞若观火，实是当世人杰。

世人当时有言，若说光明磊落，行事坦荡，张居正不如高拱。可风光一世的高阁老没有斗过深沉机警的张居正，等隆庆帝驾崩，高阁老以为战役还未开始，却不知战火早已点燃。在颁遗诏之时，张居正早已占定先机，胜败已成定局。末了，连门生故旧也不敢相送，高拱老两口坐着牛车凄凄惨惨回了河南老家。张居正行事效率奇高，至死奉行“朝闻命而夕就道”的行事准则。

其二　偶尔昏迷

万历皇帝朱翊钧登基时只有十岁，看似一言九鼎、锦衣玉食，但实际上小皇帝的日子并不好过。李太后性格强势，教子也是异常严苛。万历皇帝开蒙很早，每天鸡没叫就起床读书，偶尔一两次没把书背完，便会被李太后叫去在宫门前罚跪，丝毫不给面子。

等万历长大了些，性情却愈发叛逆，身边很少有人敢规劝他，李太后的教育手段也愈发严厉。《明神宗实录》中记载了一则万历因胡闹被罚的故事，事件发生在万历八年（1580 年）一个冬夜，少年天子喝醉酒，不知怎么闹起了脾气，重重杖责了两名内使，差点闹出人命。

李太后得知后异常愤怒，《实录》中记载“慈圣皇太后闻之不乐，训戒甚切”，在李太后严厉的批评之下，皇帝幡然悔悟，立刻下旨宣谕内臣，把责任推到了身边最亲信的两个太监孙海和客用身上。皇帝认为自己是受了他二人的蛊惑，这才“偶尔昏迷”犯下大错，要把二人贬黜到南京孝陵种菜，并且表示“今朕已改过，立逐奸邪，以后但有此等小人，即同举名来奏”。

按照太后的要求，皇帝这封罪己诏过不过关，要先送给张先生看。第二天皇帝就派人去问张居正：“朕昨者御笔帖子，先生已看否？孙海、客用坏法乱国，今虽逐去，朕愈思愈怒之，但先生既为辅弼大臣，宗庙社稷所系非轻，焉忍坐视不言？先生便应谏朕，使朕为尧舜之君，先生等亦为尧舜之臣。”

小皇帝的话皮里阳秋，看似是恭敬请教先生，但也不乏埋怨张先生“坐视不言”之意。张居正何等人物，他闻弦音而知雅意，立刻回奏了洋洋洒洒一大篇文章，反驳小皇帝的埋怨之余，亦不乏苦口婆心的规劝之语。这篇上疏我读过许多次，常以为要读懂张居正，不妨好好品味一下这篇文章。

居正等回奏曰：自圣上临御以来，讲学勤政，圣德日新。乃数月之间，仰窥圣意，所向稍不如前，微闻宫中起居颇失常度，但臣等身隔外庭，未敢轻信，而朝廷庶政，未见有缺，故不敢妄有所言……近始知孙海、客用引诱皇上夜游别宫、宴处无节、释去法服、走马持兵，又数进奇巧戏玩之物，肆为蛊惑……古语云：树德务滋、除恶务尽，如司礼监太监孙德秀、温恭，兵仗局周海，罪状亦不在海、用二人下，宜一体降黜，其各监等官，俱令自陈老成廉慎者存之，狡佞放恣者汰之……此后不敢复以外臣自限，凡皇上起居，与宫壶内事，但有所闻，即竭忠敷奏，及左右近习，有奸佞不忠者，亦不避嫌怨，必举祖宗之法，奏请处治。皇上亦宜痛自改悔、戒饮宴以重起居，专精神以广胤嗣，节赏赉以省浮费，却玩好以定心志，亲万几以明庶政，勤讲学以资治理，则将来圣德愈为光显矣。

——《请清汰近习疏》

其三　几张面孔

这封上疏中张居正并没有给小皇帝留太多面子，他要求从重处理这些内侍，扩大了惩处范围，并且正面点出了少年皇帝所犯的错误，“夜游别宫、宴处无节、释去法服、走马持兵”。皇帝毕竟年轻，喜欢游玩夜宴的热闹场景，“走马持兵”大概也是少年人因尚武痴迷，但这次在李太后和张居正联手施压下，皇帝之后看起来老实了不少。

在巨大的精神压力下长大的万历皇帝，一方面有着不容冒犯的天子自尊心，另一方面却因对母亲和张首辅以及冯大伴这“三座大山”的畏惧，逐渐形成了害怕失败、不愿承担责任的极度自卑心理。这种极端的自负又自卑的性格特征伴随了万历皇帝一生，也酿成他一生的悲剧。

有明一代，万历皇帝与嘉靖皇帝的很多行为非常类似，譬如两人都超过二十年不上朝，因而也常常被拿出来进行对比。但若是分析两人的心路历程，却发现他们从“理政”到“懒政”的转变原因，各有不同。如果说嘉靖皇帝从紫禁城转向西苑隐居的导火索是“壬寅宫变”，那万历皇帝内心的崩塌大概要从张居正病亡算起。

等到张居正两眼一闭，万历皇帝还没有从失去张先生的巨大悲痛中走出来，迎面而来的却是铺天盖地的弹劾奏章。

古往今来能成大事者，大多不拘小节，张居正也不例外。他若是个古板人，也不会是一朝名臣。骄奢淫逸是有的，专横跋扈也是有的。张首辅丁忧回趟江陵老家，抬官轿的从人达三十二人，官轿的豪华宽敞可想而知。张首辅不但要住得舒服，而且讲究食不厌精、脍不厌细，一顿饭四十个菜，有时还要感叹一句没地方下筷子。他对待政敌亦狠辣无情，如秋风扫落叶，高拱至临终前，还写了本回忆录《病榻遗言》痛骂张居正的阴险狡诈，这本书后来十分畅销，一度成为大明最佳政治秘闻读物。

万历皇帝简直惊呆了，这哪里是他熟悉的那个张先生。少年天子清晰地记得，三年前的冬天，自己想在宫里搞个元宵焰火晚会，张先生摸着胡子苦口婆心地告诉自己要“节用爱民”，最后就挂了几盏灯了事。一场大火烧了慈庆宫的几间房，太后本来想好好装修一下，也是张先生据理力争，把内库的银两省下来“以保国本”。年轻的皇帝想不明白人性的多面，一时间什么师尊如父，什么功在社稷，这些都不用提了。

从万历至今，近五百年岁月翻过，对张居正的历史评价始终不一。他有许多张面孔，在万历面前是方正威仪的严师，在隆庆面前是任劳任怨的助手，在冯保面前是通情豁达的朋友，在李太后面前是公诚秉忠的顶梁。若在外人面前，他的面孔更为多变，在友人面前，他行事练达、张弛有度、不拘小节；可在政敌眼里，他阴险狠辣、玩弄权术、表里不一……

当然更多的时候，出现在世人面前的，仍是一副义量广远、见识卓然、匡危定倾的帝国首辅的面孔。这么多张面孔，哪张是真，哪张是幻？到张首辅身死之时，一直自诩为最了解“先生”的万历皇帝也琢磨不透这个问题。

其四　与谁较劲

张居正在世时，虽然政事繁忙，却一直坚持亲自给小皇帝授课，为此专门编写了一本《帝鉴图说》的教材，图文并茂地讲述历代帝王将相的功过得失。上册是榜样篇，讲述帝王励精图治之举；下册是警示篇，收录历朝倒行逆施之祸，可谓是首辅主笔的政治历史教科书。张首辅对小皇帝的呕心沥血，可见一斑。

万历皇帝最愤怒之时，有人把这套教材拿过来，想唤起几分皇帝对张首辅的思念情谊。可皇帝的内心已充满愤怒，全然不顾多年来如父子一样的情分，命人查抄张府，至此事情终于不可收拾。在墙倒众人推的状况下，休说是十大罪，便是百大罪也不在话下，张氏一门老小全被锁在府中，等到钦差到时，已经饿死十七口人，其余没饿死的也被流放了。张居正生前树敌众多，可死后真正把他推入万劫不复的，却是他最花费心血培养的弟子。

表面上看起来，受伤最深的是张氏一族和门生故旧。实际再往后看三十年，真正受到心理创伤的人其实是万历皇帝。

《明史》说：明之亡，实亡于神宗。

张居正最大的特点是一个现实主义者，可万历皇帝却不是，所以他读不懂张首辅，也读不懂这个世界。这是张居正的悲哀，也是大明王朝的悲哀。

万历皇帝大半生都在干一件事，那就是跟人较劲。先是和张居正、冯保等人较劲。等这些人都死了，又为了娶老婆的事和李太后较劲，等到李太后闭了眼，又为了立太子的事和满朝文武较劲。最后他和整个帝国较劲，坚持罢工二十年不上朝，朝臣哀求也好，斥骂也罢，所有奏疏一概留中不发，真是“活出真我，活出了风格”。

很多人感叹万历皇帝小时候如此聪明好学，又有严母名师，怎么会成为一个有名的昏君？仔细读了他的心路历程便知道，在严厉教育中长大的小皇帝，被身边的人压了很多顶帽子，每个人都要求他严格，希望他完美，能担得起这个国家的主人身份。甚至从他五岁起，连他身边的大伴冯保也要教他把一笔字写得银钩铁画。

所有人都要他肩负起帝国责任，却从来没人帮他减过压，教他如何面对挫折以及可能会不完美的人生。也从来没有人告诉他，这个世界是允许有错误的。在世俗生活中，人们可以偶尔放纵，偶尔恣意，没有人苛求你，因此你也不用去苛求别人。

张首辅教了小皇帝很多大道理，却独独没有教过“世事洞明皆学问，人情练达即文章”。李太后给儿子制定了完美的成长标准，却从没有告诉过他：人生偶尔也是不完美的，这些都无关紧要。

重要的是，别和自己过不去。

其五　大菩萨行

慈寿寺与万寿寺均由李太后推动建造，故而修建等级颇高，规模极尽宏大。李太后为何如此热衷修建佛寺，恐怕也与她的经历分不开。她本是低微的“都人”（低等宫人）出身，因给裕王生下了两个儿子而成为侧妃，裕王登基再晋为贵妃，终又母凭子贵成为太后，她的经历可称传奇。

李太后好佛到了痴迷的地步，她既自称“九莲菩萨”转世，便在京中大修佛寺。《明史》评价她修庙花钱无数，甚至连张居正劝说都不管用。

顾好佛，京师内外多置梵刹，动费钜万，帝亦助施无算。居正在日，尝以为言，未能用也。

——《明史·列传卷二》

在今天北京西城的长椿街上有一座长椿寺，2019 年入选第八批全国重点文物保护单位。长椿寺现已改建成宣南文化馆，仍保存着明代米万钟所撰《敕建大祚长椿寺赐紫衣水斋禅师传》石碑，其中提到这座寺院是万历母子为奉水斋大师所建。

> **圣母太皇太后、皇帝陛下实嘉与之，赐金冠紫衣，钦命焚修敕建大华严寺于永乐店，再建大祚长椿寺于今所。**
>
> **——《敕建大祚长椿寺赐紫衣水斋禅师传》**

永乐店是李太后的老家，在今天通州东南，靠近河北香河县。可见李太后是先回老家修了座大华严寺，又在京中建长椿寺。米万钟立碑的时间为万历四十六年（1618 年），此时张居正早已去世三十多年了，便连李太后也已去世了四年。从时间上推算起来，这大概也是李太后生前所建的最后一座佛寺了。

虽然《明史》记录张居正“尝以为言”，劝说过李太后的崇佛行为，但事实上张居正本人对佛经研习极深，恐怕他与太后之间很有共同语言。

据说张居正年少时，曾留心禅学，读《华严经》颇有心得。他从《华严经》中读出了芸芸众生的“大菩萨行”，顿时开悟。我曾读过一首张居正早年游衡山南台寺的诗作，诗风寒瘦，常作回味。

> **一枕孤峰宿暝烟，不知身在翠微巅。**
> **寒生钟磬宵初彻，起结跏趺月正圆。**
> **尘梦幻随诸相灭，觉心光照一灯燃。**
> **明朝更觅朱陵路，踏遍紫云犹未旋。**
>
> **——《宿南台寺》**

对于张居正这样目标坚定的现实主义者来说，梦中幻想只是虚空，只有心中的信念才是永恒的。而从其人生经历来看，他也确实不太在乎个人荣辱得失。明代袁中道评价他“于称讥毁誉，俱所不计，一切福国利民之事，挺然为之”，这大抵正是他“大菩萨行”的体现。

篇六

斯人斯时

本章通过讲述历史人物的故事，如苏轼、王阳明、宋徽宗等，展现了中国古代文人的生活、思想和艺术成就。通过对这些人物的生平事迹和作品的分析，探讨了他们在历史上的地位和影响，以及他们所代表的时代精神和文化价值。

万物皆春人独老——东坡在黄州

其一　东坡赤壁

到黄冈的那日正好下了场雨，住的酒店离东坡赤壁不远。沿着江边慢慢走了过去，只见如今已是修建颇为齐整的一处公园，江面不算宽阔，勉强能算“白露横江，水光接天”。

其实在湖北境内是有两处赤壁的，一处在黄冈，另一处在咸宁，巧合的是两处赤壁竟都跻身于全国重点文物保护单位。在湖北省咸宁市赤壁镇石头口村赤壁山的临江崖壁上，留有十余处宋代以来的摩崖石刻，学术界普遍认为这处江面便是当年的三国古战场。

而苏东坡初到黄州时，却误以为三国古迹正在黄州江边的赤壁下。于是许多个醉梦复醒的月夜，在这片赭色的山崖下，他吟诵出多少千古流传的名句。有宋以后，明清两代文人墨客至此，多要刻石以记东坡。到了清代，有位本地知府因深慕东坡诗文，将这片赤壁改作“东坡赤壁”。如今在东坡赤壁内，保存了全国数量最多、质量最精的东坡石刻，俨然已成为一处东坡文化的精神坐标。

在江边略坐了会儿，小雨又淅淅沥沥下了起来，只见有许多新叶微绿，却被这场雨打落在杂草中。唐人吴融有首诗，其中有句“满庭芳草易黄昏”，传说词牌《满庭芳》便化出此句。东坡居士有首不算有名的《满庭芳》，却让我时常叨念。

蜗角虚名，蝇头微利，算来著甚干忙。事皆前定，谁弱又谁强。且趁闲身未老，须放我、些子疏狂。百年里，浑教是醉，三万六千场。思量，能几许？忧愁风雨，一半相妨。又何须抵死，说短论长。幸对清风皓月，苔茵展、

云幕高张。江南好，千钟美酒，一曲满庭芳。

——《满庭芳》

这首词写于元丰五年（1082年），正是苏东坡到黄州的第三年。由此不免想起三年前——元丰二年，那正是“乌台诗案”案发之时，正在湖州任上的苏东坡，怎么也想不到六年前在钱塘江边观潮的几句诗，竟成了他一生的转折。

吴儿生长狎涛渊，冒利轻生不自怜。
东海若知明主意，应教斥卤变桑田。

——《八月十五日看潮五绝》

只从诗本身而论，这一首绝不算好，我倒更喜欢前头第三首，其中有两句“江边身世两悠悠，久与沧波共白头”，颇见几分诗人的大境界。可便是这几句不起眼的旧诗，却在朝野间掀起了一场轩然大波，几乎将苏东坡置于将死的境地。

此时朝廷正施行新政，大兴水利，这节骨眼上有人翻出“东海若知明主意，应教斥卤变桑田”，弹劾他是“讽刺朝廷水利之难成”，句句都是诛心，从来文字狱最为严酷。诗人一心惶恐，给兄弟寄去了绝命句：“与君世世为兄弟，再结来生未了因。”所幸宋神宗爱才，便连主张变法的王安石也为他求情：“圣朝不宜诛名士。”苏东坡逃过一劫，贬去黄州。

其二　东山五祖

到黄州后，苏东坡着实过了一段“布衣蔬饮，随僧一餐”恬淡生活。在《安国寺记》中他自我反省，“间一二日辄往焚香默坐，深自省察，则物我相忘，身心皆空，求罪始所生而不可得……”这贬谪生活，既斋且素，这对于“染得桃红似肉红”的苏东坡来说，可谓是反省得十分深刻。

到黄州的第一个中秋，望月秋凉，他信笔写道：

世事一场大梦，人生几度秋凉。夜来风叶已鸣廊，看取眉头鬓上。

酒贱常愁客少，月明多被云妨。中秋谁与共孤光，把盏凄然北望。

——《西江月》

我很喜欢这首词，悲而不泣，哀而不伤，方见大诗人的人生格局。这首北望词可与宋徽宗《宴北亭》中的南望相映成趣，一南一北，皆望而不得。你能读到人生的寥落，满纸怅然，却无半点愤意。

这是人生的大境界，许多人终其一生也未必能勘破其中真意。

东坡居士好佛，贯穿他的一生几乎都在创作禅诗。从东坡赤壁顺江而下，至与九江交界的黄梅县内，有一处东山五祖寺，这里原本应叫“东山寺”，因禅宗五祖弘忍大师在此弘法传道，后世便称作五祖寺了。如今寺内犹有一株五祖手植的青檀，树龄超过一千三百年。东坡居士既居黄州，焉能不去寻访五祖遗迹？当他登临东山之时，恰逢一轮红日新出，远望白莲峰，不由诗兴大发。

登岭势巍巍，莲峰太华齐。
凭栏红日早，回首白云低。
松柏月中老，猿猴物外啼。
禅师吟绝后，千古指人迷。

——《半山亭》

初读此诗不免好奇，东坡居士诗中所感慨的“禅师吟绝后，千古指人迷”，究竟是指禅宗哪句偈语呢？

东山寺中发生过最有名的一桩公案，确实与偈语有关。当年五祖在东山弘法，门下弟子众多，其中大弟子十一人，又以神秀最为出色。五祖为从众弟子中择一人托付衣钵，便叫弟子们各作一偈。神秀名满天下，心理压力最大，他半夜将所作偈子书写在寺中南廊壁间：

身是菩提树，心如明镜台。
时时勤拂拭，莫使有尘埃。

五祖一望便知是神秀所作，叹息道："汝作此偈，未见本性，只到门外，未入门内。"而不识字的惠能，听到别人吟诵神秀的偈子，不由脱口道：

菩提本无树，明镜亦非台，
本来无一物，何处惹尘埃。

惠能此时入五祖门下才八个多月，五祖闻偈便知他已开悟了，于是夜里三更悄悄为其授《金刚经》，传以衣钵。

……惠能即会祖意，三鼓入室。祖以袈裟遮围，不令人见。为说《金刚经》，至"应无所住而生其心"，惠能言下大悟，一切万法，不离自性。

——《六祖坛经》

"菩提偈"虽然出名，但东坡居士所说的"禅师吟绝后"又作何解？还是要再读《坛经》，五祖向六祖传法授经后，对他说道："不识本心，学法无益。若识自本心，见自本性，即名丈夫、天人师佛。"说罢又口占一偈：

有情来下种，因地果还生。
无情亦无种，无性亦无生。

这是禅宗的大智慧，我倒觉得这便是东坡居士诗中的“千古指人迷”。

其三　不系之舟

还是元丰五年，距离诗人归诚佛僧的誓愿已过去了三年，吃斋茹素固然坚持不了，纵情豪饮才是真名士的自风流。他自己也说：“夜饮东坡醒复醉，归来仿佛三更。”夜夜饮到这种程度，离醉生梦死大抵不远了。

几年的好酒落在肚中，怎会只有零星佳句传唱，终要有一次积累后的爆发。这年夏秋之交，苏子与客放舟赤壁下，且歌且饮，飘飘乎如遗世独立，羽化而登仙。无边风月，便在一场真正的醉生梦死后，都付诸笔下。

李白说，清风朗月不用一钱买。可月夜泛舟虽不费钱，却让洛阳一时纸贵。

又过了两年，亦是春日。

东风袅袅泛崇光，香雾空蒙月转廊。
只恐夜深花睡去，故烧高烛照红妆。

——《海棠》

也许此时的苏东坡，再未能有那样醉生梦死的心境，半夜时尚擎着红烛，目也不瞬地去看一盆新养的海棠。夜深花倦，唯有赏花的老叟精神抖擞，这场景只一畅想便让人忍俊不禁，然后失笑过后，却又不免叹息。

清人张潮说，楼上看山、城头看雪、灯前看花、舟中看霞、月下看美人，另是一番情景。灯前看花，便是出自此典。只是不同于月下看美人的绵绵情致，擎着红烛独看海棠，内中却又有多少无声泪。

也是这一年末，终到了要离别时。

宋人《庚溪诗话》中提到了一个离别的插曲，说黄州有个官妓，名叫李宜，色艺俱佳。可其他官妓总能在筵席中得到诗曲，独有李宜从未得过，渐成一桩心病。等到苏东坡要调离黄州了，在筵席上，李宜便“哀鸣力请”，苏东坡半醉之中，含笑为她作诗；“东坡五载黄州住，何事无言及李宜。”

说是无言，这里倒有言了。旁人哄堂大笑，李宜又羞又喜，可眼见着东坡居士喝得尽兴，飘飘忽竟然忘了下句。一片喧哗中，李宜乍起胆子厚着脸皮，又起身请教，定要他将这诗写完了，若是只留个半首，等东坡先生走后，岂不是更被姊妹取笑。

诗最怕设问，有问就得有答。不仅要答得巧，还要答得脱俗，答得叫人想不到，如此才算诗才。然而毕竟是苏东坡，醉中又道：“却似西川杜工部，海棠虽好不吟诗。”几分戏谑，几分自矜。

黄州五年，苏东坡撇下了一肚子的不合时宜。走的时候，留下了一首给李宜的诗。这是人生最困顿的五年，却也是苦中作乐的五年。

在今天的海南儋州，有一座东坡书院，东坡晚年在此完成了《居儋录》。书院原名“载酒堂”，如今此内建筑大多是明清复建的，其中还有数块宋、元碑刻甚是珍贵。

苏东坡晚年写道：

心似已灰之木，身如不系之舟。
问汝平生功业，黄州惠州儋州。

——《自题金山画像》

人这一生，为何要奔走东西？寻找什么，奔波什么？又有几人真能把虚名浮利全然不放在眼里？忙碌了一世，最后发现，万物皆春人独老，着实是一件让人感伤事。

起身将要离开时，雨恰巧停了。

在江边已坐了许久，脑海中忽然浮现《赤壁赋》中的数句：

惟江上之清风，与山间之明月，耳得之而为声，目遇之而成色，取之无禁，用之不竭。是造物者之无尽藏也。

——《赤壁赋》

这世上取之不尽、用之不竭的，也许正是造物所赐。如此一想，胸襟畅快。一千年前的苏东坡，也许正是在雨后离开了黄州。

人生如羁旅，既然离开了，又何必回头。

吾心自有光明月——悟道王阳明

其一　真三不朽

在宁波余姚的龙泉山北麓，有一座偌大的官式宅院，成化八年（1472 年）王守仁正出生于此宅中，如今这里已被列入全国重点文物保护单位。阔敞的宅院前广场上，耸立着一座石牌坊，上书“新建伯”三字，这正是他因战功而受的封号。王守仁，字伯安，号阳明，只是后人多以阳明先生称之，本名反倒用得少了。有明一代，王阳明以“立德”“立功”“立言”第一人，被认为是真“三不朽”。

读王阳明应先读《传习录》，所谓“传习”，出自“三省吾身”的“传不习乎”。从隆庆初刻印起算，成书五百年来，传的人代代不止，习的人更不可数。《传习录》读起来也并不枯燥，上卷是语录体，中卷是书札信函，下卷是传习续录，实际还是上卷读起来最有意思，多是阳明先生与弟子门人的日常交流，道理虽深，语言却浅，读起来颇觉活泼。譬如这段：

（九川）又问：“用功收心时，有声色在前，如常闻见，恐不是专一。”（阳明）曰：“如何欲不闻见？除是槁木死灰，

耳聋目盲则可。只是虽闻见而不流去便是。"

（九川）曰："昔有人静坐，其子隔壁读书，不知其勤惰。程子称其甚敬。何如？"（阳明）曰："伊川恐亦是讥他。"

——《传习录》

陈九川是江西名士，曾因进谏武宗南巡之事，被责廷杖而名震一时。有明一代，士大夫多是有骨气的，进谏也是一种风气，至于被廷杖更不是坏事，有时候则是一种光荣。也不知是否因为仕途不顺之故，陈九川投入阳明门下，成了他重要弟子之一。

这段对话很是有趣，陈九川想寻求一个解答，当心存求道之志时，如何面对声色在前？阳明先生说，除非是耳聋目盲，不然怎么可能听不见看不到呢？但只要你的心不追随它便是了。陈九川继而追问，并举了个例子，有个人静坐时，儿子在隔壁读书，他一点都听不见，程颐称赞他能持静。阳明先生却并不苟同，认为程颐是在讥讽他。

声色是一种写实，也可以理解成一种比喻。扰乱心神的除了声色，还有永远难以填满的诱惑与欲望。五色令人目盲，五音令人耳聋。在声色的世界里，如何摒除物欲，持静绝非易事。有的人修行很用力，认为要对声色充耳不闻才算修为。但阳明先生看得更开些，声色本来就存在，还是守住内心的纯粹更重要吧。无独有偶，佛教也有这样的辩论，前文提到过"菩提偈"，所谓"时时勤拂拭，勿使染尘埃"与"本来无一物，何处染尘埃"，用力与自然，着相与未着，高下之别，亦在于此。

陈九川问得虔诚恭敬，求道之心跃然纸上；阳明先生答得诙谐风趣，洒脱自如，读起来不觉莞尔，师徒对话的场景仿佛就在眼前。

五百年过去了，可世事与人心却似乎并没有太多的变化。在如今浮躁的世事里，如何寻求一种"持静"的境界，怎样做到真正"物我两忘"的顺其自然，我想，这亦是一个复杂的人生命题。

其二　龙场悟道

许多年前，曾专门去贵州寻访过阳明洞与阳明祠。阳明洞在贵阳北边的小城修文县龙岗山上，在中国文化史中“龙场悟道”何等声名赫赫，但真要去实地一看，小小一个山洞，苔痕遍布，再普通不过了，唯有洞壁上有清人题写的“奇境”大字，提示了此地应有传奇。

阳明先生是奇人，生平亦有奇遇，可他到贵州龙场却是因为一场政治风暴。正德元年，明武宗即位，大太监刘瑾权倾一时，在京郊广置皇庄，更结“八虎”暴横专权，激起了士人的公愤，内阁老臣刘健、谢迁被逐，御史薄彦徽、给事中戴铣等人被廷杖下狱。王阳明与戴铣本就是好友，于是仗义上书营救，却也遭连累而下狱。《王阳明全集》里收录了这篇《乞宥言官去权奸以章圣德疏》，文字极精炼，不过五百余字，言辞也很克制，字字句句苦口婆心，都是对皇帝的规劝、对戴铣的关心。

> **但铣等职居谏司，以言为责。其言而善，自宜嘉纳施行，如其未善，亦宜包容隐覆，以开忠谠之路。……况今天时冻冱，万一差去官校督束过严，铣等在道或致失所，遂填沟壑，使陛下有杀谏臣之名，兴群臣纷纷之议，其时陛下必将追咎左右莫有言者，则既晚矣。**
>
> **——《乞宥言官去权奸以章圣德疏》王守仁**

权倾一时的掌印太监刘瑾应该是并不认识这个小小的兵部主事的，不知道他看到这封上疏作何感想，兴许以为他吃了熊心豹子胆。后果注定是灭顶之灾，不但戴铣惨死狱中，王阳明也因这封上疏被廷杖下狱，三个月后被贬谪到了贵州龙场，侥幸捡回一条性命。在路上他也留下了一首诗：

险夷原不滞胸中，何异浮云过太空？
夜静海涛三万里，月明飞锡下天风。

——《泛海》

人的格局和气魄果真与身份地位无关，纵然是贬谪去做一个小小的驿臣，可王阳明展现的人生高度又怎是刘瑾之流可比的？

在龙场贫瘠而荒芜的山洞里，正值人生谷底的王阳明，却在无数个辗转不眠的夜里，悟出了人生至理。

忽中夜大悟格物致知之旨，寤寐中若有人语之者，不觉呼跃，从者皆惊。始知圣人之道，吾性自足，不假外求。

——《阳明先生年谱》

“吾性自足，不假外求”如何理解？我想，原来光明并不在外，不必去像夸父逐日一样苦苦追逐，光明本就在心中。王阳明还有一篇著名的《何陋轩记》，也是写于贬居龙场之时，文是妙文，更难得字也是佳品，传世至今，如今收藏在东京国立博物馆里。

五百年后去观赏，只见其行笔快捷，笔势遒劲，偃仰欹侧，挥洒自如，格调之高，直追晋人，仍能使人神襟湛然，回味无穷。

其三　吾性自足

难怪明末徐渭曾感叹：“古人论右军以书掩其人，新建先生乃不然，以人掩其书。”“新建先生”指的也是王阳明。刘瑾伏诛后，王阳明复官，后封新建伯。这里所谓“以人掩其书”，恐怕也是其盛名之下，反而书名不显的一种无奈。所谓字如其人，常觉得书法往往是对一个人更深刻而更直观的表达。孙过庭所谓“达其情性，形其哀乐”，便是这种直观的彰显。

在王阳明以前，程朱理学达到了儒学发展的顶峰，朱熹所建白鹿洞书院闻名天下，从孔孟至理学的“道统”始终牢牢握在手中。如今在江西庐山下的白鹿洞书院里，有宋元以来摩崖石刻二百余块，其中便有王阳明送去的三块碑刻，至今仍立在白鹿洞先贤书院的碑廊里。

可王阳明在龙场之中，对宋儒道统发出了疑问：“圣人处此，更有何道？”在反思中他终于彻悟，“圣人之道，吾性自足”，他反对“理”在人心之外，提出了“心即理”的主张。这无疑是一场对传统的颠覆，在白鹿洞独对亭中，王阳明洒脱写下了“我来骑白鹿，凌空陟飞巘”“我来尔为主，乾坤亦邮传”，豪迈气概，舍我其谁。

人生许多跌宕起伏的际遇，大多数人都归结于“外因”。其实求道也罢，际遇也好，真正能理解“内因”作用的人，少之又少。不假外求说起来容易，却也需要一颗坚定的内心。人在顺境中兴许还不明显，逆境中却显得尤为宝贵。其实细想来，坚持自己的内心才是世上最难的事。无论顺境与逆境，坚持住“此心光明”，就好像《传习录》里的那句反问：“天下难道还有心外之事、心外之理吗？”

王阳明还有一首小诗《寻春》，读来极有意趣。

十里湖光放小舟，谩寻春事及西畴。
江鸥意到忽飞去，野老情深只自留。
日暮草香含雨气，九峰晴色散溪流。
吾侪是处皆行乐，何必兰亭说旧游？

——《寻春》

吾身所至，便是乐处，纵然身不能至，心亦可至。

在贵阳市中心的扶风山上有一座阳明祠，数百年来无数人到此纪念。其实对于王阳明而言，世事如流水，兰亭旧游也罢，新游也好，往来皆浮云；又或是人生境遇的造化也罢、顺逆也好，又只如幻象——这并非空洞的虚无主义，反倒是最实用主义的生活法则。

如此再反观身边的世事繁杂、庸人琐事，平素里不堪其扰之处，反倒如明镜般明澈清晰。

心之所至，何惧之有？此心光明，无坚不摧。

万里桥边女校书——薛涛与成都

其一　校书门巷

在今天成都东南的府河西岸，有一片望江楼古建筑群，2006 年被评为第六批全国重点文物保护单位。在今天的望江楼公园，有一副楹联流传甚广：

> **古井冷斜阳，问几树枇杷，何处是校书门巷？**
> **大江横曲槛，占一楼烟月，要平分工部草堂。**

以“校书门巷”对“工部草堂”，在成都历史上曾有过两位大唐极负盛名的传奇诗人在此隐居，这已足可夸耀。看官今日若至成都，游览过杜甫草堂之后，也该到望江楼公园来看看校书门巷。

望江楼边有一口薛涛井，大概是这一带最古老的遗迹了。传说唐代才女薛涛隐居在这附近，曾于井中取水制成“薛涛笺”，后世便在此纪念凭吊。如今望江楼公园内还建有“薛涛纪念馆”，可惜游人寥寥，少有人至。

望江楼其实应叫“崇丽阁”，取自《蜀都赋》中“既丽且崇”之语，又因临江而建，民间俗称“望江楼”，倒渐渐取代了本名。这座楼阁是光绪年间修建的，为全木穿榫结构，楼高四层，下两层为方正四边，上两层却作八角飞檐，暗含“四面八方”之意，楼中又奉文曲星，以振川蜀文风。

楼侧还有濯锦楼，亦是清代所建的三楹两层阁楼，四面隔扇花窗，临风通透，难得楼内的立柱上还雕有五彩点金的二十八星宿，远远望去又如一艘画舫一般。

这大概亦是出于对女诗人的纪念，诚所谓：

薛涛笺上相思字，重开又还重摺。载酒船空，眠波柳老，一缕离痕难折。

——《台城路》

薛涛年少时随寡母居住成都，因家贫沦入乐籍，她能诗擅书，被剑南西川节度使韦皋奉为座上宾。韦皋官声颇好，难得亦有诗才，十分赏识薛涛的才气，竟破例奏请让她担任“校书郎”。不管此事是真是假，薛涛“女校书”的头衔就此传开，愈发名动蜀川。唐代诗人王建亦有诗赞她：

万里桥边女校书，枇杷花里闭门居。
扫眉才子于今少，管领春风总不如。

——《寄蜀中薛涛校书》

王建诗中的万里桥，更是来历已久。传说诸葛亮送费祎使吴时，说道：“万里之行，始于此”，故而得名“万里桥”。这是蜀人入吴的出发地，所以杜甫才有诗道：“门泊东吴万里船”，诗中“万里”者，亦是此桥。如今的万里桥早已改作老南门公路大桥，车辆来往，川流不息，若是有心人去桥边寻访，还能看到“万里之行，始于此桥”的刻印。

顺江而下是合江亭，传说正是韦皋所建。薛涛在此有诗作：

绿沼红泥物象幽，范汪兼倅李并州。
离亭急管四更后，不见公车心独愁。

——《江亭饯别》

这是送别诗，范汪二人应是当地官员，离任的饯别筵席上，女校书也如名士般能有一席之地，风光至极。

其二　珠离掌中

可五代何光远所著的《鉴诫录》中记载了另一种场景：

> **涛每承连帅宠念，或相唱和，出入车舆，诗达四方。每届蜀，求见涛者甚众。而涛性亦狂逸，所有见遗金帛，往往上纳。韦公既知且怒，于是不许从官。**
>
> **——《鉴诫录》**

因为性格“狂逸”，薛涛的女校书没当多久就因触怒韦皋而被罢免，可见官场艰难确实不适合洒脱随性的女诗人。按照《鉴诫录》的记载，薛涛自知触怒了韦皋，便写了《十离诗》以作别。这十首离别诗情意哀婉，韦皋见之动容，于是对她“遂复宠召”。

《十离诗》以物喻人，分别写了犬离主、笔离手、马离厩、鹦鹉离笼、燕离巢、珠离掌、鱼离池、鹰离鞲、竹离亭、镜离台十种情景，试读其中《珠离掌》：

> **皎洁圆明内外通，清光似照水晶宫。**
> **只缘一点玷相秽，不得终宵在掌中。**

实话说初读这《十离诗》，心中很不是滋味。如此才高名盛的女诗人，却以物自比，其中哀求之意，跃然纸上。纵然有满腹才华诗书，也不过只是权贵门阀的一件玩物，她的境遇或许不仅是身为女子的悲哀，更是那个时代许多怀才不遇的人所共有的悲哀。李太白诗名动天地，自诩怀经天纬地之才，纵然才情绝伦，也只能为玄宗爱妃作《清平调》，可见“学成文武艺，卖于帝王家”也是需要些机缘的。时也，势也，岂独薛涛一人之悲乎？

“锦江滑腻蛾眉秀，幻出文君与薛涛。”这是元稹赠薛涛的诗句。读罢《十离诗》后，再看薛涛与元稹的相恋，不由多了几分喟叹。元微之少年成名，十五明两经擢第，补校书郎。传说他有点鲜卑人的血统，彼时胡人深目隆鼻，肤色亦白，气宇想必轩昂。元稹不仅相貌俊美，人亦风流，难得还有十分的才气，少年时名动京城，是不折不扣的青年才俊。他既是大唐帝国名门闺秀心目中的乘龙快婿，也是秦楼楚馆的座上佳客。

元和四年（809 年），元稹拜监察御史，旋即受命出使剑南，大概就是在此时结识了薛涛。唐末笔记小说《云溪友议》记录了两人见面的过程，元稹初入蜀地，便想与诗名动天下的女校书相见，司空严绶得知后便请薛涛去东川，从而促成了一段佳话。

推算起来两人相遇之时，元稹大概三十出头，正春风得意地按察东川；而薛涛可能已年过四十，也许就在触怒韦皋之后，终日惶恐不安，也正想离开成都寻找一处避世之所。一个是才俊青年，一个是娼家老女，两人或许是诗词酬唱中通了情愫，或许是见面更加感怜身世，总之到底是曲款通情。这期间两人酬唱了不少新词新曲，也许不乏后世姜白石描述的意境：“自作新词曲最娇，小红低唱我吹箫。”

其三　空结同心

遥想千百年前蜀江山水的青碧间，或许有扁舟载了两人忘迹山水，薛涛有诗留下“双栖绿池上，朝暮共飞还。更忙将趋日，同心莲叶间”，语意何其柔也，语声何其稚也，女子的柔美与娇俏，全在短短的二十字间。顺便说，宋以后五言诗多规整工丽，再无唐人的天真之态，也不免是憾事。

不过一个人的品性如何，通常与他的才情并无多大关系。纵然是薄情寡义的元九郎，不也留下了“曾经沧海难为水，除却巫山不是云”的天成妙句。所以情书写得好，话说得甜蜜，未必人就会靠谱，姑娘们要多多小心。不久之后元稹就接到了调回京城的命令，第一件事就是要与薛涛分别。风流才子的不厚道之处在于，别就别矣，还要留下等我回来的空头支票。薛涛纵然哭哭啼啼，却也真心实意地相信了情郎的诺言。辞了旧日庭院，独居在浣花溪三年，在这段等待的日子里，薛涛曾写过《春望词》四首，其中有两句格外动人心：

风花日将老，佳期犹渺渺。
不结同心人，空结同心草。

——《春望词·其三》

不知为何，我第一次读到这首时，脑海中浮现出的竟然是《天龙八部》中秦红棉的描写，绝代有佳人，独居在幽谷。这情节与金庸小说里风流多情的段正淳何其相似，小说里的段王爷与每个情人分别时都是山盟海誓，许下诺言再续前缘，可最后也都不了了之。可见小说总是脱胎于生活，不过未必能高于生活。

薛涛所住的浣花溪畔有桃花，她便取之做笺，素色笺上斑斑点点若桃花泪一般，便是载了这些最终石沉大海、永无回音的诗句。薛涛才气过人，却也不免陷入了始乱终弃的俗套之中，这着实令人扼腕。史料记载，她不仅诗赋极工，难得还擅翰墨，可谓奇才。

妇人薛涛，成都娼妇也。以诗名当时，虽失身卑下，而有林下风致。故词翰一出，笔力峻激，其行书妙处，颇得王羲之法，少加以学，亦卫夫人之流也。每喜写己所作诗，语亦工，思致俊逸，法书警句，因而得名。

——《宣和书谱》

离开蜀川之后的元稹屡遭贬谪，“一身骑马向通州”之时，他身患疟疾，几近病死。“通州”即今日四川达州，这也是元稹第二次入川了，在通州的数年间，元稹与白居易唱和往来，留下了著名的《连昌宫词》，然而此间他却没有与薛涛往来的诗作。大概是因为这段时期他新续弦了出身河东裴氏的新夫人，元稹的新夫人裴氏出身大家，擅琴能诗，夫妇二人留下许多唱和之作，譬如元稹就有肉麻的新诗写给夫人："嫁得浮云婿，相随即是家。"裴夫人也作诗答他："黄莺迁古木，朱履从清尘。"两人情意绵绵，都在诗中。

同在蜀地的薛涛不会没有听到过他们的诗作。晚年的薛涛从浣花溪搬至碧鸡坊，常着女道服，退隐小楼之中，再不肯轻易见客。她晚年诗作中有"唱到白蘋洲畔曲，芙蓉空老蜀江花"之语，即有怅惋，亦是自讽。

其四　红笺自随

长庆元年（821 年），此时距元薛二人分别已过十年。忽有一日元稹竟寄诗给薛涛：

锦江滑腻蛾眉秀，幻出文君与薛涛。
言语巧偷鹦鹉舌，文章分得凤凰毛。
纷纷辞客多停笔，个个公卿欲梦刀。
别后相思隔烟水，菖蒲花发五云高。

——《寄赠薛涛》

坦白说，元稹的诗是真的好，至少是很能入我的浅眼皮的。读他的诗，常能把人带入一种身临其境的情景，在他的笔下，时而是尽忠竭力的诚挚大臣，时而是为百姓殚精竭虑的好钦差，时而是朋友席上众人乐乐我独忧的寂寞友人，时而是深情悼念妻子的痴丈夫……

元稹在诗中有许多重身份，每一个都鲜活精致，楚楚动人。昨夜还在"凝翠晕蛾眉，轻红拂花脸"，明朝便"欲离烦恼三千界，不在禅门八万条"，对萍水结识的女人他可以"七月七日一相见，相见故心终不移"，对一朝分离后的故人他又说"揄扬陶令缘求酒，结托萧娘只在诗"。他可能并不是个骗子——至少他也应该是个段正淳式的人物。圆滑也罢，滥情也罢，归根结底他的本心没有恶意。

金庸说段正淳“虽然用情不专，但对每一个女子都是真情实意的”，我很想把元稹和段正淳做一个比较，毕竟元微之除了武功不如段王爷，其风流多情倒是和他颇为类似。一个人难得的是风流却不下流，便连被他抛弃过的女人也很难对他心怀怨恨。不过也许彼时元稹和段王爷心里真是如此想的，也许他无时无刻地不在美化自己的人格，也许他就是要创造一点艺术的遗憾之美，也许……有太多的也许可以推测，于是一切推测反都没了意义。

不知道收到诗的薛涛是何心情，过了不久，她终于寄出了回音：

诗篇调态人皆有，细腻风光我独知。
月下咏花怜暗澹，雨朝题柳为欹垂。
长教碧玉藏深处，总向红笺写自随。
老大不能收拾得，与君开似教男儿。

——《寄旧诗与元微之》

年过半百的薛涛不再是祈求“终宵在掌中”的弱女子，她思虑再三，却不肯再写新诗，只找出了多年前的旧诗寄回。说是旧诗，其实读起来最后两句应是新添的，这种洒脱自若的状态，真是仿若与旧友话诗。

其实细读元稹寄来的诗，不管“别后相思隔烟水”写得如何情致绵绵，文君的用典始终是不祥的。卓文君有“凤求凰”的佳话，也有“闻君有两意，故来相决绝”的悲剧。闻弦音而知雅意，饱读诗书、心有七窍玲珑的薛涛也不会不懂文君的典故，可她还是选择“长教碧玉藏深处”，体面地珍藏着内心深处的隐秘情感。

张爱玲说，爱就是不问值不值得的。

于是很多时候，人究竟是真的傻，还是心甘情愿地装傻，没有人知道答案。

清时有味是无能——芥子藏须弥

数年前的盛夏时节，去了趟南京出差。南京本就是著名的火炉之城，再加上那年的三伏格外长，足有四十天之久，于是便分外难熬。宋人笔记里说："立秋以金代火而畏火，故至庚日必伏，故谓之伏日。" 夏日火旺，庚日属金，火又克金，难怪要"庚日必伏"。李渔说得更加骇人：

> **盖一岁难过之关，惟有三伏。精神之耗，疾病之生，死亡之至，皆由于此。故俗话云："过得七月半，便是铁罗汉"，非虚语也。**
>
> ——《闲情偶寄》

怎么解决三伏酷暑难熬的问题呢，李渔就给出了他的独家方法："从来行乐之事，人皆选暇于三春，予独息机于九夏。"简而言之就是四个字：闭门放假。既不出门，也无客至，用李氏行乐法来说，称作"无事为荣"。在世事繁杂、劳神役形的当下，有时细想想这四个字，十分慨然。

某日转到老门东一带，这里古宅连片，游人如织，如今已是极其繁华。和友人相约吃饭便在其中一处宅院，里面倒是别有洞天，只隔一墙，繁华喧嚣顿时偃了。一间间屋舍随着园内假山水榭起伏布开，园子虽然玲珑，却很得造景之妙。刚赞了几句，便听人介绍，这就是"芥子园"了。不觉一惊，遂又觉得合理起来。

芥子园是李渔的宅子，他客居金陵二十余载，下大力气要营造一处心中的桃源，用他自己的话说："不足营三窟，惟堪置一丘。"芥子须弥，能藏微尘三千，这才是李渔的手笔。

“芥子”之名正说明园子不大，但旧址到底在哪，至今仍难寻觅。据《芥子园杂联》记载：“孙楚酒楼，为白门古迹，家太白觞月于此，周处读书台旧址，与余居址相邻。”从描述上看，倒是与老门东一带极其吻合。

可惜芥子园终究是新建的，如果在南京城内找一处历史最久的园林，还要数瞻园。这本是明初开国功臣徐达府邸的花园，经徐家几代人扩建，极得江南园林的婉约清幽。到了清代瞻园更成了江宁布政使司署，乾隆皇帝下江南时就曾驻跸于此，极其喜爱园内风物，“并仿其制于京师西郊长春园内，即如园也”。

今天在北京圆明园遗址区的长春园内，还遗留着如园的遗迹。这座仿制南京瞻园的皇家园林，占地近两万平方米，只可惜毁于英法联军之手。但南京的瞻园依然保存至今，园子虽小，却无处不精。

我甚爱明人的这股精巧劲，小到案几桌设，大到高堂广榭，无不是繁简得益，一席一榻中都能时时透出变化来。而明人所崇尚的这种舒朗天然，是一种士人阶级方有的高雅绝俗的风度，可惜清人却变简为繁，处处拥挤而华丽，让人有几分惋惜。

董其昌有两句诗：清时有味是无能，但漱湘流莫饶舌。对所谓“清净自然”的禅意追求，再没有哪个时代能超越明代了。从这个角度来看，明人才是真正懂得生活的。

细细想来，这种浮华褪去，对淡然的推崇，实际是一种极为不可言传的妙境。所谓“若其气韵，必在生知”，诗书画同为一脉，审美趣味概莫如此。而不止赏物如此，观人观心，又何尝不是这个道理呢？

夏日静坐室中，外头热浪炎炎，我按照李渔传授的消暑之法，自八风不动，随手翻看《稼轩词》。

辛弃疾二十岁便从军，二十二岁时带五十余人奇袭敌营，遂名震天下。陈亮是他终身的挚友，亦不是等闲之辈。约是在二十出头的年纪，陈亮布衣作《中兴五论》，忧勤慷慨，轰动一时。他政治上力主抗金、反对和议，思想上秉承实事实功，反对空论误国。辛陈二人志趣极投，两人有两首唱和的《贺新郎》读起来很是有意思。

老去凭谁说。看几番、神奇臭腐，夏裘冬葛。父老长安今余几，后死无仇可雪。犹未燥、当时生发。二十五弦多少恨，算世间、那有平分月。胡妇弄，汉宫瑟。

树犹如此堪重别。只使君、从来与我，话头多合。行矣置之无足问，谁换妍皮痴骨。但莫使、伯牙弦绝。九转丹砂牢拾取，管精金、只是寻常铁。龙共虎，应声裂。

——《贺新郎·寄辛幼安和见怀韵》

老大那堪说。似而今、元龙臭味，孟公瓜葛。我病君来高歌饮，惊散楼头飞雪。笑富贵千钧如发。硬语盘空谁来听？记当时、只有西窗月。重进酒，换鸣瑟。

事无两样人心别。问渠侬：神州毕竟，几番离合？汗血盐车无人顾，千里空收骏骨。正目断关河路绝。我最怜君中宵舞，道“男儿到死心如铁”。看试手，补天裂。

——《贺新郎·同父见和再用韵答之》

这两首词都属于豪放派的上佳之作，不讲究字斟句酌的推敲功夫，彻底解放了文字，只求直抒胸臆，情感浓烈。于是充斥着大量口语，读起来更加朗朗上口，充分展现了豪放派词人的铁板铜琶、快意恩仇，所谓“男儿到死心如铁”，既是一种悲壮，更是一种意志。

既读辛词，想想近九百年前的激昂慷慨，再看如今身边偶有琐碎事、烦扰事，既无聊，又可笑。与人闲论，《诗经》里也有这样的困境，营营青蝇，止于棘。就像纱窗上的那只青蝇，挥而不去，如不肯污手，便会嗡嗡作响，彻夜扰人清宵。可你若不肯为青蝇，便要看得淡然些。人生如逆旅，随缘饮啄，都是修行。

夜深时，窗外炎意渐消，不知何时，纱窗上的青蝇不知不觉竟也散了。清风微拂，顿觉畅快几分。

还是宋人说得好：不会参禅并学道，但知心下无烦恼。

这才是人生至善境地。

人生贵在适意尔——古人的吃食

其一　樱桃酪盏

如果按照现代人的说法，李渔应该是个“生活家”，研究的是生活之趣，《闲情偶寄》八个部分，把词曲、演习、声容、居室、器玩、饮馔、种植乃至颐养，一一细论，篇篇论述都极为精彩。

对于饮食之道，李渔也最有心得。譬如他说：“花之最先者梅，果之最先者樱桃。”樱桃先百果而熟，多半是春末夏初熟的，古时候民间不比禁内能用冰，便把鲜樱桃用盐或糖渍过，可保存至三伏，若加酪同食，则风味更佳。

从唐时起，古人就有一道消暑的名品甜点，叫作“樱桃酪盏”。《武林旧事》中提到：“蔗浆金碗，珍果玉壶，初不知人间有尘暑也。”蔗浆是糖汁，珍果是樱桃，这里说的是“禁中纳凉”之法，其实不止帝王家独享，这道美味也传到了民间。

樱桃与酪这两样是古人眼里的绝配，吃一次都值得作诗留念，于是留下的诗句也最多，诸如“金盘乳酪齿流冰”“酪浆无复莹蠙珠”之类，也不一一列举，热门程度不亚于如今的网红打卡美食。一贯豪迈的辛弃疾也爱食这道甜品，曾填过一首关于樱桃酪的词：

> 香浮乳酪玻璃碗，年年醉里尝新惯。何物比春风？歌唇一点红。江湖清梦断，翠笼明光殿。万颗写轻匀，低头愧野人。
>
> ——《菩萨蛮·坐中赋樱桃》

上阕有酪又有酒，春风得意，歌舞醉人，好不惬意的场景。笔锋一转，下阕提笔就是江湖梦断，笔意顿时便冷峻起来。明光殿是汉家宫阙，词句由江湖折转朝堂，包含了词人的一点心不甘情不愿的喟叹。

最后一句“低头愧野人”，直接化用杜少陵的《独酌成诗》，原句为“苦被微官缚，低头愧野人”。这句也有作“共被微官缚”的，但私心以为“苦被”更贴切。官虽甚微，束缚却多，人在江湖，谁也不是自由身。表面看要说的是下句，影射的实际是上句。这首小令由甜到苦，写得五味杂陈，才见词人的功力。

其二　莼鲈之思

辛弃疾在南京时曾登临赏心亭，作过一首脍炙人口的《水龙吟》，其中有“休说鲈鱼堪脍，尽西风，季鹰归未”的千古名句，这其实出自《世说新语》中“莼鲈之思”的典故。秋风一起便想到莼菜鲈鱼，便要辞官归乡的张季鹰，早已传为佳话。

闲说张季鹰爱吃的莼鲈，如今鲈鱼在北方也很常见了，可莼菜却还是地道的南方吃食，北方鲜少见到。南北饮食文化差异很大，如今网络上亦不乏各种关于南北饮食的讨论，其实这种差异自古就有。《洛阳伽蓝记》里记录了一则有趣的掌故：

梁武帝永安二年，南朝主书陈庆之赴洛阳公干，也从南方来的车骑将军张景仁设宴相请，席中南方人居多，但也有一两位中原士族出身的官员，杨元慎便是其中之一。席间陈庆之大概有些喝多了，说了醉话，挑动了一场南北之争，陈说：“魏朝甚盛，犹曰五胡。正朔相承，当在江左，秦皇玉玺，今在梁朝。”

若说这个话题实在起得不好，在北魏的地盘上先发起地域攻击，当然引起了十分硬气的北方士大夫的反感。杨元慎避过正朔的问题，却从南朝宋帝刘劭、刘骏一路骂到山阴公主刘楚玉，专拣私生活八卦，用词十分激烈。席间众多南方人大抵有些心虚，也都不吱声，便不欢而散了。

谁知过不了几日，陈庆之犯了心痛病，这位杨元慎又主动找上门来，自称专治各种不治之症，陈庆之便也让他试试。杨元慎含了口水，喷到陈的脸上，自言自语道：

> 吴人之鬼，住居建康，小作冠帽，短制衣裳。自呼阿侬，语则阿傍……乍至中土，思忆本乡。急手速去，还尔丹阳。若其寒门之鬼，□（根据中华书局《洛阳伽蓝记校释》，此处缺一字）头犹修，网鱼漉鳖，在河之洲。咀嚼菱藕，捃拾鸡头，蛙羹蚌臛，以为膳羞。布袍芒履，倒骑水牛，沅湘江汉，鼓棹遨游。随波溯浪，噞喁沈浮，白苎起舞，扬波发讴。急手速去，还尔扬州。
>
> ——《洛阳伽蓝记·卷二》

这段十分有趣，从服饰、语言、风俗、饮食各方面全面地攻击了一番南方人。陈庆之又好气又好笑，但也只自嘲道：“杨君见辱深矣。”

也正因为有这段“口水仗”，我们能一窥一千六百年前的世情风俗。啜莼羹、嗍蟹黄，这是不折不扣的南方人饮食，以至于一千六百年后当我读到这段既有文采又甚刻薄的骂词时，仍觉十分有趣。

其三　霜降蟹肥

说罢“莼羹”，再论“蟹黄”。秋风渐起，一场秋雨过后，便有了几分寒意。这正是“留得残荷听雨声”的时节，倘若心情好，便也可叨念一句“霜降蟹膏肥”，然后温壶热酒，心满意足地剥开蟹壳，看那满满一壳蟹黄的喜悦。

国人惯有吃蟹的传统，林语堂在《吾国与吾民》中说：“但凡世上所有能吃的东西我们都吃。出于喜好，我们吃螃蟹；如若必要，我们也吃草根。”这也许能算得上是国民性，可认真溯源起来，大抵是从汉魏时期便有吃蟹的传统。

今天以阳澄湖大闸蟹最为出名，可在宋代时，扬州的螃蟹也很有名，秦观便将老家特产的咸鸭蛋与螃蟹一并寄给了东坡学士，还有诗道，“团脐紫蟹脂填腹，后春莼茁事瓶罂”，可见扬州螃蟹的肥美。古时候扬泰不分家，泰州河网密布，出产的螃蟹曾作为贡品送入宫中。

历史上也有个嗜蟹如命的人物，五代吴越王钱倧之子名叫钱昆，他归宋后安稳地在京中做着小官，有一次有了外放的机会，主官问他愿意去哪里做官，钱昆的回答幽默至极：“但得有蟹，无通判处，足慰素愿也！”在北宋官职中，通判便是监州，主要行使监督职责，一般地方长官都会忌惮三分。在钱昆的理想中，找一个有螃蟹吃，又没有通判监督的官来做，那就是天下最好的岗位，据说他后来便自请要求去泰州为官。

在今天距瞻园约一百五十公里的江苏泰州城内，有一座精巧的古代园林——日涉园，园内水榭飞阁，楼台林立，依水而建，辅以假山叠石，颇见清幽，因其精美富丽而被称作“淮左第一园”。日涉园乃是明人陈应芳所建，“日涉”二字取《归去来兮辞》中“园日涉以成趣，门虽设而常关”之句。

归去来兮，免得田园将芜，晴时耕田，雨时读书，这是中国古代文人最高的田园理想。读过“休说鲈鱼堪脍”的人很多，然而大部分人却不知道，张季鹰自己也有一首诗：

秋风起兮木叶飞，吴江水兮鲈正肥。
三千里兮家未归，恨难禁兮仰天悲。

——《思吴江歌》

三千里兮家未归。
路漫漫其修远兮，多少人远离了家乡。
远方风景再好，然而心却始终等待归途。

藏得新月似捻痕——兴衰论开元

其一　开元之盛

开元通宝，世人多知是唐钱。只是开元所指，却不是唐玄宗的年号开元，而可追溯到大唐开国之时。

唐高祖李渊开国之初，仍用隋之五铢钱。武德四年（621 年）七月，根基稳固的大唐帝国终于开始发行自己的货币，废五铢钱，铸造“开元通宝”。高祖皇帝显然很注重这项重要工程，他环顾左右，选择了他的老朋友——当世最伟大的书法家欧阳询来题写这四个字。欧体笔力劲峻、凝正停匀，开元钱铸得也精巧，直径八分，重二铢四絫。这枚开元通宝，似乎自诞生便注定不凡。

早在西汉元鼎四年（公元前 113 年），汉武帝便下令由上林三官统一铸造标准五铢钱。从秦半两到汉五铢，按当时度量衡来算，一斤为十六两，一两为二十四铢，按照一两 16 克计算，一枚五铢钱应重 3.33 克左右。闲说 20 世纪 60 年代，在西安的西南部兆伦村，曾发现一个规模巨大的汉代国家铸钱遗址，经过近几十年来不断的考古发掘，在这里出土了大量的铜钱、钱范乃至各种冶铸遗迹，并发现了目前唯一一处确切的上林三官铸币场所。

然而在唐以前，三国两晋南北朝长达三百多年的混乱时间里，各方势力为了掠夺财富，都在铸币上做文章，铸造了不少“恶钱”。所谓“恶钱”，一般传统意义上都是指民间私铸的材质差、纯度低的钱币，但这段时期也不乏官方公然铸“恶钱”的，有些是铸虚增币值的“大钱”，一枚“当五”“当十”；有些则铸缺斤少两的“小钱”。譬如南朝宋文帝铸过一种“四铢钱”，重量还不到 1 克。这种官府带头发行的“恶钱”对经济的破坏很是严重，钱轻物重，很快就会出现通货膨胀，物价飞涨，甚至导致“商货不通、贸迁颇隔”，老百姓叫苦不迭。

而从唐开元钱开始，则规定了新的制式，“十文重一两”。按照每文钱重二铢四絫计算，一两对应十文正好就是二十四铢。这一改变也完成了衡法向十进制的转变，大大方便了世人使用计算。按照新法铸造的开元通宝，每枚约 4 克左右，也比过去的五铢钱分量重些。

唐初铸造的这种制作精美、质量控制合理的开元通宝，一统魏晋南北朝以来混乱的币制，一经推出便很得民心，从而也稳定了此前波动的币值。盛唐时物价很低，按《贞观政要》所记载，贞观年间“米斗三四钱”，折合计算每石三四十钱，货币购买力极强，而且这样平稳的物价一直持续到开元年间，米价仍是每斗三钱。太平年代物价平稳、民物蕃息，所谓贞观、开元之治，此时可见一斑。

闲话开元通宝的读法，也有争议。按《旧唐书》的说法，“其词先上后下，次左后右读之。自上及左回环读之，其义亦通”。上下左右这种读法叫作直读，“开元”二字意义很多，前人多有所论，也不再赘述。单说旋读法，也就是顺时针读作“开通元宝”，如此读来，意思竟也是通的，而且再看后世还有“周元通宝”“宋元通宝”“汉元通宝”，皆可按此旋读法读成“周通元宝”等等，也颇有趣。

近代以来常有学者争论这两种读法，定要分个高下对错来。我倒觉得这两种读法兴许本就是并行不悖的，这也许就是大唐开国之时埋下的一处巧思，毕竟兼容并包、昂扬自信才是真正的盛唐气象。

其二　新月之痕

有唐一朝，终始二百九十年，可开元通宝的铸造时间却超过了三百年，其流通时间超过千年，而发行量之巨，应以数亿枚计。物以稀为贵，反之亦然，在如今的古钱币市场上，开元钱可以说是最廉价的铜钱之一，只需三五块便能购得一枚。

小小一枚开元通宝，真正吸引我的是它背后的一抹新月之痕。起初我在收藏时便注意到，许多开元钱的背后都有一道浅如甲痕的“月痕”，细看起来竟发现不少开元钱背后的月痕各不相同，有“单月”“双月”“俯月”“仰月”，这便引起了我一点考据的兴致。若真要细论来，开元钱版别极多，从字上论，仅一个“元”字便有头的长短、撇画弯直、挑笔朝向左右等区别。至于背后，最明显的除了“月”痕，还有“点”痕、背字、“孕星”等等，至于轮廓的阔狭、字体的大小、钱身的薄厚，这些变化全部排列组合起来，版式之杂，百种不可尽数，历来泉谱中多有详细记载，这里也不再一一赘述。

那么到底为何要在钱币背后铸“月痕”呢？其实早在唐宋时，已有钱背“月痕”来自某位女子甲痕一说。最通俗的传说大意是工匠铸钱之前，先向皇帝呈送蜡样，皇帝给后妃看的时候，后妃不小心掐了个甲痕。但是铸钱者谁也不敢更改，于是这个甲痕就留在了钱背上。这个传说香艳且有趣，而且颇符合封建官僚体制的等级森严——纵然上位者犯了错，下位者也臣为君讳，绝不敢修正的。

至于这位女性是谁，历来却多有争议。司马光在《资治通鉴异考卷》中记载了两方研究考证，一方是来自薛珰《唐圣运图》，“初进蜡样，文德皇后掐一甲，故钱上有甲痕云”；另一方则是凌璠《唐录政要》，说这甲痕来自窦皇后。文德皇后就是唐太宗的长孙皇后，窦皇后则是唐太宗的母亲。司马光治学颇为严谨，他认为当时窦皇后已经去世了，长孙氏还没有立后，这两种说法都不对，“按时窦皇后已崩，文德皇后未立，今皆不取”。至于后来还有杨贵妃的说法，如金人有诗云“金钗坠后无因见，藏得开元一捻痕”，传奇意味甚浓。

其实窦皇后确实是容易排除的，因为她在大唐开国之前已经去世了，但如果要按司马光的推论排除长孙皇后甚至后来的杨贵妃，那就必须证明武德四年初铸的开元钱上就有甲痕才行。须知开元钱铸造了三百年之久，如今传世并非所有开元通宝都有甲痕，其中也有不少光背的，这种特殊的符号只是一种印记罢了。

如果跳出甲痕说的限制，再看看开元钱背后还有些带有“点痕”“字印”的，也许视野会开阔不少。背后带字的开元通宝也叫“会昌开元”，后世也称作佛钱，起因是唐武宗发起的灭佛运动。唐武宗李炎即位后，于会昌五年（845 年）下令拆毁全国佛寺，没收了大量的寺院财产，废各地铜佛钟磬等材料用来铸钱。这种在灭佛运动中铸得的钱，在背面铸“昌”字以记年号，后来各地州府都在钱背铸其州名，因此会昌开元的背字也就多达二十余种之多。

从这个角度来看，开元钱中的星、月之痕，似乎也可以理解为一种标记。须知开元通宝铸造时间极长，而就算从铸造之初的情况看，也不止中央有铸币权，各地也可自行铸币。如武德四年时，除了京师可铸钱，洛、并、幽、益等州皆可铸钱，称为偏炉；皇帝对亲信皇子和大臣还有赐炉，如唐高祖特赐两个儿子秦王李世民和齐王李元吉各铸三炉，赐开国功臣裴寂可铸一炉。在这种背景下，如要区分中央和地方上的铸钱，也许正需要各种不同的徽记以示区分。

其三　兴衰之叹

除了铜钱，开元通宝也铸有金币和银币，大小与铜钱差不多，传世的银开元不少，金开元却多半是鎏金的。在中国古代金银产量并不高，从唐代起，金银才逐渐发挥起次要的货币职能，在当时这些金银开元钱多半是宫中所使用的赏赐钱，如唐人王仁裕在《开元天宝遗事》中所记录：“内廷嫔妃，每至春时，与禁内结伴掷金钱为戏。”宫里嫔妃游戏所用的金钱想来正是开元通宝的金银币。

开元、天宝都是唐玄宗的年号，唐玄宗登基后，次年改元“开元”，大唐也如这个吉利的年号所言进入全盛时期。随着唐玄宗在位日久，乐于享受，用度日侈，不仅宫内用金钱为戏，皇帝还亲临“金钱会”。

> 宴王公百僚于承天门，令左右于楼下撒金钱，许中书门下五品已上官及诸司三品已上官争拾之。
>
> ——《旧唐书·卷九》

唐玄宗往楼下豪撒金钱，众臣纷争捡拾之时，纸醉金迷的盛唐气象中已透露出些许盛极转衰之势。到了天宝年间，这种奢侈之风越演越烈，而朝堂之上早已不复清明。贵妃之兄杨国忠因姊妹得宠而跻身朝堂，可谓是平步青云，走上了人生的快车道。做外戚也要有些真本事，杨国忠也并不是全无长处，精于算计的他颇善敛财，到长安后第一个崭露头角的实职是任“度支员外郎”。

按照初唐制度，财政税赋是由户部掌管的，户部又分总部、度支部、金部、仓部四司，其中度支司负责财政收支和物资的调运等有关政令，杨国忠的这个职务主要是负责大唐的财政管理工作。而唐玄宗彼时最需要的就是帮他处理巨大花销、快速积累财富的“大管家”，杨国忠迎合上意，“奏请所在粜变为轻货，及征丁租地税皆变布帛输京师”，他的财政政策其实主要就是四个字“盘剥厚敛”，他通过把地方充盈的义仓全部转市布帛，连同税收一起全部运往京中，左藏库很快充盈起来，所以后世评价他“厚敛以怒天下”。

《旧唐书》记载，开元八年（720 年），唐玄宗专门召集公卿百僚集体参观大内“左藏库”，只见其中“货币山积”。眼见帝国财力如此之丰，唐玄宗得意万分，“面赐国忠金紫”。“金紫”者，“金”为“金鱼袋”，“紫”为“紫服”。按唐制，三品以上官员可以服紫，这时的杨国忠官品尚不到，这是皇帝额外的推恩特赐，以示荣宠。唐玄宗很快命他“专钱谷之任”，后又拔擢其为右相，由他来掌管帝国的财政经济大权，出入禁中，日加亲幸，杜甫《丽人行》中言道，“炙手可热势绝伦，慎莫近前丞相嗔”。可见杨国忠权势熏天，而唐玄宗愈发豪侈无度，“视金帛如粪壤，赏赐贵宠之家，无有限极”。

在今天位于北京西交民巷近代银行建筑群中的中国钱币博物馆，其建筑旧址便是民国时期的华资商业银行总办事处旧址。在这座目前国内钱币收藏最全的钱币博物馆中，便珍藏着一枚唐代的银铤，上面清晰地錾刻着“专知诸道铸钱使司空兼右相杨国忠进”字样，亦可作为这段历史的一处注脚。

小小一枚开元通宝，浸润在历史的长河中，内含多少趣事。窥泉读史，见微知著，更得意趣无穷。

风流天子书崇观——宋徽宗泉考

其一　建国圣宋

在今天的黑龙江依兰县城内，有一处“坐井观天”遗址，这里历来都被认为是囚禁“徽钦”二帝的“五国城”，至今仍然有不少游人到访。可实际在20世纪70年代，依兰县城以南四十余公里外的牡丹江畔，曾出土了一枚金代的印鉴，印面上篆书“哥扎宋哥屯谋克印”，从而揭开了关于“五国城”的另一种猜想。如今这里经过考古发掘，已被定名为“土城子遗址”，有趣的是，在这座小城里还出土了大量的北宋铜钱，正可印证一段历史。

在中国历史上，宋徽宗赵佶可谓是位传奇帝王。他昏庸怠政，稔祸速乱，以至国破身辱；可他的艺术才华在历代帝王中却是首屈一指的，其缥缃翰墨流传至今。他是大宋的第八位皇帝，在位期间年号共有六个，依次为：建中靖国（1101年）、崇宁（1102—1106年）、大观（1107—1110年）、政和（1111—1117年）、重和（1118年）、宣和（1119—1125年）。而宋徽宗在位期间，恰好铸造了七种钱币，分别为：建国通宝、圣宋元宝（通宝）、崇宁通宝（重宝）、大观通宝、政和通宝（重宝）、重和通宝、宣和通宝（元宝），与其年号大致对应，正可成为其一生的注脚。

宋徽宗登基之初，年号定为“建中靖国”，但这个年号仅用了一年便改元“崇宁”。历史上关于是否使用“建中靖国”的年号铸钱，历来众说纷纭、争议颇多。

在中国钱币史上，通常有“国号钱”与“年号钱”两种分类。所谓“国号钱”，顾名思义一般以当时的国号铸钱，如五代时期周世宗铸“周通元宝”、宋初铸“宋通元宝”，都属此类；“年号钱”

则是以当时使用的年号铸钱。宋徽宗即位之初，按照惯例该用新年号“建中靖国”铸钱，可为何发行量甚为广巨的宋币中，竟然很难见到“建中靖国”的铜钱实物，而流通量较大的“圣宋元宝”，正是从建中靖国元年开始铸造的。世人不由怀疑，难道宋徽宗登基之初只铸造了国号钱“圣宋元宝”，却没有铸造“建中靖国”的年号钱吗？

直到1956年在辽宁锦州的一处墓葬考古发掘中，出土了一枚“建中靖国”的铜钱实物，才证实了这个年号钱的存在，但可惜这枚钱币也是孤证，说明仅仅试铸便废弃了。这也由此引出了另一个谜团：宋徽宗为何要废弃第一个年号钱，改铸国号钱？我想，大概还是要从《宋史》中寻找答案。

按《宋史》记载：“建中靖国改元，当国者欲和调元祐、绍圣之人，故以‘中’为名。”所谓“元祐、绍圣之人”，指的是对变法持不同意见的两派人物，一派是以王安石为首的变法派，在神宗、哲宗时得到了两代帝王的支持，常以神宗年号“元丰”或者哲宗年号“绍圣”代称。另一派则是在高太后支持下，以司马光为首的反变法派，也称“元祐党人”。

在复杂的政治背景下，宋徽宗即位之初拟定的年号“建中靖国”，一方面是为了调节两党矛盾，以示中允公正之道；另一方面，虽然在中国历史上四字年号并不常见，但此前北宋诸帝中宋太宗也使用过“太平兴国”的四字年号，而刚即位的宋徽宗也许正因为效仿了其“兄终弟及”的即位方式，因此也选用了类似的四字年号。但在激烈的党争背景下，这个年号很快也成了斗争的主题之一。

当时的宰相曾布政治主张相对温和，提倡两党并用，“建中靖国”这一年号也是他所力主的。但首先跳出来反对的是以“刚正不挠”著称的元祐派人物任伯雨，他认为两派根本矛盾不是党争，而是“君子”与“小人”不能共存。任伯雨文辞犀利，毫不留情地指出，“建中靖国”的年号与唐德宗的“建中”年号撞车了，当年唐德宗被泾师之变所逼，仓皇出逃奉天，如今再用这个年号可不太吉利。

伯雨言：人才固不当分党与，然自古未有君子小人杂然并进，可以致治者。盖君子易退，小人难退，二者并用，终于君子尽去，小人独留。唐德宗坐此致播迁之祸，建中乃其纪号，不可以不戒。

——《宋史·宋纪八十七》

其二　崇观天子

十八岁的少年天子此时正期盼着铸造属于自己的新钱，也许正高兴地审定着“建中靖国”通宝的样钱，这番谏言无异于对他当头泼下一盆冷水，或许为了避开“建中”字样，“建中靖国”的样钱仅仅试铸便匆忙废弃了。

20世纪40年代，著名藏家罗伯昭先生曾撰文《建国通宝钱考》，专门记录了他所珍藏的一枚“建国通宝”篆书小平铜钱。按其说法，“建国”二字正取宋徽宗“建中靖国”首尾二字，估计当时也是试铸而已，因此存世极稀。这种观点虽然得到了钱币学界的广泛认同，但取首尾二字毕竟只是一种猜测而已，须知“太平兴国”同为四字年号，但所铸造的“太平通宝”却为起首二字。

即使这种猜测属实，“建国通宝”就是为了避开了“建中”而新铸的钱样，但朝堂上的争论并没有因此了结，两党之争愈演愈烈，对年号的攻击甚至上升到“宰相无学”的指责。眼看年号钱是铸不下去了，宋徽宗于是改铸国号钱“圣宋元宝”，才算暂时了结这段公案。

到了建中靖国元年岁末，年轻的皇帝此时有两件事想做，一是年号得换了，宋徽宗为人极其迷信，十分相信各种谶语，被唐德宗的故事影射后，只觉得这个年号晦气极了；二是宰相也得换了，宋徽宗也不是一个很有耐心的人，君子也好，小人也罢，他对朝堂上的孰是孰非并不在意，却对朝臣们没完没了的互相攻讦十分厌烦。这年冬至，在圜坛祭过天地后，宋徽宗正式宣布“改明年元曰崇宁”，又过了两天，他单独留下了曾布，直截了当地告诉他，要用蔡京为相。

改元“崇宁”，蔡京拜相，宋徽宗即将带着北宋王朝一步步迈入了表面繁华的无底深渊。

蔡京是历史上著名的奸相，他当政后首推的新政便是改铸新钱。按《宋史·食货志》记载：“蔡京当政时……以岁所铸小平钱增料改铸当五大铜钱，以圣宋通宝为文。”传统的铜钱叫作“小平钱”，北宋时期铸行虚币大钱，多用“折”来表示其折合的数量，所谓“当五大铜钱”，就是铸造一种比小平钱尺寸略大、重量略重些的大尺寸铜钱，一枚折合原来的五枚，因此也叫“折五”钱。

过去王安石变法时，曾大量铸行“折二”钱，即一枚相当于两枚小平钱。但蔡京主政后，随着各地陆续爆发起义，战争所需银钱量大，他便将当年准备铸造小平钱的铜料用来铸造折五钱；到了崇宁三年（1104年），此时正与西夏作战，军费开支巨繁，朝廷诏令“天下坑冶金银，复尽输内藏”，同时干脆废小平钱和折五钱，专铸一枚抵十枚的“折十”大钱。

不过此时“折十”钱的称呼只是民间叫法，宋徽宗本人却非常忌讳这个名称。按照《家世旧闻》中记载，因为宋徽宗排行第十，身边的宦官怂恿说“折十”含义不吉，于是宋徽宗专门下诏，又将“折十钱”改为“当十钱”。

据统计，崇宁年间大约发行了数以亿计的崇宁大钱，如今传世版别足有三百种以上，可见当时铸量之巨。但这种大钱发行后，对经济的伤害是显而易见的。北宋的小平钱一枚重量4克左右，新铸的折十大钱一枚10克出头，仅为小平钱三倍左右，含铜量不到六成，币值贬值三分之一以上，物价顿时暴涨，民间于是私铸不止。当时的御史沈畸对蔡京的钱政抨击道：“钱轻故物重，物重则贫下之民愈困，此盗贼之所由起也。”

其三 瘦金御书

按照《大宋宣和遗事》的记载，崇宁折十大钱直到崇宁四年才罢铸，而罢铸的缘由也颇离奇。南宋文人曾敏行在《独醒杂志》中记载，崇宁年间铸造折十大钱，民间使用非常不便。

有两个优伶在宫中内宴上表演，一人扮演卖浆小贩，另一人扮演客人。客人掏出了一枚折十大钱，小贩找不开，便让客人多喝几杯折抵。客人喝到腹胀，感叹道，如果宰相改铸“折百”大钱可怎么得了啊。据说宋徽宗看了这段表演后甚为动容，便下令停铸了折十钱。

这毕竟只是杂史传闻，按照《宋史》记载，崇宁五年正月，天上先是出现了彗星，数日后白天又出现了太白星，宋徽宗以为这是上天示警，于是将蔡京罢相，并将新钱的恶政都推到蔡京头上。

《续资治通鉴》里记录了宋徽宗与言官詹丕远的讨论：“当十并行，本以便民，今反为民害如此，非卿有陈，朕不知也。”宋徽宗一边说自己不知折十钱害民，一边却又把蔡京比作王安石：“王安石佐神宗理财，未尝行当十，在廷非之者，犹谓以利不以义。”詹丕远毫不留情地反驳道：“蔡京引用匪人，诒害无穷，岂可比王安石！”宋徽宗退无可退，只得无奈地感叹：“与其有聚敛之臣，宁有盗臣。事君以利，只此可见也。”

宋徽宗引用的是《大学》里的名句，“百乘之家，不畜聚敛之臣，与其有聚敛之臣，宁有盗臣。”所谓“盗臣”，只是盗窃财物罢了，可“聚敛之臣”搜刮民脂民膏，伤及的却是民本。这段史料说明宋徽宗对蔡京“以利事君”的奸臣本质看得很明白，然而仅仅过了一年，宋徽宗再次起复蔡京，原因亦很简单，他发现既要维持帝国日常运转，又要支付自己日益增多的巨大花销，还是需要像蔡京这样善于理财的“聚敛之臣”。

大观元年(1107 年)，蔡京复为相，继续主张铸行折十钱。这次新铸的“大观通宝”比崇宁大钱更厚重些，一枚约抵小平钱五枚，但如果把小平钱熔铸折十钱，仍然有非常可观的利润，这也是崇观年间私铸不止的主要原因。

宋徽宗极擅书画，有着令人惊叹的创作力、审美力、鉴赏力以及艺术想象力。他一改晋书唐楷的审美风格，独创筋骨奇绝的瘦金体，笔势凝重，笔法瘦硬，字形却张弛有度，天骨遒劲中颇见清健之美。这样得意的书法，自然也要用在铸钱上。

如果仅从书法艺术角度鉴赏，自唐初欧阳询开启了名家书写钱文之始，到宋徽宗时终于达到了一个新的高峰。然而一枚小平钱的直径不过两三厘米，毕竟书写空间有限，这也许是崇宁年间开始铸造大钱的另一个契机。

起初御书是用在崇宁通宝上的，这枚约有半掌大小的折十大钱铸造精良，给了书写者足够的用武之地。此时的宋徽宗约莫二十出头，正值青年时期，从传世御书的“崇宁通宝”来看，四个大字笔笔银钩铁画、个性鲜明，正是他此时精力充沛的写照。

到铸造大观通宝时，宋徽宗正当而立之年，再加之大观通宝的铸造尺寸更大，钱面上四个大字愈发舒展挺拔，颇见其笔力。近代著名钱币学家邱思达先生曾作诗：

风流天子书大观，铁线银钩字字端。
川陕两淮铜货少，任凭顽铁买江山。

大观之后，铸币回归小平钱，也许是过小的尺寸不能满足皇帝的发挥，也就很少有御书题写的钱面了。如今传世政和、重和、宣和铸钱多以篆书、楷书为主，据传大多应为蔡京所书。

宣和是宋徽宗在位所使用的最后一个年号，他常住宣和殿，自号“宣和主人”，择“宣和”二字为年号，应是极合意的。如今传世的宣和小平钱铸造尤为精美，偶有些珍稀版别也能见瘦金笔意，也许仍是皇帝一时兴起的亲笔题写。但此时宋徽宗的书写中已见暮气，正是其在位日久、心气消磨的写照。

在宣和年间，宋徽宗在政治上昏聩无度、重用“六贼”，生活上愈发追求享乐、沉迷道教，甚至自封“教主道君皇帝”。

其四　靖康之后

北宋社会经济繁荣，户口岁增，从地方上缴中枢的财政收入大为增加，这也造成了国库充盈的虚假繁荣，蔡京在宣和初年便曾上奏自夸理财有方：

> **自崇宁迄政和五年，在京榷货与库务所积一千三百馀万，诸监所铸九百馀万，诸路所储三千馀万，通内外所有凡五千万有奇，未尝有不足之忧。**
>
> **——《皇朝编年纲目备要》**

闲话说中国人惯有存钱的传统，近年来各地常有出土古代“钱山”的新闻，一般多为当时官方或者民间的私人窖藏。以江西南昌发现的海昏侯墓为例，其位于墓室核心区域的北藏阁为钱库，出土了将近二百万枚五铢钱，总重量多达十余吨。

而在蔡京看来国家已足够富庶，无需节俭，要大胆花钱，于是他大胆地提出了“丰亨豫大”之说，翻译成白话类似于“刺激消费、拉动经济”。宋徽宗对现状也有着盲目的自信，他曾亲笔写过一首《宫词》，表达对社会经济和钱政的满意。

> **万国升平庆有年，九重荣盛百珍全。**
> **民间财货虽丰富，未识新颁大观钱。**

可实际情况却并非如此，北宋纵然国力富强，可崇观之后，天下多事，物价踊贵，米价从神宗时期的六七百文一石，已涨至近三千文一石，足足翻了四倍。可天家却以为天下承平、海内富足，修艮岳、运花石纲，所谓“丰亨豫大”的背后是残酷的暴敛剥削，百姓生活苦不堪言，内忧外患已一触即发，再加之对外政治军事昏招迭出，承平既久的北宋王朝竟真的在短短数年间便走到了穷途末路。

此时京中流言纷起，说“宣和”年号也不吉利，“宣”字拆开是“家有二日”。也许是出于对天命的恐惧，也许是迫于兵临城下金兵的压力，宋徽宗竟真的匆匆禅位于太子，于是改元“靖康”。

大抵是因为岳飞《满江红》中“靖康耻，犹未雪”之句，“靖康”这个悲剧性的年号千百年来被世人熟知。但在中国钱币史中，“靖康钱”稀奇无比，均为大珍。

认真论及，“靖康”应算是宋钦宗的年号了，此时已为太上皇的徽宗笃信道教，整日沉迷在天兵神将的幻想中，寄希望六甲神兵为其退敌。靖康二年（1127 年）三月，东京城破，金兵将徽、钦二帝，连同后妃、宗室、百官数千人尽皆北掳，押送至五国城，此中艰难悲惨，前人多有记述，也不再赘述。

纵观宋徽宗做皇帝的生平，从建中靖国为始，以靖康为终，年号首尾均含一个“靖”字。靖者，安定内乱之意，可到底事与愿违。

对于金人而言，宋徽宗在政治上是个不值一提的对手，但在文化上却颇有可学之处。南宋张端义所著《贵耳集》中记载，宋徽宗到五国城后，金人每逢凶吉丧祭，总要给徽宗赏赐，目的就是为了取得徽宗亲笔所写的谢表。金人将这些谢表集册后在榷场交易，也见时人对瘦金御书的认可。四十年后，金章宗更是极为推崇宋徽宗书体，他所发行的“大定通宝”，竟是模仿瘦金笔意所铸，亦可称历史奇观。

一心一意来奉茶——顾渚品紫笋

其一 大唐贡茶

雪夜，在住所一人饮茶。

窗外依旧是白茫茫的一片，诚然是凄冷的春夜，室内却是融融，茗香微醺，颇有几分红泥小火炉的意趣。

大约是六七年前，曾在湖州工作了一年，喝茶倒是更方便了。距离住所不过十来公里，有一座大唐贡茶院，传说是唐代贡茶顾渚紫笋的督造之处。曾去贡茶院喝过几次茶，慢慢地饮上两盏紫笋茶，远眺近处的顾渚山，一瞬时忽有穿越大唐的错觉。

可我还是更爱一人独自饮茶。每每过了夏末，天气微一转寒，便收起了绿茶，开始喝岩茶。自觉喝茶是越喝口越重的，老枞虽然颇有霸气，但在秋冬之中却可以滤去寒意，回甘余韵沁入心脾，只觉得五脏六腑都被涤净，四肢百骸全是暖的。

唐人说茶有九德，清、香、甘、和、空、俭、时、仁、真。虽然繁复，细细推敲来，倒也贴切。至于佛家简化为三德，头一条便是“通夜不眠，可助修禅”。我虽无“精行俭德”而修禅的慧根，却也爱夜里通宵品茗的自得。白日里尘世喧嚣繁杂，多色令人目驰，多闻令人耳聩，哪有心境细思身边的点滴。

唯有到了夜里，一切灿烂炫目都被蒙上了深色，如此方觉心宁，至于淡淡茗香氤氲唇齿的一点苦甘，更是如此难求的真味。所谓佛性，所谓合相，大抵便是指这点最本源的感触。

大千世界里的一切繁复，都不过是微尘所化，生无所傍，死无所留。没有什么亘古不变的永远，除了化为尘埃这件事实。这般想来，顿觉得心中所牵念的一切忧怖都如幻境，然而世事宛如眼前景，触景何以不生情，生情何以不思虑，至于思虑泪下，其间种种怅惘，犹如旧夜之景，仿若触手可及。其实日复一日琐事缠身，种种凡物相扰，不堪辛苦，每日里埋头文山会海，全然只觉得沉舟侧畔千帆过，哪还有万木春景可以窥看。

愈是烦闷的时候，偏偏愈爱忙里偷闲地奉茶。夜里喝茶几乎已成习惯，若有一日断了水厄，总觉得生活少了些什么。发了半晌的呆，泡了壶老枞。“和静清寂”四字在心，顿涤些许烦恼，竟有些灵魂出窍的怔然。

一杯茶冲去了浮沫，喧嚣顿去，汤色一时翻滚，颇有几分闹意。红杏枝头春意闹，这本是阳春三月，最宜插柳斗茶的时节。偏偏回春无期限，四寂都是冷萧。古人饮茶比我等清闲，白乐天有诗自嘲：“食罢一觉睡，醒来两瓯茶。”如今我却是“夜寝难入梦，杯茗度春宵”，境界离得何其远也。

《金刚经》里的佛说如来有五眼，是肉眼、天眼、慧眼、法眼与佛眼。过去读时肃然起敬，觉得佛真乃智慧，有此五眼，岂不是如临渊而望，一眼即彻。超凡的能力总是世人所向往的，知其不可为尚且有人为之，更何况这样空前的修习法门。如今再读却忍不住想，人若真看得如此彻，想得如此明，生活该是多么寡淡，余下的人生又该是多么痛苦。不求明心见性的洞彻，只想有一双寻常的肉眼，能看得到今日的大千世界便好，可以平淡地安于眼下，亦可长久地持味在心间。

白乐天寄给元稹有两句诗：“饱暖饥寒何足道，此身长短是空虚。”

诚可为此作注解。

其二　写经换茶

第二道水续入，老枞贵在水厚，薄在香淡，深夜独酌，微有几分苦涩。全如生活一般，不知不觉中总在加快速度，日日里难偷几分空闲。如今渐渐连吃饭睡觉都成了非必需品，每日饮茶又何其奢侈，何其无奈。

有时候不免会想，现代生活究竟给我们带来了更多的快乐，还是更多的烦恼？我们在享受信息便捷的同时，也在饱受着信息束缚的苦恼。总会觉得被生活的网绑得更紧了些，从前或许有人要找你，天时地利人和都要凑齐，才有难得的一面之缘，“朋友”二字何等地珍贵。如今真是便捷了，一条微信、一通电话，你都无处可藏。想静下来喝杯茶竟都成了一件奢侈之事。也许每个人都被生活的网织得太密，纵然有静下来的念头，也难以收拾好心情品画读诗，惬意度日。

元代赵孟頫曾作过一幅《斗茶图》，描绘的正是市井之中茶贩斗茶的场景。四个茶贩各备挑担，饮茶用具诸如炉壶碗盏，一应俱全，各人手持茶杯，或品呷，或瞩目，细节描摹颇精，生动展现了宋元市井中百姓斗茶的场景。

赵孟頫正是湖州（吴兴）人，他博学多才，擅书画、通音律、精鉴赏，于茶道亦甚精通。明代画家仇英曾作《赵孟頫写经换茶图》，画中的赵孟頫坐在松下，右手执笔，身前石几上卷纸已然铺就，可他却不急着下笔写经，转身将目光投向身后童子手中的茶笼上，他对面的明本禅师不觉莞尔，似在笑这位老友嗜茶如命。以茶换般若，自留一段雅兴佳话。

赵孟頫不止自身书画精妙，其妻管道昇亦是有名的书法家，夫妻二人感情甚笃。大德二年（1298 年），管道昇感染风疾，病势沉重。赵孟頫净手焚香，为妻子抄写整卷《金刚经》，字字庄穆虔诚，传世为珍。管道昇疾愈后便作了首谐趣小令：

你侬我侬，忒煞情多。情多处，热似火。把一块泥，捻一个你，塑一个我。将咱两个，一齐打破，用水调和。再捻一个你，再塑一个我。我泥中有你，你泥中有我。与你生同个衾，死同一个椁。

——《我侬词》

元人词曲粗俚欢快，但其中蕴含感情真挚。其实若按照明人《尧山堂外纪》的说法，这首词或许是管道昇为了抵制赵孟頫纳妾而作，不管写作的初衷是什么，但两人“生同衾、死同穴”的誓言确实实现了。在距离大唐贡茶院约八十公里的湖州德清县东衡山下，便是赵孟頫与管道昇的合葬墓，这里于 2013 年入选第七批全国重点文物保护单位。据说墓前本有赵孟頫自书石碑，可惜后来被毁。若是对书法有兴趣的游客来湖州，不妨来德清寻访。

第二道茶倒去，再添一注水浸润。茶汤的颜色已经澄清，叶底却少了几分鲜丽。我不知道生活究竟少的那点是什么？有人是为了衣食而活，有人是为了理想而活，有人是为了他人而活，有人是为了惯性而活。就如饮茶一般，有人为解渴，有人为解乏，疲疲碌碌，庸庸汲汲，都寻得花非花雾非雾的迷离一场，至于茶中旧事，都如浮云般。

其三　三碗枯肠

据说中唐时禁酒，时人都以茶饮为乐。如现今的日本茶道一般，唐人饮茶也分朝茶、午茶、夜茶。筵席过后，兴许还要添上一盅“酒后茶”，市中名士淑女、肩挑走卒，都爱茗饮的意趣，长安市头偶尔歇下一辆马车，或许会有一只丰腴如玉的皓腕探出，接过一杯路人奉上的茶饮，那兴许就是一场昆仑奴式的旖旎；名士高僧皆爱斗茶，言谈挥洒间“或饮茶一盏，或吟诗一章”，茗饮一道被大唐帝国发扬得何等浪漫而缱绻。

遥想古人，纵然是雪夜里喝茶，也比我们喝得快活，可以融雪煎香茗，自有春深一碗茶。无怪白乐天亦有诗云，“从心到百骸，无一不自由”，何其洒脱。

今人其实无有古人的浪漫了，纵然是身边历历发生的悲欢故事，常觉得多了几分俗侩，少了几层美感。亦不知道生活的美感该到何处寻，或许是隔着花荫的“人远天涯近”中，或许是锦屏外探看的韶光里，或许只是梦中才能存。

不同于白乐天的浪漫，卢仝的风度更见几分人间烟火，《七碗茶歌》里说，“三碗搜枯肠，唯有文字五千行”，夸张中也见质朴可爱。卢兄比如我等蝇营之辈，疲于为文债奔命，所以数百年后还有东坡先生深以为然，回应道：“不用撑肠拄腹文字五千卷，但愿一瓯常及睡足日高时。”夜里读到此处，不由神魂颠倒，久不能自已。

有时也觉得茶与酒，两物本是极似的。都是饮中的至乐，微醺之余带给人唇齿间最美好的回味。人们追求感官上极致的愉悦，这原本是晋人的风流态度。

所以晋人爱茶亦爱酒，间或有服五石散的逍遥，麻痹自己及时行乐，这种快乐来得短暂倒也彻底。如今的人们汲汲营营于世，压抑心志不过为了妥协求生，这样的日子反不洒脱快乐，所以晋人也许是最智慧的。

《世说新语》中有载，任育长年少时，相貌清俊风度不凡，然而晋室渡江后，丞相王导邀请他去府上做客，一杯新茶奉上，他却问道，此为茶为茗？旁人不解，他于是改口道，我想问问是冷是热。众人皆以为他疯魔了，王导却言道，此是有情痴。

一杯茶可知冷暖，可见性情。晋人的风度可见一斑。

许多人不理解茶客的茶痴，总以为风雅与现世何其遥远。我想风雅大抵是最浮于表皮而末节的。

茶中至德，在于见性。这与禅理何其近也。清淡一杯茶水中，清浊彻底，于是可鉴五德。近来读《四十二章经》，“大怀爱欲，不见道者，譬如澄水，致手搅之，众人共临，无有睹其影者。人以爱欲交错，心中浊兴，故不见道”。

说到底仍是如何摒除心魔的道理，也许我们的烦恼忧愁，都是从本心中而来，忧怖生于爱欲，爱欲出自心中。于是酒何以解忧，茶何以养性，皆是能照见自己本心的物什，不至于迷失太远太偏。从这个意义上来说，在这俗世之中，有一盏清茗可伴，又是何其幸也。

三道茶饮毕，从捧腹到叹然，却不过一炷香的时分。

红尘里颠倒行走一遭，如沸水里滚过的茶叶沫子，开始的时候起伏颠倒，轰轰烈烈，大有要把这瓮水都掀去的决裂，可到头来翻滚跌打一阵子，不过趋于平静，滤了苦味，又滤了涩味，几分甘味也除净了，只剩下无色无味的本味。

夜颇深，雪未化，元神自归。恍然还是半盅茶前的光景。一个人饮茶，饮到最后，茶冷了，心也凉了。好似大梦醒来，窗外依旧是月笼灯熄。

罢了，无有春风煮茶、清醒望世的念头。

还是，一心一意来奉茶。

看灯记得年时节——东京梦华录

其一　惊鸿照影

北宋东京汴梁城的旧址在今天河南省开封市，历史上由于黄河泛滥，这座一千年前的北宋都城如今已被深埋在地下七米处，而目前地面上能看的宋代遗迹只遗繁塔与延庆观两处。繁塔建于北宋开宝七年（974 年），这可能是北宋东京城里最早修建的佛塔，也是当时城中最醒目的地标建筑了。

在十世纪世界上最繁华最文明的汴京城里，生活着近两百万人口，而当时的世界总人口也不过三亿。汴京城无疑是当时世界上最大的商业中心，穿流不歇的是来自世界各地的客商。在淡入烟水的风帘翠幕中，市列珠玑，户盈罗绮，这样的高度繁荣与奢华是在世界上任何国度都无法想象的。然而这个城市的开放与文明同样令世人瞩目。

有宋一代，人们对美感的追求达到了巅峰。

美是何物，是文人墨客出入怀中的秋扇，是妙龄佳人画眉添妆的黛墨。汴京的街市上就有螺子黛卖。欧阳修有词道：“浅螺黛，淡燕脂，闲妆取次宜。”词中说不尽旖旎风光。

宋代社会文明开放，婚嫁皆可自由。政府有明文规定，兄弟分家时，女儿的嫁妆需要单独计算。王安石怜惜儿媳受欺，允其再嫁，大词人李清照亦是丧夫之后改嫁。神宗时，对再嫁女子有专门的诏书明确优待政策，而世风亦不鄙视轻看这些女子，更有妆奁丰厚者“人竞争之”，这也是当时社会生活的真实面貌。可见在宋代时，再嫁确是社会风气，便是《钗头凤》的主角陆游夫妇，也是劳燕分飞，从而才有了再相逢时那一幕凄绝哀婉的沈园情事。

陆游与唐婉，虽是少年伉俪，情投意合，然而因为母命难违，唐氏只得了一纸休书出门。许多年后再逢沈园，已是各自嫁娶，形同陌路之人。陆游在粉墙上书了一首《钗头凤》，凤奁成对，如今只影，岂不叹然。

红酥手，黄藤酒。满城春色宫墙柳。东风恶，欢情薄。一怀愁绪，几年离索。错、错、错。春如旧，人空瘦。泪痕红浥鲛绡透。桃花落，闲池阁。山盟虽在，锦书难托。莫、莫、莫。

——《钗头凤》

唐婉少时便擅诗文，许多年伉俪唱和，如何不见景情生。郁郁中也有词寄之：

世情薄，人情恶。雨送黄昏花易落。晓风干，泪痕残。欲笺心事，独语斜阑。难、难、难。人成各，今非昨。病魂常似秋千索。角声寒，夜阑珊。怕人寻问，咽泪装欢。瞒、瞒、瞒。

——《钗头凤》

人生在世，唯有“情”字最难堪透。天既造此佳偶，为何要生生拆散？人世间明明是相谐的神仙眷侣，为何一朝离散，再难携手？

陆唐二人堪不透的，世上还会有许多人想不透吧。再相逢时，明明心中万语千言，话也不能多叙一句，且当作是不相识的路人罢了。唯有擦肩而过时，心中默念一声，各自天涯，好生珍重。

不久之后，唐婉郁郁而亡。红颜薄命，令人扼腕。四十年后，陆游又至沈园，重见故园故景，心中是何滋味？我们无法重见一千年前的情景，唯有留下的诗中可窥见几分内心：

城上斜阳画角哀，沈园非复旧池台。
伤心桥下春波绿，曾是惊鸿照影来。

梦断香销四十年，沈园柳老不吹绵。
此身行作稽山土，犹吊遗踪一泫然。

——《沈园二首》

许多人为唐婉不值，芳华而逝后，陆放翁到底平平安安地活到了八十，儿孙满堂。

世上之事，不如意的十之八九。既然有相聚的欢愉，也应有分离的伤感，这是天命的注定，人力不可强为。然而更为可贵的是陆唐自别后，各自牵挂，这份情谊，朝朝暮暮，长存心底。虽不再聚首，甚至彼此不再提起，却胜于相伴终身。

谁教岁岁红莲夜，两处沉吟各自知。我想，唐婉若地下能知此诗，必然是心中释然的。

其二　纤道长歌

说来也有趣，宋代虽然社会风气开放，然而真正禁锢女性、主张灭人欲的“程朱理学”却也正是产生于这个复杂的时代。理学家重视贞节伦理，虽然有宋一代影响不大，然而对后世的社会文化却产生了无法估计的影响，更有多少愚昧人家造就出裹足妇人，而这恰是宋人最为鄙夷的南唐奢靡之风的余毒。不知程朱泉下有知，又该作何感想。

宋人仿佛天生就有一种婉约天成的气质，淡雅的信手间是说不尽的离愁。宋人的世界里，有三月明媚的桃花，五月闲索的池阁，也有七月歌尽的舟子，九月燃起的青烟。

多年前曾去浙江绍兴的江南水乡寻过宋代的古纤道，那是用石礅梁搭建起的水中长桥，纤细又悠长，充满着水乡的韵味，那是我心中久难忘怀的水上长城。穿过历史的时空，仿佛仍能听到古老船歌和号子，在水边留下阵阵余韵。

那景象绝不同于东京汴梁城里的富贵气象，如果是行走在汴河的水边，你会见到清秀婉约的二八佳人，袖间笼着薄薄的香绡，沿着汴水慢慢地行走。偶尔看到上元汴京的柳梢月圆，眉间须臾浮起了淡淡喜色，一转身便隐入繁丽都市的茫茫人潮中。

如果回到《钗头凤》所在的繁华时代，既有“宝马雕车香满路”，亦有“笙歌散后酒初醒”。名相范仲淹一生刚正勤俭，“先天下之忧而忧”有余，也有“残灯明灭枕头欹”的婉约词句，非怪范公不自矜，因有“情长”二字，反而愈显真实。细读范公的词，其中情致哀婉之处，亦让人动容：

纷纷坠叶飘香砌，夜寂静、寒声碎。真珠帘卷玉楼空，天淡银河垂地。年年今夜，月华如练，长是人千里。

愁肠已断无由醉。酒未到，先成泪。残灯明灭枕头欹，谙尽孤眠滋味。都来此事，眉尖心上，无计相回避。

——《御街行》

每到元宵佳节，汴京城便是灯的海洋。辛幼安有词，“东风夜放花千树”，不过是这繁华尘世的一瞥。凤池悬满彩灯，宛如银星万点，宣德门前有高幅的巨字，或是御笔即兴，或是墨客书就，昭显了这座城市欢腾的开始。城门通宵开放着，百姓们在街市上狂欢，灯山上彩，金碧相射，锦绣交辉，这样热闹的场景要持续半月之久。

元宵正日，从拂晓时起，玉阶前的金鸡开始唱晓，铜壶中滴滴水珠落下，引得凤池终年不会干涸的水流入了辘轳，在这水流潺潺的清音中，晨光微曦，宫柳映得紫烟微荡。金銮殿上的玳瑁帘被人轻轻掀起，而一缕若有若无的龙涎暖香便从这玉钩微动中透出来，漫向瑶阶而下，漫向千步锦堆中而散。

到了夜里，皇帝亲临赏游，整座汴京城都做花海灯舟，彩纸扎成的烛龙灵鳌，摆置在城门顶上，其势头若跃下，又像浮在冰轮祥云之上，在城市的任何一个角落都能够清楚地看到。而此时皇帝就在宣德门上听曲观戏，或许会有歌喉精妙的城中歌姬，在城头扬声而歌。

华灯宝炬，乐声鼎沸，万街千巷之中，热闹达到顶峰。

其三　春梦胡沙

在灯烛烟光笼罩的夜幕中，只闻玉签一响，婉转悠扬的歌声中有惊鸿之姿蹁跹起舞，引得城中万目所瞩。待得歌舞罢，众人皆在如痴如醉中，皇帝会恩赐满城百姓御酒共庆。酒是大内所藏的芳馥佳酿，杯是宫中精制的鸳鸯金盏。或许会有手脚不老实的百姓揣入怀中欲趁乱带走，便有急得眉须皆张的威武卫士将其绑到御前。

这并非幻想，遥望一千年前，真有一位女子便以“窃杯女子”之名永远载入了史册之中。《宣和遗事》记载这名偷窃御杯的女子，就算到了徽宗面前也全然无惧色，随口作了一首《鹧鸪天》：

月满蓬壶灿烂灯，与郎携手至端门。贪看鹤阵笙歌举，不觉鸳鸯失却群。天渐晓，感皇恩。传宣赐酒饮杯巡。归家恐被翁姑责，窃取金杯作照凭。

——《鹧鸪天》窃杯女子

有宋一代，风采何等华盛，文质何等风流。上至公卿达官，下至肩挑走卒，有井水处皆可歌柳词，试看当时的政客们，无论是贤明如司马光、王安石，还是奸佞如蔡京、秦桧，谁人不是诗文传天下，文采咸风流？这真是个全民浪漫的时代。

而盛满了彩灯的汴水里，漂浮了多少宝马香车的倒影，玉树银花的柳梢上，寄托了多少儿女情长的梦幻？在一片歌舞升平中，没有人会想起远方的铁马冰河，那实在离这份浪漫繁华太过遥远。

在开封城的东北角，还有一座修建于北宋皇祐元年（1049 年）的琉璃高塔，本名应作“祐国寺塔”，只因塔身呈褐色，远望如同铁铸，因而又被称作“开封铁塔”。此塔原本是座木塔，因后被雷电击毁，宋仁宗下令用隔火的琉璃砖通体遍贴而重建。琉璃是佛家至宝，《药师经》里说：“愿我来世得菩提时，身如琉璃，内外明澈，净无瑕秽。”然而这座庄严的宝塔也没能庇佑北宋的国运。

在巩义的北宋皇陵中，宋仁宗的永昭陵是最容易寻访的一座，他的皇陵如今已修建成为一座城市公园。北宋皇陵规模都不算大，封土高度也远远低于汉唐帝陵，因此墓室位置相对较浅，也更容易被盗掘。在金兵入侵之时，北宋皇陵基本被洗劫一空，如今在永昭陵内也只能看到仅存的两排石像生聊作慰藉。而徽钦二帝甚至都没能葬入巩义皇陵之中——当然至少他们在宣和年间，是断然预感不到这一切的。

汴京的冬日略有些冷，然而元宵过后，天气逐渐转暖，墙边依依可见低矮的梅枝。宫里有龙凤二池，池水清澈甘甜，每到龙池的冰泮了，大抵预示着又一朝暖春将至，谁又会在春信中听到远方的霜重鼓寒？

无言哽噎，看灯记得年时节。行行指月行行说。愿月常圆，休要暂时缺。 今年华市灯罗列，好灯争奈人心别。人前不敢分明说。不忍抬头，羞见旧时月。

——《醉落魄》

许多年后，在北方寒冷的五国城里，徽宗皇帝含泪写下了这首《醉落魄》，梦里不知身是客，转眼间家国千里，往昔的繁华再也难寻觅了。昔日风流倜傥的赵官家终于落下了泪来，昨夜他又梦到了东京艮岳的景致，仿佛还是宣和元年，艮岳的奇石山峦中，有腾腾云蒸的霞蔚。转眼梦醒了，薄薄的旧絮不能覆体，周身都是冷意。

忍听羌笛，到头来，大宋的一切繁花似锦，不过只是一场春梦绕胡沙。

歌有长恨知乐天——古蜀道传奇

其一　汉隶三颂

古蜀道连接着八百里秦川与天府之国，李白曾作《蜀道难》，所谓“青泥何盘盘，百步九折萦岩峦”，蜀道蜿蜒曲折，便是诗中景象。

今天如果我们从汉唐时的都城长安（今西安）出发，乘坐高铁约一个多钟头便至汉中，然而古人却要先入北口斜谷，再从南口褒谷而出，才能完成这段陡峻的旅程。这条贯穿秦岭山脉的古道便被称作“褒斜道”，也是蜀道的一个分支，全长将近250公里，其历史可以上溯到战国甚至更久，当年秦军伐蜀，便是由此道经行。

在褒斜道的两端设有石门，南端褒谷口为小石门，北端斜谷口称大石门。石门之侧的两岸崖壁上，遗有汉魏以来路过行者的题刻，也统称为石门石刻。在中国书法史上，《石门颂》名盛一时，正是东汉建和二年（148年）刻在褒谷口小石门上的一处摩崖石刻。

我也曾临过《石门颂》，此刻字形洒脱、线条奔放，极富有艺术感染力。此颂全称应为《汉司隶校尉楗为杨君颂》，这篇颂词由汉顺帝时的汉中太守王升撰文，颂扬了司隶校尉杨孟文数次上奏请修褒斜道的事迹。

20 世纪 70 年代为修建石门水库，小石门即将没入水底，文物保护部门将石门附近十三方珍贵石刻凿下搬迁至汉中市古汉台（今汉中市博物馆），石门十三品就此完好地保存了下来。

熟悉书法的人应不会陌生，汉隶摩崖石刻的顶峰之作便为“汉三颂”，即《石门颂》《郙阁颂》《西狭颂》，并且巧合的是三颂如今都位于国保单位内，我曾专程一一前去寻访。

汉三颂距离不远，由东至西一字排开，相距均为一百公里左右，正好都落在古蜀道的祁山道上。所谓祁山道，乃是当年诸葛武侯北伐中原，六出祁山所走之路，从汉中到天水，相距一千多公里。

《郙阁颂》位于汉中略阳县的灵岩寺内，此寺便建在嘉陵江边的山崖上。寺院修建甚新，然而寺内现存有汉代至明清的一百余通石刻，其中便以《郙阁颂》最珍。这块摩崖石刻亦是从不远处的山崖上迁至寺中的，可惜如今用玻璃窗严密封闭了起来，反倒看不真切。

而《西狭颂》则位于甘肃陇南成县以西的西狭古栈道遗址边，《石门颂》与《郙阁颂》都是易地搬迁的，如今只有《西狭颂》仍在原址上。然而寻找此颂的路途十分崎岖，《西狭颂》景区西门废弃已久，好不容易驱车找到东大门，景区内仍有曲折山路，好在一路清泉飞瀑、山色极佳，一路兴高采烈地背诵着《蜀道难》而行。大约走半个多钟头，待见得眼前“飞湍瀑流争喧豗，砯崖转石万壑雷”之时，那便是拜到真佛了。

如果有兴趣的书法爱好者真去寻访汉三颂，不妨顺道走走这条祁山道吧。

其二　剑阁翠屏

寻过汉三颂，继续沿着蜀道从勉县转回金牛道，再向广元剑门关去。

眼下来到四川剑门关，只要能全文背诵李白的《蜀道难》，便可免票进入景区。可我倒觉得背诗的范围应该再宽泛些，不止背《蜀道难》能入剑门关，若能背诵《长恨歌》也应免票，实是因为《长恨歌》便是一份蜀道打卡指南。

《长恨歌》记录了安史之变后，唐玄宗由长安入蜀的过程，从“千乘万骑西南行”开始出发，一路正是蜀道景象。而当我登临剑门之顶时，望着远山如黛，脑海中仍然浮现的是“黄埃散漫风萧索，云栈萦纡登剑阁”。

剑门关下有翠云廊，古柏密植，苍翠如盖、其状似云，所谓“衔空三百里，一色郁青苍”。沿着翠云廊古道可至鹤鸣山，山上如今还遗存着一处道教石窟遗址，便是在这里我看到了宋摹版颜体《大唐中兴颂》石碑，气势磅礴，极具盛世气象。

离开长安一年后，随着叛军的节节败退，唐玄宗于至德二载(757年)沿蜀道返京。在回程路过剑阁之时，他心情复杂地写下这样的诗句：

> 剑阁横云峻，銮舆出狩回。
> 翠屏千仞合，丹嶂五丁开。
> 灌木萦旗转，仙云拂马来。
> 乘时方在德，嗟尔勒铭才。
>
> ——《幸蜀西至剑门》

今日翠云廊内古柏森森，许多柏树的树龄可达两千年以上，当年唐玄宗幸蜀至此，应是与我们今日所见情景一般无二。

历史上的李隆基文武双全，颇有诗才，可惜他自天宝后任用群奸，纵容胡人权盛，终致安史之乱。究其根源，唐明皇为何对胡人宠幸到这种地步？《资治通鉴》说得好：

> 自唐兴以来，边帅皆用忠厚名臣，不久任，不遥领，不兼统，功名著者往往入为宰相。李林甫欲杜边帅入相之路，以胡人不知书，乃奏言：“文臣为将，怯当矢石，不

若用寒畯胡人；胡人则勇决习战，寒族则孤立无党，陛下诚心恩洽其心，彼必能为朝廷尽死。”上悦其言，始用安禄山。至是，诸道节度使尽用胡人，精兵咸戍北边，天下之势偏重，卒使禄山倾覆天下，皆出于林甫专宠固位之谋也。

——《资治通鉴·唐纪三十二》

唐时边帅地位重要，功高名显的往往能入朝为相。奸相李林甫为了固宠，想杜绝边帅入相的途径，便以胡人不知书、必能为朝廷尽死为由，劝唐玄宗任用蕃将为边帅。

早期的边帅也只“专膺一面之寄”，只管理本道事务，并且四年一任，将帅“无握兵之重”。可随着唐玄宗年老昏庸，又极度自信，边帅任职时间不断延长，并且可以兼统诸道，权力越来越大。要说李隆基年轻时也是英武天子，可老来却昏聩至此，倒持泰阿，最终被“不知书”的胡人所蔽，落得个“行宫见月伤心色，夜雨闻铃肠断声”的悲惨下场。

其三　盛极而衰

人生是应读一遍《长恨歌》的。

《长恨歌》是写情的，但首先是从人着笔。开篇“汉皇重色思倾国”，以汉皇隐唐皇，这是诗家惯用的笔法。前章十三句，句句都在写人，不信看官可细数来。如果把一句诗比成一幅画影，那便是既有单人相也有合影，更有以虚而指的群影相。这种单刀直入的写法来得直接，诸如“三千宠爱在一身”“六宫粉黛无颜色”之语都已脍炙人口而传世，也不一一赘述。

诗里的大唐从花团锦簇到凄风苦雨，只用了一句“渔阳鼙鼓动地来，惊破霓裳羽衣曲”的转折，娴熟的笔法直接把“仙乐风飘处处闻”的歌舞升平拉入了“九重城阙烟尘生”的愁云惨淡中。从此再不见前篇的纸醉金迷，贵妃“宛转蛾眉马前死”，红颜白骨只剩“肠断声”。

仓皇逃离后，对人的着墨便少了，取而代之的皆是取景。

从这里开始，我想多谈几句白乐天笔法的妙处，他极擅长这种大篇幅的白描写景。譬如当你想起长恨歌，先想到的便是“归来池苑皆依旧，太液芙蓉未央柳”；抑或是“行宫见月伤心色，夜雨闻铃肠断声”，看似写景，可情全在景中，哀艳动人。景中不见人，乃至于景殊情别，触景生情，宛转无尽。字里行间处处暗藏着主人翁的影子，偏又不“着相”，反而格外让人感慨唏嘘。

“景”再往上走一层，便是“境”。古诗文中的造境之妙，毋庸在此赘述。在《长恨歌》的故事里，最奇妙的一段旅程是年老的天子在生死别经年后，又经历了“上穷碧落下黄泉”的漫漫寻觅，在分不出人间与天上后，竟于虚无缥缈的蓬莱仙境中与贵妃重逢了。

两人的故事起之于色，虽然有太多复杂的因素去干扰两人爱情的纯粹性，但无疑在白乐天的诗中是认可他们爱情的真实的。于是从“惊破霓裳羽衣曲”到“犹似霓裳羽衣舞”，色终升之于情，围绕两人缠绵恩怨的一支舞曲至此又点题。

“入仙”是全篇重要的情感升华之处，人间寻找不到，便去梦里找寻，梦里也找不到的只能寄托于仙境。虽然“天上人间会相见”也不乏俗套的暗语，但《长恨歌》的本质仍是长恨的，“此恨绵绵无绝期”就是对团圆的否定暗示，这也愈发加剧了诗歌的悲剧色彩。

从安史之乱后，各类文学文本中不乏对“贵妃之死”这一主题的描述，也许是因为这个尊贵又脆弱女人的死亡所呈现的悲剧极具冲击力，使得这个主题的文艺作品长盛不衰。

长恨歌作于元和初年，此时已至宪宗时。

宪宗皇帝是个经过患难又十分愤发的天子，史料称他“读列圣实录，见贞观、开元故事，竦慕不能释卷”，可见其图治的决心。在他的元和时代里，大唐出现了短暂的中兴之治。

如果说元和中兴，是病入膏肓的大唐王朝的回光返照，那么由此追溯到一百年前的开元年间，既是《长恨歌》里“杨家有女初长成”

的开篇之时，亦是整个大唐王朝最兴旺鼎盛的高光时刻。

可是繁盛中隐伏着危机，盛极而衰只是一夜间的事。安史之乱的突发，彻底暴露了大唐盛世下的积弊重重。陈寅恪先生曾对唐史划分有论述：“……前期结束南北朝相承之旧格局，后期开启赵宋以降之新局面，关于政治社会经济者如此，关于文化学术者亦莫不如此。”

其四　知爱白诗

中唐以来，王朝与藩镇的矛盾加剧，也使得社会的割裂更加明显。唐宪宗致力于削弱藩镇的力量，一改其父祖的姑息怀柔政策，着意对藩镇用兵。到元和十五年（820 年）时，节度使们“自除官吏，不供贡赋”的现象已杜绝。然而唐代的藩镇问题实际上有着更加复杂且深刻的地方政治底色，从根本上说，藩镇的割据一方面抑制了中央的权力，另一方面也维持着政权的巩固，这种平衡本身就维系于中央、州府与藩镇三方的峙立。等到宪宗皇帝暴毙身故后，藩镇的并峙仍然存在，并一直持续到王朝覆灭。

脱离了时代的背景，我们很难读懂诗人创作的初衷。

元和初年，新天子登基，朝野上下都是一片新气象。做着校书郎的白居易，少年成名，从十六岁作“离离原上草”而名动一时，到二十七岁进士及第，曲江宴后欣然提笔，写下“慈恩寺下题名处，十七人中最少年”，再到诗赋上动天听，想来在彼时的白居易看来，日后出将入相，将墨笔改作朱笔也不在话下。

这个时期的白居易闲暇之余常作诗自娱，其中不乏佳作流入禁中，受到天子赏识。

> **元和元年，作乐府及诗百馀篇。规讽时事，流闻禁中。上悦之，召拜翰林学士，历左拾遗。**
>
> ——《唐才子传》

宪宗皇帝对“规讽时事”的文艺作品表现出了超乎寻常的大度，要知道在这些“新乐府”系列中如《杜陵叟》《卖炭翁》等等，都是针砭时弊，反映社会矛盾的现实主义作品，其中不乏尖锐用词。可宪宗皇帝读来不怒反悦，只此一件，便可见其心胸。就是在这样宽容的文艺环境下，白居易的创作达到了高峰。

元和元年（806 年），他与好友陈鸿、王质夫至马嵬坡游仙游寺，自然不免论及贵妃之死。后来陈鸿也记录了当时的情景：

> 元和元年冬十二月，太原白乐天自校书郎尉于盩厔。鸿与琅玡王质夫家于是邑，暇日相携游仙游寺，话及此事，相与感叹。质夫举酒于乐天前曰：“夫希代之事，非遇出世之才润色之，则与时消没，不闻于世。乐天深于诗，多于情者也。试为歌之，如何？”
>
> ——《长恨歌传》

诗人常忆起这次仙游寺的同游，譬如《禁中寓直，梦游仙游寺》中就提及“因成西南梦，梦作游仙客”。又过了十余年后，得知王质夫死讯的白居易悲痛不已，他又写：

> 仙游寺前别，别来十年馀。
> 生别犹怏怏，死别复何如。
>
> ——《哭王质夫》

时过境迁，此时的白居易早已不复当年心境，元和初年的得意自在，随着遭受弹劾的沉重打击已荡然无存。人生的境遇总难预料，宦海沉浮中也许只有“穷则独善其身，达则兼济天下”聊以自遣。无怪乎诗人寄信给元稹，叹息道：“岂图志未就而悔已生，言未闻而谤已成矣！”

要读诗人心境，应读《与元九书》。这封书信写于贬谪江州时，正是其人生失意时，信中字字椎心泣血，读来令人恻然。便是在这封信中，诗人也发出了知音难觅的感慨：

> ……今仆之诗，人所爱者，悉不过杂律诗与《长恨歌》已下耳。时之所重，仆之所轻。至于讽谕者，意激而言质；闲适者，思澹而辞迂。以质合迂，宜人之不爱也。今所爱者，并世而生，独足下耳。然百千年后，安知复无如足下者出，而知爱我诗哉？
>
> ——《与元九书》

千百年后，若真爱白诗，除却《长恨歌》外，也该“知爱”一场。

后记

书到尾声，便应作结。

本书从独乐寺开篇，以古蜀道作结，巧合的是这两处遗址都与安史之乱有一定关联，于是书中也讨论了安史之乱对大唐从极盛转衰的分水岭意义。治乱兴衰的话题实在过于宏大，而我在书里真正想探讨的，其实是关于古代建筑遗址与现代人文精神的追寻。

书中提到五代时有位被称为“诗窖子”的文人王仁裕，曾做过一个“西江涤肠”的梦，醒来后“胸中豁然，自是文性超敏”，便想就此讨论一些文学创作的体会。

西江涤肠固然只是王仁裕的年少一梦，但现实中确实不乏听到有人在偶然之间“灵窍顿开”。我想这大概是达到了一种“化境”。

《华严经》中提到，成佛有两种境界，第一种是“如如法性，是佛证境”；第二种则是“十方国土，是佛化境”。大抵意思是说，如果真如法性之理，是诸佛所证的境界，那大千世界、十方国土，无处不在的便是佛的化境。

佛家的解释过于玄妙，我倒觉得金圣叹先生对“化境”解释更妙。在金氏点评《水浒传》中便提到，写作艺术的三种境界：“心之所至，手亦至焉，文章之圣境也；心之所不至，手亦至焉者，文章之神境也；心之所不至，手亦不至焉者，文章之化境也。”这三种境界如今讨论的人甚少，可仔细想来很有道理。

心到手到的人，写文章收放自如，这已经是很难得的了，所谓

“圣境”。心不到手也能到，这种体验大概类似于过度熟练的操琴者，可以达到一心二用的境界，手上娴熟自如地弹奏，脑海中早神游天外，不知在想什么了，所谓“神境”。而心不到、手亦不至的“化境”如何理解?

金圣叹于是进一步解释道：“夫文章至于手心皆不至，则是其纸上无字、无句、无局、无思也，而独能令千世万世以下读者读吾文章，其心头眼观然有思，乃摇曳有局，乃铿锵有句，而怦怦有字，则是其提笔临纸之时，才以绕其前，才以绕其后，而非陡然卒然之事也！”

这种“化境”，非字斟句酌推敲可至，更像是一种心中有局，而后胸有成竹的临场发挥。

心不至，是因为大体所写已有全貌，不必思忖过细；手不至，正因心中有全局，反不必字字写到。初窥其奥妙之处，不由叹服，这哪里是人力以勤能补之的？颇有些姜白石所谓“句中有余味，篇中有余意”的内涵。

这种境界大概类似于海明威在《死在午后》中所说：“如果一位创作者，对其所写内容有足够的考虑，他也许会只写出其中六七分，而读者却能自然地领悟到其全貌。就宛然一座冰山，永远只有八分之一浮于水面之上。”

这本小书包含 45 篇文章，涉及 146 处全国重点文物保护单位。若你读完此书，愿意偶有闲暇的时候，去书里提及的这些地方实地走走，那我们定会隔着虚无的时空，相逢于历史有形的洪流中。

二〇二四年冬月

江苏镇江甘露寺铁塔

内蒙古宁城大明塔

内蒙古宁城大明塔—塔身八大灵塔（局部）

浙江宁海下浦魏氏宗祠—古戏台

宁夏银川西夏王陵—陵塔

内蒙古呼和浩特万部华严经塔

四川内江翔龙山摩崖石刻—天龙八部造像

山西大同云冈石窟—第 39 窟中塔窟

甘肃天水麦积山石窟

山西五台县佛光寺—大殿匾额

宁波保国寺—殿内梁架

河北赵县柏林寺塔

河北正定大佛寺—水月观音像

北京大慧寺—殿内彩塑

湖北黄冈东坡赤壁

江西南昌海昏侯墓出土五铢钱山

河南巩义永昭陵石像生